文庫改訂版

女帝看護教員

幻冬舎MC

目次

第一章　国田克美《くにだかつみ》という女

昭和五十九年に尾因《びいんし》市医師会館（四階建）が建設されることになった。同時に会館内に三年課程（定時制）の看護専門学校を併設して、一階の三分の一の面積に医師会事務室、会議室、応接室などがある。残り三分の二は看護専門学校玄関、学校長室、第一実習室となっている。二階は二つの教室と事務室、講師室、図書室、学生相談室、第二実習室、三階は二つの教室と講堂、四階は映写室と倉庫となり大部分を看護専門学校が占有している。

以上のように医師会館内に看護専門学校があるという状態とは真逆で建物の占有率から判断すれば、看護専門学校内に医師会館事務室などがあると言っても過言ではない。したがって、表向きの目的は医師会館建設であったが、実質的には看護専門学校の建設が主目的であった。

昭和六十一年度開校の尾因市医師会立看護専門学校は定時制新設校のため、四年後に初めて看護師（当時の呼称は看護婦）国家試験合格率の結果が判明するとあって、学生たちには新設学校で看護師国家試験に果たして何％が合格できるのか疑心暗鬼が拡散し、不安心理を増幅した。看護師養成所として厚生労働大臣による正式な指定は昭和六十一年二月上旬であった。昭和六十年八月には開校見込み校として認められ、昭和六十一年には入学試験を予定することができることになった。

昭和六十一年二月の入学試験では定員四十人に対して受験生は僅か五十八人であっ

た。このような状況になることはいずれも新設校の宿命であり、いたしかたない。

五十人を合格者として発表したので、実質的競争率は一・一六倍であった。合格者五十人のうち四十五人が入学手続きをしたが、さらに三人の辞退者があり、四月の入学式に参列したのは四十二人であった。定員割れにならなかったため、関係者一同は安堵の胸をなで下ろしたのであった。


尾因市医師会立看護専門学校（昭和六十一年開校）は定時制三年課程であるため、全日制と異なり四年間の教育課程の授業は主に午後で、実習は全日で三年生は週二日、四年生は週三日となっている。したがって、医師会立であるためほとんどの学生は医療機関に所属し、看護助手として無床診療所は午前中のみで、病院や有床診療所は夜勤もあり、働きながら学び、全課程を修了すれば四年後には看護師国家試験受験資格が得られるのである。この種の定時制看護専門学校は全国的に非常に少なく、昭和六十一年においては全国に六校しかなかった。この学校の教育理念は学生便覧には次のように記載されている。

教育理念とは、地域社会及び保健・医療・福祉をめぐる環境の変化に応じて、保健・医療・福祉の向上に貢献できる看護師の育成である。

尾因市医師会立看護専門学校が開校し、学校長は村山弘《むらやまひろし》医師会長が兼務し、開校直前には副学校長兼教務主任として、広島県庁の健康福祉局医務課に勤務していた参与で看護師の藤本久美子《ふじもとくみこ》が二年の勤務の約束で着任し、その後、学生募集も教員確保も順調に進んだ。藤本の後任となる人物を学校長は自分の出身大学の知人に依頼した。

その知人から国田克美《くにだかつみ》という人が推薦されたが、国田は大阪市に在住しており、医師会員は誰一人として面識のある者はいなかった。そこで看護学校設立に尽力した医師会長の村山が国田とアポを取り、国田に面会するため、村山は新幹線で三月に大阪に行った。特殊な資格のある教務主任候補は藤本の後任としては国田しかいないため、村山は新しい学校なので国田に学校運営のすべてを任すからと尾因市医師会立看護専門学校への赴任を懇願した。

尾因市は大阪よりも国田の実家のある岡山県倉敷市の方が近く、通勤可能なことから良い条件であったが、国田は一発で承諾せずに、一週間待って下さいと返事を保留した。国田は実のところ同意しても良かったが、もったいぶってみせたのだ。一週間後には村山に「先生の熱意には負けました。よろしくお願いします」と自ら電話を入れたのであった。

晴れて国田は憧れの教務主任となったが、医師会立という学校が何となく気に食わなかった。その理由は、国田は看護師として勤務時代に医師と恋愛関係にあったことが二度もあり、二度とも失恋した経験があった。国田は、意見が対立すると、親しい間柄でも、誰に対しても激しい気性が表れることを抑制できないことがあり、勝ち気な性格が災いとなったと思われる。以来医者嫌いとなったのである。このようなことがあり、村山への即答を避けたのかもしれない。

二度目の失恋直後に故郷の倉敷市の父より婿養子縁組みの話があり、国田は年下の温和《おとな》しい男性と結婚した。夫は女性に優しい性格であったため、かかあ天下の家庭となり、夫婦仲は良いが、これまた養女であった克美の国田家は二代に渡って子宝に恵まれなかった。

尾因市医師会立看護専門学校の勤務が始まる直前に、大阪から倉敷市に引っ越し、学校まで五十キロメートルの距離をJR山陽本線の電車で約五十分かけて尾因市に通勤することになった。

国田はこの往復一時間四十分の通勤時間を学校の運営、教育方針、学生とのコミュニケーションの確立などを思慮するために有効利用し、教務主任としてさらに高揚し、看護師養成への熱意を全身全霊で打ち込む決意をしたのであった。

国田が赴任した看護専門学校は、卒業までに四年間を要するため、昭和六十三年の最高学年の三年生まで約百二十人の学生が在籍していた。看護教員は四人いたが、そのうち三人の看護教員歴はこの学校に採用されてからであるため勤続二年。この三人は二年間の在職中に看護教員としての資格を得るための看護教員養成講習会の研修を六カ月間受けており、残りの一人は一年前に採用され今年受講予定であった。

ここでいう看護教員とは、看護師を養成する学校での生徒に看護学を中心として講義をし、実習などの教育・指導を行う教員のことである。看護教員としての仕事の内容は看護学生に主に基礎看護学、専門分野として精神、成人、老年、小児、母性の各看護学、統合分野の在宅看護論、看護の統合と実践などがある。このような講義や基礎実習の指導を行う教員を一般に看護専任教員と呼んでいる。病院勤務の看護師は夜勤があることもあり、それと比較すれば働きやすい環境であることから看護師の中では比較的人気が高いとも言われている。しかし、看護師の資格があれば誰でも看護教員になれるわけではなく、国が定めるいくつかの厳しい条件があるために、専任教員になろうとして応募する看護師は比較的少ないのが現状である。

厚生労働省の看護師等養成所の運営に関する指導要領についての専任教員資格は保健師、助産師又は看護師として五年以上業務に従事し、厚生労働省が認定した看護教員養成講習会の研修を修了した者は専任教員になることができる。また、専任教員の三年以上の経験を有すれば教務主任になることができる。

国田もこれに該当し、県庁医務課看護係に提出した履歴書では適格者として許可された。また、国田は大学卒で教員資格があることから全く異論はなかった。

国田は昭和六十三年三月下旬の土曜日に就任の挨拶のため、尾因市医師会立看護専門学校を訪れた。国田は簡単な挨拶をして、副学校長兼教務主任の藤本と他の専任教員を一瞥し、これからは私の指示通りにして欲しいと言わんばかりの顔付きで「皆さん、これからは私にご協力をよろしくお願いします」と言った。藤本から簡単な引継ぎを受けている最中に学校長を兼務している村山医師会長が現れた。村山は日焼けした顔で端正な容姿ではあるが、酒を飲むと言葉遣いは備後《びんご》弁丸出しで初対面の人も親しみが持てる男である。

「こんにちは国田さん、この新しい学校の運営をよろしくお願いしますよ。私は耳鼻咽喉科の開業医をしていますが、尾因ゴルフクラブの理事長も兼ねていて多忙ですので、貴女にお任せすることが多いかもしれませんが、とにかくよろしくね」

「こちらこそ、よろしくお願いします」

「私は尾因市の教育委員長もしていて、学校教育にも縁があります。この学校は、今年第三期生が入学しますが、まだ、卒業生を出していません。定時制ですので、二年後には第一期生が看護師国家試験を受験しますが、国田さん百％合格を目指して頑張って下さいね！」

「私はこの度、皆様のお力添えで教務主任という重責を果たしていこうと思っています。皆様方のご協力をお願いします」

「国田さん、尾因での食事は勿論初めてでしょうね。昼食は瀬戸内海の美味しい魚料理でもご一緒しませんかね」

「私とですか」

「いや、ここにおられる皆様と一緒にお願いしますが、もうすぐ昼食の時間なので、全員よろしいでしょうかね。えーと、ここにいる六人と私とで七人になるね。それから医師会の学校担当理事兼副学校長の久船定男《ひさぶねさだお》先生も呼んで、八人で会食しましょう」

村山は、有無を言わさずに親分肌らしいところを見せつけて強引に決めてしまった。

村山は国田ら七人と尾因市の老舗の日本料理屋「南山《みなみやま》」へ行き、二階の和室で魚料理のコースを注文した。全員が新鮮な魚介類の刺身料理やオコゼのから揚げなどに舌鼓を打ち、楽しい一時を過ごした。尾因市は港町で八百年以上前の中世の昔から栄え、江戸時代には北前船が寄港した地であったことから、回船問屋や商人による神社仏閣への寄進も盛んで特にお寺の多い街である。

村山は久船副学校長を紹介してから、国田に言った。

「これからは、学校のことでいろいろと相談することがあると思うが、まず、何でも久船副学校長に相談して下さい。重要なことは私が決めますがねぇー」

久船と国田は今日が初対面であった。久船は国田の年齢を三十五歳前後と想像しつつ、超美人ではないが美人と言う人もいる程度の顔立ちを見て、目元がやや鋭い感じであったので勝気な性格を見抜いていた。また、十数年以上大阪にいたにもかかわらず、何故国田が大阪弁を使わないのか不思議に思っていた。直感で国田は猫をかぶっていると思ったのだ。

会食後に村山は国田に尾因市の観光を勧め、自分で観光タクシーを手配し、一時間半ほど市内を案内した。最初に浄土寺《じょうどじ》に案内された。境内には鳩が群がり餌を与える子供たちがいた。村山は対岸の向島《むかいしま》の造船所を指さし、昔の進水式では新造船が進水するとくす玉が割れて、その中の鳩が飛び立ったことや、その鳩はこの境内で投網で捕らえて持って行ったことや、この由緒ある浄土寺は足利尊氏が九州より兵をあげて上京する途中にこの本堂で太鼓を叩いて戦勝を祈願したことなどを国田に語った。

次に村山は千光寺《せんこうじ》を案内した。この寺には毎年大晦日にテレビで放送される除夜の鐘がある。国田はその鐘の下で尾因市と瀬戸内海の多島美の素晴らしさに感銘した。

本堂の横にある休憩所の腰掛けに二枚の赤座布団が置いてあった。二人はそこに座った。国田は眼下の尾道水道と向島、因島《いんのしま》方向を見ながら、

「瀬戸内海の海は大阪で見る海よりは青色が綺麗な感じがしますね」

「景色が綺麗だと、そのように感じるかもしれない。ところで国田さんの履歴書を拝

見させてもらったところ、教育学部を卒業していますね。私は医学部に入学する前は中学校の教師をしていたよ」

「えっ、村山先生が、お医者さんになる前は中学校の先生をされていたのですって、これも何かのご縁かもしれませんね。実は私は大阪の看護専門学校在学中に大阪近郊の国立大学の教育学部に合格しましたのよ。教師になろうかと思って入学手続きをしましたが、やはり看護師になる道も二年も歩んでいましたので、翌年に看護師になりました。大学はほとんど出席していないので留年となりましたので、退学しました。その後、高校の友人が教師になったことを聞いて、私も教師になろうと一念発起して愛知県の私立大学の教育学部の通信教育を受けて、看護師として働きながら六年間も費やして教員免許証を取得しましたのよ」

「そんなに苦労して二つの免許を手に入れたことは、国田さんは相当な負けず嫌いだったのだね。貴女も働きながら学んだ経験があるのだから、この定時制看護専門学校と縁があったのかもしれないね」

「私も、今、そう思うようになりました」

「ところで、国田さんのご両親はまだ健在?」

「私は三歳の時に伯父夫婦と養子縁組みをしましたので、生みの親のことはわからないのです。ただ、育ての親はまだ元気ですよ。今の父はゴルフ好きで倉田カントリークラブのメンバーですのよ」

「そうですか、倉田カントリークラブは中国地方では名門のゴルフ場だよ。ということは裕福な家庭で育ったということだね」

「いいえ、中の上の家庭ですよ。ウッフッフ……。伯父夫婦は親としてよく可愛がってくれて、中高一貫校の私立進学校に通わせてくれたし、とても感謝しています」

「なるほど、それで今の優秀な国田さんがいるわけだ」

　時間とともに国田と村山の距離が近くなっていくのをお互いに感じていた。しかし、国田の生みの親は気性が激しく決して弱みを見せない母親がいることは絶対に喋らなかった。

　この学校で若くして教務主任になることは、国田にとっては出世街道を歩むということになるからである。ということはこの学校に就職して、いずれは副学校長となり、骨を埋めることを将来像に描いているのである。

　村山はまだ案内したいところはあったが、時間の都合上、大阪に帰らねばならない国田を送るため新幹線新尾因駅までタクシーで行くことになった。タクシーの中で国田は、

「今日は、尾因市の古刹を案内していただきありがとうございました。どちらのお寺も真言宗でしたね。いろいろな宗派がありますが、浄土宗などと比較すると真言宗の

方が格が上のような気がしますわ」

「仏教の宗派に格差などがあるもんですかねぇ〜。尾因市は中世の室町時代から急に発展し、豪商が各宗派に寄進してお寺が増えたとか、現在、尾因港周辺に二十数カ寺残っているよ。真言宗が好きならば有名な西国寺に案内したいところだが、この次にしよう」

どうも国田は真言宗らしいと村山は思った。

一方の国田は村山が教師であったことを初めて知り、二人が教師という資格を持っていることから、何となく親しみを感じ、この先生は私の味方になってくれると思った。

タクシーが新尾因駅に着いた時に村山は昼食をした日本料理屋に手配させた地元で有名な蒲鉾を土産品として手渡した。国田は破顔してこれを受け取って帰路に就いた。

尾因市医師会のドンである村山は、昭和五十八年に医師会長になった。人望のある男であったので、三年後に看護専門学校を創立した。そんな村山が教務主任の国田を採用した時に「国田の言う通りにさせてやれ」と藤本の後任として副学校長にした久船に言ったのは、村山は教務主任という人材はなかなか田舎にはいるものではないことを知っており、国田が辞めると開校して間がない学校の将来が危ぶまれるからだった。自分が医師会長の時代に開校した学校であり、学校長であることから、なおさら学校に過度の愛着があるのかもしれない。酒に酔った時は、「わしの学校」と言うこともある。

こうして国田は最高に強いバックアップを得て、女性が故に徐々に傍若無人な態度をとってしまうのではないかと予想している医師会員もいた。事実、藤本の退職後、副学校長の久船の職名は名ばかりで、実質的運営は教務主任が握ることになった。すなわち、就任時より看護専門学校の女のドンの雛が誕生したのである。

国田は昭和六十三年四月に赴任してから、前年度の学校行事一覧表に目を通した。四月第一月曜日は始業式である。今年は三年生と二年生のみの始業式で、外部の人を招く必要もないので、講堂で簡単に行われた。当日は教科書の購入があり、学生にはカリキュラムを配布し単位取得についての説明がなされた。入学式は四月第一木曜日であった。前副学校長の藤本久美子が資料を残してくれていたので、前年度通りにすることにして、行事形式を見てから、自分なりの改革をしようと目論むことにした。

国田が教務主任となって最初の大きな行事は入学式で、四月一日から勤務して、四月七日木曜日午後一時からの入学式が挙行されることになっていた。学校の主な行事は開学以来、木曜日に定めているが、その理由は尾因市の開業医は木曜日午後を休診にしているところが多いことにあった。何故に木曜日にしたかは商店街の店は木曜日に休業していたので、商店街と近隣の診療所がそれに合わせたとのことであった。

前副学校長の藤本が開学してからの二年間の主な行事そのもののマニュアルを残してくれており、また、四人の専任教員の協力を得て国田は特に苦労することなく入学式を挙行することができた。

入学式終了後は一般にオリエンテーションがある。この学校は定時制であるため、勤労学生扱いで、すでに三月下旬に制服採寸と所属医療機関とのマッチングを終え、学生は入学式後は就労開始という状態である。したがってオリエンテーション後は学生は保護者と一緒に所属医療機関を訪問することになる。学生としての第一歩、社会人としての第一歩が同時に訪れ、期待に胸を膨らませ、また一抹の不安とが交差しながら、所属医療機関へ向かう予定になっている。

入学式の司会は開学時から久船が担当していたので、村山学校長の式辞を含めてすべてがスムーズに終えることができたことに関係者は安堵の胸をなで下ろした。もちろん、入学式には来賓の方々が来られ、尾因市長、尾因市歯科医師会長、尾因市薬剤師会長等が祝辞を述べられた。これら来賓の一部の方はお祝い金を持参しており、国田に直接手渡した。入学式終了後、国田は受け取った祝い金の処理について村山に相談したところ、村山は馴れ馴れしく、

「お前が受け取って学校のために使えば良い」と言われた。何気なく言ったこの言葉だが、尾因市医師会会計を通さない金の処理を許したことになり、このことが今後の学校運営上大きな禍根を残すことになるとは村山は知る由もなかった。

　国田は入学式終了後に教室に新入生を入れて、教務主任としての挨拶をした。

「私が教務主任の国田です。皆さんこの度はご入学おめでとうございます。皆さんはこれからの四年間この看護専門学校で勤労学生として、働きながら学び、四年後には全員が看護師国家試験に合格して立派な看護師になって下さることを希望しております。仕事と勉強を両立することは簡単なことではありません。一日は二十四時間、一年は三百六十五日の限られた時間内に仕事と勉強をしなければなりません。いろいろな悩みが発生するかもしれません。困った時には、教務主任の私か担任の専任教員に遠慮なく相談して下さい。私たち専任教員は貴女たち四十人の新入生の味方であり、看護教育に使命感を持って働いていますので、どんなに些細なことでも結構ですので、いつでも相談に来て下さい。よろしくお願いします」

　一般に三年課程全日制看護専門学校では、約二～五％が卒業までに退学し、脱落すると言われている。三年課程定時制看護専門学校は全国で六校あるが、他校では十％前後が四年間で退学しているのが現状である。当校は第一期生は四十二人、二期生は四十人入学したが四月現在では三年生三十六人、二年生は三十八人ですでに八人が退学している。このような現状からして、国田は第一期生は何人卒業できるのだろうかと、新入生への挨拶をした後に危機感を持つようになった。

村山学校長は入学式の翌日四月八日金曜日の午後に国田に電話を入れた。

「国田さん、今後の学校運営について相談したいことがあるので、明日の土曜日に昼食を一緒にしようと思うが、国田さんはどうですか？」

村山はすぐに了承すると思っていたところ、

「明日ですか？　明日は午後に先約があるので、無理ですが……」

「そうか。では来週の木曜日の昼はどうか」

「四月十四日の木曜日の昼ですね。よろしいですが、何時頃お会いするのですか」

「午後一時にしよう。わしがタクシーで学校に迎えに行くからね」

「承知しました」

村山の学校運営の話とは何であろうか、国田は自分が学校運営に関与するのかと思うと何に関する相談なのか興味津々であった。

四月十四日の当日は村山は約束の午後一時丁度に学校に現れ、国田と共にタクシーで尾因市の飲食街へと向かった。

村山と国田が向かった料亭は緑柳《みどりやなぎ》で、瀬戸内海で獲れる魚料理が美味しいとの評判である。オコゼの唐揚げや穴子丼などは特に旨い。村山は国田が大阪に十数年以上いたというが、大阪の食道楽でも舌を巻くだろうと思ってここに案内したのである。緑柳の二階の奥座敷を予約していた。

「国田さん、今日はお客さんと思っているので上座でいいのですよ」

村山は国田に上座に座るよう促したが、国田は遠慮して下座に座ってしまった。

村山は床の間の前の上座に座って、女将にビールを二本注文した。

「お前も飲めるだろう」

村山は親しげに国田に言った。

「まあ、少し」

国田は学校長の村山が後ろ盾になってくれれば自分の思い通りの教育ができると内心期待していた。

「わしはなぁ、広島県の因島《いんのしま》育ちで終戦直後は中学校の教員をしていたんだ。それから医大に行って医者になったのだよ。年が多かったので、皆から『おとっつあん』と呼ばれていたよ」

冷えたビールを国田に勧めてコップに注いだ。自らのコップにもビールを注ぎ、

「これから学校を頼むよ」

と二人は乾杯をした。テーブルには前菜、桜鯛の刺身、烏賊ソーメンなどが並べら

れ、豪華な昼食となった。村山は国田と大阪での初対面の時と、国田が尾因市の学校に挨拶に来た時は国田先生と呼び、学校に初出勤した時は国田さんと呼んでいたが、今日からは、この料理屋に来てからは国田と呼び捨てにした。時々お前ということもあった。学校では教務主任と言えども部下だから、呼び捨てで構わないが、村山は呼び捨ての方が親近感があると思っている。これも村山の処世術かもしれない。

「わしは、この学校を開校するにあたって医師会長時代に大変な苦労をしたんだ。まず、医師会員に賛成してもらわなければならない。三年課程定時制のメリットを何度も説明したもんだよ。午前中に看護助手として病院や診療所で働き、午後は学校へ行く。三年生からは週二日、四年生からは週三日の実習があることも理解してもらった。国田は今までは全日制の学校で働いてきたが、今度からは定時制ということをよく理解してほしい。現在、全学生が市内と近隣の医療機関で働いていることも理解し、学生を助けてやってくれよ」

村山は一方的にしゃべった。

「はい、そのようにしますが、学生の一カ月の給料はいくらぐらいですか?」

国田は学生の生活状態を知る必要があると思った。

「無床《むしょう》診療所、有床《ゆうしょう》診療所、病院の三つの場合がある。どこに所属するかによって給料も異なるが、わしのところでは、無床診療所なので午前中のみ働き、一カ月七万円かな。部屋代と一日三食の食事代は格安料金で一万五千円引いているので、五万円ぐらい残るはずだ。それから授業料一万二千円が必要で本人には四万円ほど残るでしょうな。有床診療所や病院で勤務する学生は無床診療所で勤務する学生の二倍ぐらいの収入を得ていると思うよ。夜勤があるようだ」

「学生なら小遣いがその程度あれば十分ですね」

村山と国田はビールを数本飲んで徐々に気分が良くなり、饒舌になった。

「所属医療機関の求人申込みについて、今年の新入生四十人に対し、市内は三十五人しかなかったので、近隣の医療機関にお願いして全員を医療機関に所属することができたよ。来年三月中旬には第四期生の所属の割振りをしなければならないが、国田にすべてを任すから、久船副学校長と相談しながら上手にやってくれよな。もし、久船が難色を示したり、自分の思い通りにならない時はすぐにわしに言いなさい。何とかしてやるから、まず、一期生の全員を看護師国家試験に合格させてやってくれよ。また、予算のことも心配しないで良いよ」

村山は予算のことを国田に喋ってしまってから、看護専門学校運営資金が約三千万円あるので、当分の間は大丈夫と踏んでいた。

国田は頷いて、

「二年後の第一期生は全員を看護師国家試験に合格するように頑張りますので、よろしくお願いします」

「ところで、国田は大阪に十数年以上住んでいたのに、大阪弁が出ないなぁー。大阪弁が嫌いなのか」

「いいえ、私は岡山県育ちで、十八歳までこちらにいたので帰郷するとすぐに地方の言葉になるのですよ」

「そうだなぁ、広島県の備後《びんご》、岡山県の備中《びっちゅう》と備前《びぜん》はみな同じ方言だからな。いっそのこと廃藩置県の時に備州県にしておけばよかったのにと、わしは思っている。広島県の備後と安芸の国とは言葉も風習も少し異なっているからねー。国田は大阪弁を使っていいよ、その方が新風を吹き込んで良いかもしれんよ。ワッハッハー」

女将が部屋に入ってきて、

「村山先生、オコゼの唐揚げですよ」

と言うと、焦げ茶色の小さな籠の中に分葱《わけぎ》の微塵切りが入っているのを見て村山は国田に対して、

「この籠も食べられるよ」

と言ったら、国田は、

「えっ！」

と少し大きな声を出した。ポン酢の垂れの中に、分葱を入れて、細く切った昆布で

編んで唐揚げにされた鯒を村山は口に入れてカリカリと美味しそうに食べてみせた。国田もそれを食べて、

「美味しい！」

と思わず声を出した。

「本当に美味しいのはオコゼの唐揚げだ」

と言うと村山はオコゼのひれも骨もパリパリと食べ始めた。

国田は酒は飲めるが、今日のところは遠慮して、ビールをコップ二杯半に留めて烏龍茶を注文した。

二人は約一時間半にわたり、四方山話をし、楽しく過ごしたのであった。

今日の昼食会で、国田は村山が後ろ盾になってくれることがわかり、急に胸が熱くなるのを感じた。

国田は赴任後、三年生から一年生までの全学生に対して順次、全員の面接をすることにした。医療機関で働いている学生の就労・生活状況、収入状況、寮の有無、夜勤の有無、健康保険の有無などを確認し、学生の満足度や不満など、学生の家庭環境についても詳細に具体的に聞き出そうとしたのである。国田はこうすることによって、専任教員と学生との距離感を縮め、より親近感を得ておいて卒業後の就職や進学相談

を自分を中心に進める狙いを秘かに持っていた。

看護専門学校開設時に設置が義務付けられている学生相談室において、国田の個人面接が行われた。学生一人当たり約十分程度ではあるが、面接順番一覧表を作成し、三年生より開始し、各学生を対象とした個人面接を授業開始前後の約三十分間を利用して実施した。

その結果、国田は所属医療機関によって学生の扱いに差があることを知った。すなわちピンからキリまであり、特に素晴らしい感銘を受けた事例から今すぐに待遇を改善してほしい事例まであった。

例えば、国田のよく知っている村山学校長は六十五歳の耳鼻咽喉科の開業医であるが、子供がいない家庭で、学校長として学校内の情報を知らねばならないこともあり、若い女子学生がいれば家庭も明るく楽しいだろうという思いもあって、第一期生から学生を預かっている。遠方からの学生はホームシックになりやすいからと言って、九州から来た学生を預かることにした。

このようなことから、学生を我が子の如く可愛がって、時には寿司屋に連れて行ったり、レストランや焼肉屋などにも行って食事をしているという。

学生一人では淋しい時もあるだろうと言って第二期生の四国出身の学生を加えて二人の学生を預かり、各学生に一人部屋を提供し、部屋代と一日三度の食事代を含めて一カ月一万五千円という格安料金を引き去るのみで、学生は非常に満足しているという。

村山は大の広島カープファンで、学生を広島市民球場に連れて行き、学生にとっては初めてのプロ野球観戦をさせてくれたこともあるという。初めてプロ野球を観て独特の応援の雰囲気と臨場感が今も忘れられないという学生もいた。

国田が感銘を受けた別の医療機関は、村山と同年代の広田《ひろた》産婦人科医院だった。村山と同様に第一、二期生を各一名ずつ預かっていたが、昨年の秋に脳梗塞で倒れ、休院することになった。発病後半年になるが現在リハビリ中で、医院再開のめどは立っていない。

しかし、学生の処遇は仕事はしなくて良い、寮にいても良い、四年間預かるという約束を保護者と交わしているので働かなくても現在も給料を支払っているとのことであった。医者嫌いの国田は、

「それは嘘でしょう！」

と問い質したが、本当のことであったので驚愕した。

そうかと思えば、病院では看護助手は貴重な存在で、夜勤が週二回もあり、勉強ができる時間が少ない学生もおり、お金よりも時間が欲しいという。寮が二人部屋で馬が合わないのでいつも自分が譲っている学生もおり、これがストレスになるというこ

となど、国田はプライベートの話を含めて種々雑多な情報を得たのであった。

昭和六十三年当時は看護師不足の時代であった。その理由は、昭和六十年十二月に医療法の一部改正があり、地域医療計画の策定に端を発した「かけこみ増床」が起こったことから看護師求人の増加、昭和六十二年からの景気拡大に伴う人手不足がさらに看護師不足に拍車をかけた。また、看護師は三Kの職業の代表であるとマスコミに報道されたうえに、高齢者の人口の増加と、出生率の低下などがさらに求人難を後押しする結果になったのである。

このような背景から、昭和六十三年の夏に国田が以前に看護教員をしていた頃の国立大阪東南病院長の大田靖《おおたやすし》から電話があった。

「国田先生、お元気ですか。教務主任には少しは慣れましたか。先生の学校は医師会立の三年課程の定時制と聞いていますが、卒業後は所属医療機関に就職されるのが前提ですかねぇー」と大田はいつもの磊落な声で言った。

「いいえ、そんなことはありません。まだ卒業生を出していませんし、二年先の就職が決まっている学生は一人もいませんよ」

「ああ、そうですか、それは良いことですね。一年後の秋には一期生の就職活動が始まりますがその時はよろしくお願いしますよ」

「こちらこそよろしくお願いします。今の三年生は定員四十人のところ三十六人ですが、さぁ何人卒業できるか知りませんが、希望者があればご紹介しますので、よろしくお願いします」

電話を切ると、国田は第一期生にますます期待を寄せるようになり、自分の教育により看護師国家試験合格率百％を目指して看護教育に邁進する決意をした。

尾因市医師会は准看護師を養成する学校、すなわち、尾因准看護学院を運営している。この学校の歴史は古い。大正六年に尾因市医師会附属看護婦産婆養成所として設立され、その後、尾因市医師会附属看護婦学校と名称が変わった。また、戦後間もない頃の昭和二十六年には呼称が尾因准看護婦養成所となり、昭和三十六年からは尾因准看護学院と校名が変更されて現在に至っている。

准看護師の歴史と伝統のあるこの学校の卒業生は約三千人以上に達しており、尾因市の病院・診療所の看護師の一翼を担っている。尾因市医師会は明治四十年の設立で、そのわずか十年後に看護婦養成施設を開設した先輩たちに対して、その歴史と伝統に医師会員は感謝しているのである。近年は准看護師を廃止し、看護師の養成を一本化する動きが見られているが遅々として進んでいない。

看護専門学校の別棟に准看護学院があるが、看護専門学校が設立されて間がないこともあって、入学式、戴帽式、卒業式の行事を別々に挙行していることに対して、久船副学校長が国田に相談した。

「国田先生、准看護学院と各行事を一緒にできないものでしょうか」

すぐに国田は甲高い声で眉間にしわを寄せて言った。

「冗談を言ってもらっては困ります。准看護師は看護師ではありません。そもそも看護専門学校は卒業までに約三千時間以上勉強をしますが、准看護学校は二年間で千二百時間の授業しか受けません。そんな学校と同一にされている先生の方がどうかしています。行事は一緒にいたしません」

久船は国田が准看護師制度の廃止に賛成していることを知った。

医師会にとっては二つの学校は入学式、戴帽式、卒業式の三つの式典を同時に挙行すれば尾因市長をはじめとして来賓の方や医師会役員も各一回の出席でよく、合理的な運営になるはずだが、国田の強烈な反対により実行できず、久船は怒り心頭に発した。久船は国田の言った言葉を思い出しながら、国田は准看護師に対して敵愾心を持っていることは間違いないと思った。久船は准看護学院との統一行事挙行案は医師会役員の負担を考えれば、合理的で誰も反対しないだろうと思っていたが国田は強硬であった。また、村山学校長に相談したところで「国田の思い通りにさせてやれ」と言われるのが目に見えているし、実際思い切って村山学校長に相談したところ、やはり予想した通りの回答であった。

国田に煮え湯を飲まされた感じで、副学校長と教務主任のどちらが上司かわからない状態が赴任後数カ月で醸成されてしまった。


国田は学生をコントロールするためには、学生の個人情報を収集する必要があると考えている。

約二カ月間かけて一年生から三年生までの全員の面接を終えた国田は、学生からの情報のアンテナを張り巡らした。また、学年担任の看護専任教員に対しては学生からの情報をどんな些細なものでも良いから遠慮なく何でも話して下さいと命じた。

三年生は週二回の一日実習が四月から始まっている。ある時、市内の総合病院で看護実習のレポートを書いている時に聞こえたという会話が学生から国田に伝わってきた。その病院の整形外科病棟の研修医A子と整形外科部長との会話で、A子が部長に次のようなことを言ったそうだ。

「最近、骨折の入院患者さんが少なくなったわね。大腿骨の骨折も少ないわね。先生、次は私にだいてちょうだい・・・・・・ね」

国田は病院でこのような会話を若き女子学生の前でするとは不届き千万と怒り狂った。早速、久船副学校長の講義の日に、誰もいない学生相談室でこの会話について真偽の程を調査してほしいと申し入れた。久船は「ウァハッハ！　ハッハ！」と笑って言った。

「何かの間違いではないのかね？　真っ昼間にこんなことを言う女医がいるもんですか。いるとすれば頭が変な人ですよ。もう一度、その学生を呼んで本当にそのような会話があったのか確認してみて下さいませんか」

「そんなことはできません。二十一歳の若い女子学生に破廉恥な話を聞いて確認なんて」

久船もその学生を呼んでそのような話を確認するわけにはいかないと思った。二人とも無言の時が数十秒間続いた後、久船はこう持ち掛けた。

「こんな面白い会話が本当にあったとすれば、プライバシーの問題だからと言ってしばらく様子を見ることにしてはどうですか」

「先生は問題解決をせずに逃げるのですか」

「いや、逃げてはいないよ。人のプライバシーに関することに介入するわけにはいかないと言っているのですよ」

「私は教育上の問題だと言っているのですよ」

「そんなのを確認しても無意味と思いますがね。プライバシーは尊重した方が良いし、そんな会話を確認する勇気は私にはないので、国田先生が病院で当事者に尋ねてみたらどうでしょうか」

「……」

対峙した二人にしばらく沈黙が続いたが、二人の間で解決する糸口は見えてこない。

国田は研修医の女医Ａ子を貶めたいのであろうか。医者嫌いの性格が根底に存在しているためと思われるが、国田の深層心理は男には理解できない。久船は国田とその会話の調査については物別れとなったが、このような笑って放置すれば良いことを国田はわざわざ表沙汰にして、無理難題をふっかけてくることに腹立たしさを感じた。これも久船のストレスとなった。

数日後、久船は整形外科の有床診療所を開業している柏原《かしわばら》思計《しけい》に飲み会で会った時に、国田がこの会話を問題視して、困惑していることを話した。問題の会話の前は骨折の話で大腿骨骨折であった。それから、いきなり「だいてちょうだい」。柏原はヒントは骨折にあると考えた。Ａ子と部長との間に、骨折の話から「だいて」と飛躍した会話になっていることから謎解きが始まった。

柏原は整形外科医らしく久船に大腿骨の解剖学的用語について解説をした。すなわち、大腿骨骨折は大きく分けて、体幹に近い部位を大腿骨近位部《きんいぶ》、中央部を骨幹部《こっかんぶ》、膝に近い部分が遠位部《えんいぶ》で顆部《かぶ》ともいう。高齢者に多く見られる骨折は近位部である。近位部骨折は大腿骨頚部《けいぶ》骨折、大腿骨転子部《てんしぶ》骨折、大腿骨転子下《てんしか》骨折の三つがあるが、頚部または転子部の骨折が圧倒的に多い。一般的にこの二つの骨折を簡略化するとすれば、頚部骨折と転子部骨折ということになる。

解剖学的部位の大腿骨頚部を大頚《だいけい》、大腿骨転子部を大転《だいてん》と略する整形外科医はいないが、研修医A子は自分なりに大頚《だいけい》、大転《だいてん》と勝手に略語をつくり、この略語を部長に伝えていたのだろう。

とすれば、次の入院患者さん、すなわち、大腿骨転子部骨折の患者さんを私にちょうだいと頼み込んだ言葉が「私に大転《だいてん》をちょうだい」であったと推察した。後ろにいてレポートを書いていたうら若き乙女の三年生には「私を抱いてちょうだい」と聞こえたので驚いたのではないか。それを聞いた久船はさすが整形外科医の柏原先生だと褒め上げた。これで問題は解決した。このような誤解はA子の作った略語であり、医療従事者の誰も使用していないため、A子と部長との隠語となり、大転《だいてん》が「だいて」と聞こえたことが原因である。

後日、久船は国田に「だいてちょうだい」の顚末を伝えたが、半信半疑であったのか、国田は無言で久船に迷惑をかけたことに謝罪すらなかった。国田の医師に対する性格からして、自分に非があっても謝罪するような女ではないことが証明された。

国田は四人の専任教員を集めては看護師国家試験の話をして、百％合格を目指していると学生に話すように命じた。勤労学生に対して、全日制の看護専門学校に負けてはならないと檄を飛ばし、相変わらずの勝気で負けず嫌いの性格を丸出しにして、専任教員にも喝を入れていた。

しかし、押し付け教育だけでは学生は自分の味方にすぐなってくれるかどうか不安な一面もあった。学生同士が看護師国家試験百％合格の目標に対して一丸となって結束するためには、専任教員と学生との絆を深める必要がある。そのために、国田は課外活動を計画したのである。

講師控室にあった新聞のチラシの一枚に、広島県備後の中央部にある世羅《せら》台地にキャンプ場があることを知り、よそ者の国田は土地勘がないので他の専任教員の意見を聴き、キャンプ場のパンフレットを送付してもらった。そのキャンプ場には多くのバンガローがあり、飯盒炊飯も可能であることを知ると、国田は独断で即決し、申込みの相談を学校事務員に命じた。学校長、副学校長にはいずれ相談するものの事後承諾に等しいが、村山学校長、久船副学校長も反対する理由がないことを予測できていたからである。

そのキャンプ場を入念に調査し、公立学校の夏休み前の時期が比較的低料金であることから、梅雨明けの七月中旬の土・日を予定した。三学年全員参加とし、総勢百名以上の団体となり、キャンプ場は貸切状態となった。

合宿研修会と称して、五月下旬に全学生に簡単な合宿説明を学生用に掲示すると、学生たちは大いに盛り上がった。興奮状態になる学生もおり、「やったー」と飛び跳ねて喜ぶ学生、手を取り合ってバンザイをする学生など掲示板の前は大騒ぎとなった。

このようにして合宿研修会は絶大な反響を呼び、国田の教務主任としての人気は急上昇した。約二カ月前に合宿研修会を公表し学生の旅行気分の期待を長期間増幅させるために、各学年に合宿研修委員会の立ち上げを指示した。

これも国田の作戦であり、人の心理を巧みにあやつる術を国田は持っている。すなわち、学生たちにとってはカリスマ性のある教務主任となったのだ。今後、国田は学校運営面においてさらにこのような術を開花させ、カリスマ性をさらに発揮するのである。

一方、合宿研修会を事後承諾させられた久船は予算がないことに頭を悩ませた。必要金額は貸切りバス代を含めて約百万円也。予算上の予備費は五十万円計上されている。村山学校長に相談したところ、「合宿研修会は学生にとっては誠に良い企画だ。よっしゃ、わしが責任を持つから金のことは度外視して、やれ！」と言われた。

自他共に認める親分肌の村山学校長は看護専門学校の繁栄は自分の診療所と同様に自分が開設した自分の学校という認識があるため、良いと思ったことは行け行けドンドンの勢いで、教務主任の国田に対しては「行け行けねえちゃん」である。

　村山学校長は「学校行事として約百万円の補正予算を組めば良い。その財源は学校運営資金があるので、それを繰入金とすれば良い」と久船に指示して、予算の件は解決した。村山のおとっつぁんの一言は凄い力があることを、久船も国田も改めて認識したのである。

　ところが、学生の研修実行委員会から国田へ次のような申し出があった。すなわち、研修会の二日目は世羅地方を観光してから尾因市へ帰りたいというのである。国田はこのようなことをしたら往復のみの料金を予定していたバスチャーター料が二日間貸切り料金となり、その上に昼食代も加算される。予算はさらに増加するため学生に直ちに断るように言おうとした。しかし、熟慮の末、国田の頭に悪知恵が浮かんだ。それはこの件をまず、久船に相談して、久船から無理と言われたら、「私が学生を説得してみます」と言う案である。

　案の定、久船は観光を認めなかった。その理由は夏の暑い日の研修で疲れているので二日目は正午までに尾因市に帰り、午後は休養して、疲れを早く取り除き、翌日の仕事に支障のないようにするのが最善の方法であるということであった。国田もこの件については同じ考えを持っており、久船に対しては従順な振りをして服従したことにした。

一方、副学校長として、いつも国田に受身の姿勢を取り続けるわけにはいかないと思っていた久船は、村山学校長に今後の合宿研修会について相談することにした。まず、久船は次のように電話で報告をした。

「先生の補正予算により合宿研修会が可能となり、ありがとうございました。また、学生からの希望があった翌日の観光はしないことになりました。ところで来年のことですが、私の考えを申しますと、来年の四期生は入学したらすぐに四月の中旬にでも新入生の合宿研修会をしたら良いかと思いますが、如何でしょうか」

「うん、いいだろう。お前に任すから、国田とうまくやってくれたらいいよ」

「予算を最初から一学年四十人に対して四十万円ぐらい組んでも良いでしょうか」

「いいだろう。任すよ」

こうして、毎年新入生は親睦を目的とした合宿研修会を計画することになった。久船は国田に対して押されっぱなしであったことから、時には先手必勝の気分を味わいたかった。国田に電話を入れた。

「この度の研修会の費用の件については村山学校長の裁断で補正予算を組むことになり、村山学校長は合宿研修会の成功を大いに期待しております。ところで来年からは新入生に対して四月中旬に合宿研修会を予定しようと先程村山学校長と決めましたが、先生は賛成されますよね」

「勿論ですよ」

「その予算は四十万円で次年度から組むことになっておりますのでよろしくお願いします」

「あぁ、そうですか。それは有難いことですね。この度の研修会は三学年同時にするので、大規模ですが、必ず成功してみせますので、先生よろしくお願いします。先生方に感謝しております」

久船は、国田が赴任後、まだ、二カ月しか経っていないため、国田が医師会側に協力する態度を取るのは当然のことと思った。しかし国田はこう続けた。

「先生、この度の合宿研修会には、現地でのご挨拶をお願いします。土曜日の午後三時ごろになりますが、よろしくお願いします」

久船はこのようなことは学校長にまずお願いすべきことと思い困惑した。

「その件は、学校長に相談して決めますから、後日連絡します」と言って電話を切った。

国田は以前、村山学校長からすべてのことは久船副学校長に相談するように言われていたので、その通りにしていたのである。

国田は学校運営を積極的に自分のペースで進めつつあった。なにしろ、学校長、副学校長とも本職は開業医であるから、日・祝日以外は多忙である。二人とも木曜日と土曜日の午後は休診としているので、国田はこの時間帯のみ長時間の相談、打ち合わせ、協議を予定することができることになっている。これから学校行事があるたびにお互いに多忙となるが、現在の国田は一見温和しく振る舞っているだけである。いずれ、わがままな振る舞いになるであろう。

七月になり、いよいよ合宿研修会が近づいてくると、学生の合宿実行委員会によるスケジュールが完成し、国田に書面で届けられ、許可を得た。学校を午後二時に出発し、三時にキャンプ場到着。学生百十四名と教職員・事務員六名の合わせて総勢百二十名の研修会である。

学校出発時より、学生たちは興奮状態で、若い女子学生のわいわいがやがやの喧騒は近所迷惑であったに違いない。三台のバスに分乗し、世羅西町までの道中に実行委員より事前に配布されていた班編成や夕食・朝食の予定表などの資料をもとに簡単な説明があった。夕食のメニューはキャンプの定番でカレーライス、朝食は和食となっている。キャンプ場であることから、施設の調理器具を使用し、施設が用意した食材で自炊する。豪華な食事をしようとすればバーベキューも可能であるが、費用の面を考えて、夕食はカレーライスとなったのである。

各班は六名が一組となり二十班が編成された。バンガローは二十棟あり、丁度施設は貸切り状態となり、世羅台地の山奥のため、他人と接する機会は全くない。

　バスがキャンプ場に到着して一般的注意事項の説明が専任教員よりあり、事故防止のため特に施設外へは絶対に出ないように指示された。丁度その頃、久船副学校長が自家用車で到着し、学生に挨拶をすることになった。久船は村山学校長に「お前が行ってやれ」と言われ、乗り気ではなかったが、やむを得ず引き受けたのであった。久船は挨拶後、往診があるためすぐに帰った。

　その後、各班はバンガローで午後四時より自己紹介と親睦を深めるために三十分のミーティングが予定されていた。内容については各班に任せて、自主的運営にしていた。その後食材を用いて午後七時までに夕食を終えることになっている。炊事器具を洗い、整理整頓して午後七時よりキャンプファイヤーが行われた。全員が火を囲み、歌や踊りに興じてお祭り騒ぎの状態となった。なにしろ、世羅台地の山林の中で、人里離れており、いくら大声で騒いでも全く迷惑にはならない。迷惑なのは野鳥やイノシシ、タヌキの類である。

　百二十人が二重の輪になれば、壮大なキャンプファイヤーと言えども、大きな輪のため遠くにいる人たちは顔を視認しにくい状態である。学生の司会者はマイクで行事を進めボリュームを上げて、次々に出し物を求めて楽しい演芸会のようであった。この夜の学生たちは、日頃の教室内の顔付きとは異なり、全く別人のように燥《はしゃ》ぎ、教職員たちは若者たちのエネルギーに舌を巻いた。また、立派な胸を持っている学生でも素っぴんのためか艶かしさはなく凡庸な女に見えた。

午後八時半までキャンプファイヤーでの競演は続き、各班はバンガローに帰り、シャワーを浴びた後、午後十時半就寝と予定表に記載されているが、いずれの班も十二時前後まで駄弁《だべ》り続けていた。起床は午前六時であったが、予定表には午前六時三十分よりラジオ体操があり、午前六時二十分にはキャンプファイヤーの場所に集合することになっている。

二十班もあれば一班ぐらい遅刻するだろうと国田は予想していたが、やはりラジオ体操第一が始まる直前に六人が走ってきた。国田は冷たい視線で睨み付けた。すでに集合していた学生たちの最後尾に六人がうつむき加減で並んだところで、丁度ラジオ体操が始まった。明日の月曜日に登校した時に、国田は遅刻した六人を咎《とが》めるであろう。

ラジオ体操が終わり、各班は朝食の準備にとりかかり、味噌汁、焼き魚などの朝食を終えて、炊事器具、食器を洗い、整理整頓した。各班はバンガロー内外を清掃し、帰路の準備を予定通りの午前十時に終えた。午前十時半にキャンプ場を後にして、バスは出発した。

各学年のバスの中では実行委員を中心として合宿研修会の反省会を開いた。国田の指示により、反省会については各学年実行委員会の簡単なレポートを提出させることにしていた。国田は学生の課外活動の指導も徹底しており、全学生を自分の支配下に置いて、学生の行動や心理をもコントロールしているのである。

一般の看護専門学校では学校長、副学校長、教務主任がおり、その他の常勤の看護教員は専任教員となっている。各教員は看護学の専門領域分野を担当している。しかし、実際の看護学は医学を基礎にして成り立っているので、当然正しい医学的知識が必要である。医学系講義は主に医師が担当しており、生化学、微生物学、薬理学、病理学などの基礎医学系の専門基礎分野と内科学、外科学などを中心とする臓器別の臨床医学系専門分野などがある。

国田は専任教員の質的向上が必要であることから、各専任教員に対して自分の担当している看護学に関連のある医学系の講義をできるだけ聴くように指示した。また、医学系の講義を担当している講師の講義内容について、専任教員からみて適切か否かのチェックをすることを命じた。すなわち、休講が多いかどうか、講義内容が偏っていないかどうか、教え方はどうかなどを評価することであった。専任教員は医学系講義を聴講することによって自身の医学的知識を高め、看護学についての指導力向上に役立つという狙いが国田にはあったので、以上のことを四人の専任教員に夏休み明けの九月から実施するように指示した。

九月になって専任教員が医学系講義を聴講したところ、B講師は教科書があるにもかかわらず、自分の専門分野に関する講義を重点的にしており、しかも医学的に高度な内容で難解な専門用語や英語を駆使して話されているという報告があった。ということは看護学生にとっては難解で理解できないということである。

また、内科学を担当しているC講師は講義時間の約二十%が休講になって、自習をさせていた例もあったし、女性のD講師の声が小さいため後方の席の学生には聴き取れないという苦情もあった。このような不適切と思われる講師については、国田は担当講義終了後に久船副学校長に講師の更迭を願い出た。

「久船先生、講義内容について偏りのある講師のB先生や休講の多い講師のC先生を他の先生に変更してもらえませんか？　また、D先生には大きな声で講義をするか、マイクを使用するかをお願いして下さい」

国田は心の中の怒りを表面に出さずに淡々として話した。B先生、C先生も開業医であり、木曜日の午後を休診としているので、木曜日に講義をしているのであった。D先生は女性の勤務医である。久船は困惑し、すぐに言葉は出なかった。

「B先生もC先生も開業医で、どちらの先生も病院でなく診療所ですね……。さぁ、どう言ってお断りしましょうかねぇ」

久船が眉間に縦皺を寄せて言った。

「それは久船先生がうまく言って下さい」

久船は一般の開業医は木曜日と土曜日を除いて午後も必ず診察をしているため、木・土以外の午後の講義は不可能であることから、来年はカリキュラムが変更になるので木曜日、土曜日以外の曜日の講義は無理でしょうねと話を進めて辞退させることを考えた。しかし、そうするためには後釜の先生を木曜日、土曜日以外にお願いできるかどうか確認しておかねばならない。または、来年からは問題のある先生には講師の依頼をせずに放置するという考えが脳裏に浮かび、国田にどちらが良いか相談した。

「それは困ります。キチンと理由を言って断って下さい。もし、来年も講義をする気でいる先生だったら、依頼せずに放置していて問い合せがきたらどうされますか」

「B先生、C先生にズバリと理由を言ってお断りしますと言って良いのですか」

「先生にお任せします」

「後釜の先生は誰が決めるのですか」

「それは副学校長である先生が、お決めになることです」

久船は再び眉間に皺を寄せた。国田は久船を上手に裏で操って無理難題を簡単に押し付けて、自分の思う存分な学校にしようと考えていた。

看護専門学校の夏期休暇は大学・短期大学に比較して短縮されており、七月二十七日〜八月十九日までの約三週間である。この期間には一つの大きな仕事がある。それは来年度の入試問題の作成である。

市内のある大学の先生に国語（現代文）、数学、英語、理科（生物学）の四教科の問題作成を約二カ月前から依頼しており、七月中旬にこの入試問題の原稿を尾因刑務所の印刷作業課に届けて約三週間後にゲラ刷を受け取り、夏季休暇中に二回の校正を問題作成者に実施してもらって本印刷となる。夏季休暇中にこれらの作業をするのは、試験問題が漏洩するのを防ぐためでもあった。

八月下旬に国田より村山学校長に「来年度入試問題は段ボール箱に入れ、封印し、施錠できる倉庫に保管を完了しました」との報告があった。同時に次年度の学生募集要項も印刷する必要があったため、村山、久船、国田の三者による会合が学校長室で九月上旬の木曜日午後に開催された。久船は入試問題で次々年度より理科（生物学）の削除を提案した。

「試験科目は少ない方が、受験生が増加する見込みがあるので、科目は国語（現代文）、数学、英語のみで良いと思うが、国田先生どうでしょうか」

国田は「看護学は人間を観察し、看護する学問ですので、生物学は絶対必要です。入試科目を減らすことには反対です」と声を大にして言った。また、「今までの三回の本校の入試においては受験生は増加していることから、入試科目の変更は必要ないと思います」とも続けた。

村山は、国田の顔が紅潮してきたのを見届けて「わしらは口出しせずに国田に任せてやろうや」と言って早々に議論を打ち切ろうとした。久船は村山の「おとっつあん」に従うしかなかった。やはり久船は副学校長でありながら、国田の言う通りの案を受け入れざるを得なかった。

次に久船は推薦入試を提案した。

「国田先生、入試科目は現状のままでいくとして、推薦入試を導入してはどうでしょうか。推薦入試をすれば受験生はさらに増加し、優秀な生徒も本校を受験するかもしれないし、良いのではないですか」

「うちの学校は一般入試で受験生が増加しているので、その必要はないでしょう」

国田はけんもほろろに久船の案を断った。

国田の顔は眼を大きく開き、不機嫌になった。村山は国田を怒らせてはいけないと思い、

「では、このままの入試でしばらくいこうじゃないか」と言って入試論議の打ち切りを促して、三者会議は終了した。

久船は眉間に皺を寄せたまま、沈黙していた。国田は自分が発案したこと、例えば

合宿研修などは予算もないのに強引に実施するくせに、医師会側の意見には聴く耳を持たないことに久船は苛立ちを感じた。国田は出自から察するように過去に医師に対する反感の持主であり、反射的に医師には対抗しようとする性格の持主である。本来ならば、このような試験科目の変更に関する議論は学校運営委員会で図られなければならないが、三人で決定したことが、そのまま実行されるということになり、学校運営委員会は形骸化されるようになった。

看護専門学校の三大行事の一つである戴帽式が近づいてきた。第一期生が二年生の秋（昭和六十二年十月八日の第二木曜日）に挙行しており、当日に配布した資料が保存されており、国田は今年度も同じ形式で挙行することにしたので、労することはなかった。ただ、保護者も出席するので、来賓の方々と同様に気を遣っているのが顔に表れていた。

式当日は、来賓の方々は尾因市長、尾因市歯科医師会長、尾因市立市民病院長、同看護部長等の面々である。励ましの祝辞が述べられると、続いて、壇上でナイチンゲールの像に点火されたローソクから学生の一人ひとりのローソクに点火して、その場で背を低くして教務主任である国田からナースキャップを着けてもらった。壇上で二列に整列したところで講堂は消灯され、全員でナイチンゲール誓詞を暗唱した。

ローソクの灯りのみの幻想的な学生の姿は多くの参加者の瞳に焼きついて、生涯印象に残るものと思われる。学生が一列に並んで壇上から降り、場内を一周する姿もファンタジーの世界である。こうして戴帽された学生にとって一生忘れることのできない式となるのである。

国田はナイチンゲール誓詞を尊重しているものの、ただ一つ「われは心より医師を助け」の文言に疑問を持っていた。医師と看護師は車で言えば両輪であり、どちらが欠けても機能しないので、あくまでも対等な関係であり、医学と看護学は同等な学問であるというのが国田の持論である。国田は以上のようなことから看護の理念を学生たちに理解してもらうためと、学生の親睦を深める必要から戴帽式の翌日を祝賀会と称して全学生を講堂に集めて、茶話会形式での勉強会を計画していたのである。そして、国田はこの場でナイチンゲール誓詞の中の「医師を助け」は「医師と協力し」が正しいのだと持論を展開することを予定している。

当初の年間行事予定において、戴帽式後の祝賀会は予定されてはいなかった。国田は祝賀会を開いて、学生主導の会として、各学生間の親睦を深めようと考えて発案したものである。国田は自分一人で決めて、戴帽式の前日に専任教員の了解と学校長、副学校長に電話で承諾をしてもらった。徐々にワンマン振りを発揮してきたのである。

戴帽式の翌日の二時限目の講義を中止し、第一～三学年まで約七十分間を茶話会形式とすることにした。後の二十分は会場の後片付けと清掃の時間に充てた。学生主導の会のため司会者は学生である。各テーブルにはお茶と駄菓子が用意されているのみで質素であった。村山学校長と久船副学校長は出席するように国田から依頼されていたが、二人とも診療時間であったため断った。しかし、どちらかの先生は挨拶のみ三分間ぐらいして下さいと懇願された。

村山は命令口調で「久船、お前が行け」と言った。久船は親分の言いつけは守らなくてはならないので、挨拶に向かった。

「二年生の皆様、昨日は戴帽式があり、おめでとうございました。皆様、尾因市は造船の街ですが、皆様もご存知のように一隻の船が完成して処女航海に出るまでにはいろいろな儀式があります。まず、設計後の建造契約、次に起工式、進水式、すべての艤装を終えて完成後引き渡しとなり、処女航海に出発します。皆様も入学試験、入学式、戴帽式、卒業式、看護師国家試験の合格を経て看護師として就職をしますね。これらは学生時代の大きな節目ですので昨日の戴帽式を忘れずに、これから基礎実習が始まりますので、気を引き締めて頑張って下さい。今日はその祝賀会ということですので、リラックスしてごゆっくりと楽しんで下さい。また、実習については、第一期生の三年生も出席していますので、いろいろな情報を聴いてみて下さい。以上、簡単ですがはなむけの言葉とします」

久船は足早に祝賀会を後にして、診療所に帰って行った。

数日後、久船は薬理学の講義に登校してきた。国田に会った時に久船は「先日の祝賀会はその後どうでしたか」と言った。

「それはそれは大変楽しい会でしたよ。学生の司会者も上手だったし、戴帽式を思い出して改めて感激して壇上で号泣した学生もいたし、同時に壇上にいた学生ももらい泣きをしたかと思うと、その学生たちは次は歌を歌って楽しく笑っていましたよ。泣いたかと思うと、数分後には歌合戦になっていましたし、大騒ぎでしたよ。久船先生も最後までいらっしゃったらよかったのに……」

国田は久船が早退したことに対して皮肉った。

「それは楽しかったようですね」

久船は国田の言動に何か引っかかるものを感じた。確かに楽しい会だったと報告してくれたが、診療に多忙なことは明白だと知っていながら、学校でもっと働いて下さいと言わんばかりである。国田は何やかやと行事には学校長、副学校長に終始出席してくれと常々言っている。その度に欠席すれば国田は村山、久船に貸しを作って優位に立とうとしているのではなかろうか。副学校長としての久船は少し不機嫌になった。

国田は載帽式の茶話会形式の開催であったが、学生からはみんなが爆笑するようなスピーチや歌や踊りで躁ぎ、楽しい一時を過ごすことができたと、さらに人気を得て感謝された。

また、国田はこれまで参加していなかったスポーツ交流会に学生たちを参加させたり、バイク通学をしている学生の交通事故防止のために尾因市警察署の交通課にお願いしてバイク講習会を実施したりして、学生たちにイベントを楽しむ機会を増やした。

こうして、学生たちから絶大な人気を得て国田はカリスマ教務主任としての道を歩むようになった。


看護専門学校の入学試験は過去三回実施されているが、ある日、学校に一本の電話があった。

「教務主任の先生はおられますか」

電話に出た事務員が国田に電話を手渡した。

「こちらは看護専門学校受験雑誌を発行しているP社ですが、過去問題集を発行する予定ですので、貴校の過去問題を提供していただきたいのですが、如何《いかが》なさいますか」

「そのような話は初めてでございますが、他校はどのようにされているのですか」

「ほとんどの学校からは年度毎で一科目千円で提供していただいています」

「そうですか。当校は国語（現代文）、数学、英語、理科（生物学）の四科目ですがそれでよろしいのでしょうか。当校は開校してから三年目ですが、これからも受験生の増加を期待したいし、知名度も上げなければなりませんので、三年分をよろしくお願いします」

「そうですね。三年分で十二科目分になりますね。できればコピーでなく、各試験科目の原本を送って下さればと思っています。数日以内に依頼書を郵送しますのでよろしくお願いいたします」

数日後P社より依頼書が届いた。三年分の過去問題を宅配便の着払いで届けた後に、代金は振込にて支払われる旨が記載されていた。国田はP社に従うことにした。国田は入試の過去問題がこんなに貴重なものであることに気付き、今後は入学願書を求めた受験生に秘かに販売する計画を立てた。

しかし、国田は四科目の過去問題の代金が一年分で四千円では高いと思って、受験生が購入するであろうか疑問を感じた。近隣の他校を調べてみると一年分が千円～三千円まで幅があることから、さらに判断に迷った。

過去問題の傾向を調べるには最低でも二、三年分は必要である。受験雑誌社のP社が本校の問題を全部掲載するか否かは不明であるが、過去問題を購入する受験生は必ずいる。国田が赴任する前の二年間はどのようにしていたのか現在の学校事務員に訊いてみたところ、一年分の四科目の過去問題が千円であったとのことである。今日の電話の主は受験雑誌の業者だから一年分の四科目で四千円であったが、受験生には千円にしようと国田の独断で決定した。

久船副学校長に一年分の過去問題を千円で販売することを具申することなく秘かに販売することにした国田は、学校事務員には過去問題を千円で販売した代金は、教務主任の自分に届けるように指示した。そうすることにより、雑収入による金銭管理を自分がするように認めさせようとした。もちろん、村山、久船には内緒にすることにした。

このようにして学校運営のすべてを任されていることを利用して、国田は金に執着するようになった。現在の学校事務員は国田の言い付けを百％聴く耳を持っているわけではないため、何とかして退職させたい気持ちである。もし、来年三月に新しい事務員が採用されれば、国田は彼女に命令して学校会計において奸智に長けた振る舞いをしようと企図しているのである。

毎年十月になると前期授業が終了して、学校内の試験シーズンとなる。この時期、国田は三年生の試験結果に注目していた。開学して三年目であるため三年生は本校の最高学年である。三年生になるまでに、すでに五人が退学し、一人が留年しており、四十二人入学したが、三年生は現在三十六人である。

国田が三年生全員の成績を詳細に調べたところ、七人は一年生、二年生の全科目の成績の半分以上が「可」と評価されている。本校の学則施行細則によれば一般の大学や専門学校と同様な成績評価基準である。すなわち、その基準は優（百～八十点）、良（七十九～七十点）、可（六十九～六十点）、不可（五十九～〇点）となっている。

可の評価は一般的には、科目試験で五十九点以下の学生が再試験を受けて可（六十点）の評価をされているものが含まれており、可の評価が多い学生は再試験を受けている可能性が高いと推定される。

このような学生を簡単に四年生に進級させると、看護師国家試験を受験させても不合格になる可能性がある。勉強する習慣を教育しなければならない。そのためには留年させても良いと厳しい方針を貫くことを国田は考えた。したがって、専任教員や各科目の講師の先生に対しては試験は素点で評価し、加点をしないようにお願いしていた。

とは言っても、五十九点以下が多数いて、試験問題が適切ではないのか、教え方にも問題があるのかと言われると困るし、また、不可の評価をすれば、学生からも恨まれる可能性があるため、教える側は成績評価に対しては難しい判断を強いられている。

そこで国田は成績下位の七人に対して、前期試験終了後の十一月に個人面接をした。

「このままの成績では留年するのは確実なので、よく勉強をしてほしい。再試験を受けることのないようにしなければ留年しますよ。家に帰ったらこのようなことを両親に言えないでしょう。だったら、もっと勉強をしなさい。頑張りなさい。もし、留年が決定したら、保護者に学校に来てもらって直接会って留年を告げることになっているので、このことをよく心得て勉強して下さいよ」

国田は七人の学生に、そう一方的に告げて叱咤激励したのであった。その後に、「何か仕事で悩むことはありませんか、勉強できない環境ではありませんか、所属している施設に不満はありませんか、院長の性格はどうですか、プライベートな問題はないですか」などと問いかけて、七人の学生から事細かに情報収集をしたのである。

このような情報を得ることによって、国田は開業医師会員の学生に対する現状を把握し、今後の諸問題の解決に役立てようとしていたのである。

昭和六十四年度（平成元年度）の入学試験が平成元年二月に始まった。昭和六十四年は僅か一週間であり、一月八日からは平成元年となったが、入試問題は昭和六十四年度入試と記載されていた。元号がいつ改正されるか予測できないので、やむを得なかったのであろう。

入学試験は第四期生に対するものであるが、まだ新設校という雰囲気は受験生にとって否めず、定員四十人に対して第四期生の応募者は六十三人しかいなかった。第一期生は五十八人、第二期生は九十六人、第三期生は八十四人であったことから考えると、今後は受験生が減少するという一抹の不安が学校関係者の頭をよぎった。国内の景気が良くなると、看護師希望者が少なくなると言われており、その通りかもしれない。

国田は来年二月末に第一期生が看護師国家試験を受験するに際して、絶対に百％合格を目指す以外に学校の将来はないと思った。三月には第三期生の四年生への進級判定を如何にすべきか思案した。できの悪い学生は留年させても良いが、学生本人や保護者から恨まれても必ず実行すると決意を新たにした。久船の提案した推薦入試も考慮しないといけないと思ったが、勝気な性格の国田は自分は医師とは対等な立場を堅持していることと医者嫌いということもあって、それを認めれば久船に敗北したことになるため、意地でも拒否して、新たな対策を模索していた。

その対策として、次々年度の入試（第六期生）の前には近隣の高等学校を訪問し、進路指導の担当教諭に国家試験百％合格を伝えて、受験生の増加を目論むことにした。このために国田は国家試験百％合格への闘志を異常な程に高揚させることになった。結局、この度の入試結果としては第四期生は六十三人中四十八人合格させたが、入学したのは定員通りの四十人であった。競争率の低下に村山、久船、国田の三人は多少なりともショックを受けていた。

国田は第一期生の成績不良学生七人選定し、「このままでは留年は確実ですよ」と伝えた。次に二月中旬に保護者に連絡し、事情を説明して個別に改めて面接をすることにした。七人の保護者を同時に集めることはせず、個別に時間を一人二十分程度と定めて面談を実施した。

国田は、次のように各保護者に話した。

「この度お呼び立てしましたのは、お宅のお子様の成績に関することでございまして。結論から申し上げますと、当校の学業成績評価は大学と同じで、優、良、可、不可となっておりますが、お子様は〝可〟すなわち六十〜六十九点の評価が多いのです。実際は再試験を多く受けており、やっとのことでお情けで六十点評価を各科の先生方にしてもらっているのが現状です。三年生にはなったものの、このままでは、四年生への進級は困難かと存じますので、本人への成績の説明はすでにしておりますが、初心に返って勉学に専念するように話していただきたいと思います」

その後、国田は家族構成、家庭の事情や環境など、根掘り葉掘り上手に問いただし、このような情報を今後の学生指導を徹底するための一助としたのである。

こうして国田は学生管理を徹底し、自分が看護師への育ての親であることを保護者にも認識させて、学生をも保護者をも掌握して就職活動にも関与しようと企てていた。

具体例として、Z子の保護者については、国田は次のような報告をした。

「お宅のお子様は、実習レポートが書けないようです。看護実習には各々の学生にテーマがあります。そのテーマについて患者さんの状態を記録します。例えば手術後の尿量測定を三日間したとします。尿量の変化や比重を記録して、正常な尿量が維持できていれば良いのです。尿量減少が見られた場合にどのようなことが想定されるかなども、レポートに書く必要があります。しかし、お宅のお子様は自分なりの考察が全く書けていないのです。レポートの提出期限を過ぎても尿量測定値のみを記録しているだけです。今までの○×式の問題や五つの解答から一つを選択する問題、すなわち五択の試験で進級できましたが、レポートとして自分の意見や考え方などを述べることができなければ、実習単位が取得できず留年になりますのよ」

「うちの子に子供の頃から本を読ませることをしていなかったためでしょうか」

「そうかもしれません。学校では友達もいるようですので、レポートの書き方を教えてもらえばいいと思うのです。または実習担当の専任教員に質問すれば良いのにと思っています。最近、何か悩みでもあるようですか？」

「学校や実習病院へは、自宅からバイクで通学していますが、何も変わったことはございません」

「ご家族は何人ですか」

「四人家族です。二人兄弟で兄がおりますが、社会人として働いており、結婚して市外にいます。今は、親と娘の三人で生活しています」

「お母様のお仕事は何ですか」

「仕事は常勤でスーパーマーケットのレジをしています」

国田は話し上手であったため、お子様に彼氏はいますかなどのプライバシーに及ぶ質問を平気でして、私に任せてくれれば、看護師になるまでの面倒を見て上げますよと言って、保護者からの絶対的信頼を得ようと画策した。これも国田の教員としての賢い術かもしれない。残りの六人の保護者にも個人的に同様の話をして信頼を得た。


平成元年二月二十六日の日曜日午後、尾因市医師会総会が開催された。今年度の総会は医師会長以下理事などの役員改選が重要議題の一つである。尾因市医師会定款等諸規定によれば、総会開催日の一週間前に医師会長、理事、議長、副議長、監事は立候補の届出をしなければならないことになっている。しかしながら、これらの役員になろうとして自ら立候補して選挙戦になったことは尾因市医師会創立以来一度もなかった。したがって、前役員の誰かが根回しをして医師会長や各役員を推薦し、総会で同意を求めて採決可決して新役員が決定されてきたのである。総会の数週間前に元医師会長、現医師会長、議長などを中心とした参与会なるものがある。その参与会で次期会長を誰にするか合議され、そののち誰かが総会で推薦して、出席者の同意を得て新医師会長や各役員が決定されるのである。村山会長は、看護専門学校は国田教務主任を迎えて一年間の実績と熱意などを勘案してレールに乗っていると判断し、会長を勇退することにした。したがって、看護専門学校長も新医師会長が兼任することになる。

このように、過去に一度たりとも尾因市医師会長選挙は実施されたことはなく、どこかの政界や財界などの権謀術数をめぐらす世界ではなく、常時平和な医師の親睦団体であった。

村山は二月二十七日月曜日の診療所の昼休憩中に学校に出向いて、国田に次のように言った。

「国田よ、わしは昨日の医師会総会で会長を辞めることになった。勇退だよ。だから、学校長も辞めるからな」

国田は青天の霹靂《へきれき》できょとんとして、すぐには何の言葉も出なかった。

「次はどなたが医師会長兼学校長になられるのですか」

「産婦人科医の原上逸二《はらがみいつじ》だ」

「講義に来られている原上先生ですか」

「そうだよ」

国田は自分の後ろ盾が辞めることに一瞬不安を感じたが、誰が学校長になろうとこの一年間で、徐々に教務主任として実力をつけてきたと思っている。また、講義に来ている原上先生は温厚な人柄のようなので大丈夫なような気がした。

「いつから学校長は交代されるのですか」

「四月からだよ。とはいっても、これからの一カ月間は引継ぎの期間だから、わしは裏方として原上を支えて、二人でやるよ」

「副学校長はどうなるのですか」

「同じだよ。久船が続けてやるよ」

国田は今までも久船には遠慮はしていない。同じ副学校長で良かったと内心思った。また、学校運営上、学校長と意見が対立して困ったことがあれば、村山先生に相談すればいいと、変わらぬ自分の後ろ盾の存在に満足して安堵感を覚えた。

三月二日の木曜日の午後に、新医師会長の原上逸二は国田と会った。

「国田先生、三月より私が医師会長になったので、よろしくね。私は医師会では庶務の仕事を約十年間、次に会計の仕事を十年間してきましたが、看護専門学校の運営については全くの素人でね。まぁ、よろしくお願いします」

「いいえ、私も教務主任一年生で、四月から二年目ということになりますので」

国田は少し謙遜して、笑みを浮かべて見せた。

「学校は初期段階の赤字はやむを得ないが、今年の四月には第四期の新入生が入学して四学年が揃うということになるので、将来、赤字でなくなることを期待していますよ。国田先生、頑張って下さいね」

国田は学校の赤字を指摘されると、新設校だから当然だという思いがあり反感を持ったが、今は口には出さず、首を少し上下にして相槌を打って、

「先生、講義の件でお願いがあるのですが……。それは学校長には以前の医学概論のような、今では現代医療論という科目になっておりますが、十五時間ほどお願いしたいのです」

「私にその科目を講義しろとのことですか」

「そうです。対象学生は一年生ですが、今までは村山学校長がされていました」

「村山先生がされていたのですか。それなら私もできるでしょうね。教科書はありますか？」

「教科書はありますし、参考書もありますので、後程、ご用意します」

「ありがとう」

原上医師会長は、この一年間、国田のペースで学校運営が強引に進められていたことなど知る由もなかった。学校運営はうまくいっていると村山から聴いていたので、国田に任せていれば良いと考えている。原上は村山のような親分肌ではなくお人好し

のタイプである。

　このようなことから、国田はこの先生はうるさくはないと直感し、手玉に取ることができるかもしれないと思った。国田はこの学校に赴任してきた頃から、医師会立の学校を自由に裏で操りたいと狡猾な企みを画策しているのであった。

「原上先生、四月からは第四期生が入学して学生は約百六十人になりますのよ。若い女子学生ばかりで、私たちも若返ります」

「ワッハッハ、そうだね」

　国田は再び笑みを浮かべ、学校の将来を国田なりに楽しみにしていた。

　夕刻になり、国田が帰路に就こうとしたところ、看護専門学校直属の事務員戸崎《とざき》愛子《あいこ》が、

「四月に結婚することになりましたので、三月三十一日で退職させてもらいたいのですが」と告げた。

　国田は寝耳に水の話で唖然としたが、少し間をおいて、事務員として会計の仕事においては好きではなかった戸崎に、

「それはおめでとう。いつからいい人がいたの?」

「約一年前から」

「あっそう。何故、辞めることをもっと早く言ってくれなかったの?」

国田は辞めてほしい事務員が退職することになり内心嬉しかったので、結婚相手の職業とか年齢などを敢えて訊こうとしなかった。

戸崎は学校開設準備時代からの事務担当者であった。開学後は学校事務専任となり、小額であるが、入学願書代（七百円）、再試験・追試験代（五百円）、学生のコピー代（一枚十円）また、入学式、戴帽式など来賓からの祝い金など雑収入を学校窓口で担当している。

看護専門学校の会計上では昭和六十一年度、昭和六十二年度決算では雑収入は各々、四万七千八百円、十四万五千百三十円が計上されていた。

一方、入学金や授業料は一階にある医師会事務員が担当している。戸崎が退職したら、引き継いで雑収入は新人の事務員が担当する。学校事務員の仕事は年度替りで多忙なため、絶対に四月までに内定しておかねばならない。戸崎は自分が徴収した毎月の雑収入金の全部を一階の事務室まで届けているが、事務員不在時に国田が徴収した雑収入は医師会事務室に届けずに国田が着服していた。

国田は学校事務員が新人になれば自分が管理できると狡猾な考えがすぐさま脳裏に閃いた。国田はまだ尾因市の高校の就職状況を把握しておらず、村山学校長に直ちに相談することにした。副学校長の久船には一言も連絡せずに村山に直接電話を入れた。

「村山先生、大変です。うちの事務員がこの三月末で結婚退職することになったんです。至急募集したいのですが、私は新卒が良いと思っています。急を要することなので、何とかなりませんか？」

「よっしゃ、わかった。地元の商業高校の就職担当の先生に頼んでみる」

「よろしくお願いします」

国田は新事務員を教育して、雑収入会計のすべてを手中に納めることを企もうとしているのであった。

数日後に商業高校から求人案内が届き、国田はその求人票を尾因市医師会の事務長に手渡し、給与や就労時間などの記入を依頼した。事務長には「私が高校の進路担当教員に至急届けます」と言って、返信用封筒は国田が保管していた。国田は高校新卒の給与を把握しておきたかったのである。これも、国田のお金に拘る性格かもしれないが、上司としては当然のことである。

その後、商業高校から国田に求職者の履歴書が届いたので、面接を国田を含めて村山と久船の三人ですることになった。これは村山の指示によるものであった。後日このことを村山から知った久船にとっては、このようなことは自分に最初に相談すべきことであったはずなのに、国田から最初に連絡がなかったことに対して非常に立腹した。久船は副学校長としての存在感がないことにも気付いたのである。国田は自分が学校運営の指揮官であり、プロ野球で言えば現場監督であると思っている。副学校長の久船のことはフロントの窓口職員か、もしくは用務員ぐらいにしか考えていない。

畜生め、面接日の調整なんか俺はするもんかと国田に対して反感を持っていたところ、数日後に国田から電話があった。

「学校事務員から今年三月三十一日で結婚のため退職の申し出がありましたので、村山学校長に連絡して、地元の商業高校に求人を依頼してもらいました。いずれ、面接をしなければならないので、よろしくお願いします」

「そのことは村山学校長から電話で聴いております。履歴書が届いているならば、面接の日時について相談することにしましょう」

久船は電話では冷静に対応した。

一方、村山には商業高校の就職担当者から、「推薦した生徒は就職はしない予定で、家事手伝いをすると言っていた者ですが、先月になってから急に就職したいとのことで、渡りに舟で良かった。成績は中の上ぐらいで、名前は大本節子《おおもとせつこ》といいます」と連絡があった。村山は学校事務員はこの程度で良いと思い安心した。届いた履歴書と成績証明書を見た国田は各教科の半分が成績評価四で残り半分が三であったのを見て、面接で素直な生徒であれば採用しようと考えていた。面接の日時調整は国田主導で進められ、国田が村山と久船の診療時間を外した昼休憩時間を提案したので二人は同意した。

後日、面接が行われたが、すべて国田主導で次々と進められた。村山と久船は面接の聞き役に回っていた。村山は「わしの学校だ」という気分でいたし、久船は「国田が一生懸命に学校内のことを説明し、本人に質問していることに感心し、国田に任せて良い」と思った。面接終了直前に国田は「専門学校ですので、夏季休暇が約一週間与えられています」と言った。実際のところ、国田ら教員は全員二週間の夏季休暇を取っていたのである。村山と久船は盆休み以外はカレンダー通り出勤していると思っていたので、このようなことを知らなかった。

国田が専任教員と自分のために独断でしていたことである。

翌日、国田は事務員に応募してきた生徒で面接をした大本節子に電話を入れた。

「昨日、貴女と面接をした国田です。貴女は事務員として、また、私の秘書として適任と思い、採用を推薦しましたところ、学校長も副学校長も同意されて、採用が内定しましたので、お電話を差し上げましたのよ。近いうちに、内定通知が届くと思います」

国田は丁寧な言葉遣いをして、自分の力で採用を決めたことと秘書として働いてもらいたいと言わんばかりである。

「三月下旬に、またお電話をしますので。よろしくお願いします」

「わかりました。ありがとうございます」

このようにして、新事務員採用のドタバタ劇は僅か十日間で終了した。

現在の事務員の戸崎愛子は、学校開設以来、学校事務を担当しており、国田が何か質問し、少し改善案を提示しても、以前からこのようにしていましたと言って、すぐに言うことを聞こうとしないところがあった。国田はその前任の藤本副学校長兼教務主任の意向を尊重していることに少し反感を持っていたので、来年からはどうにか新人を教育して事務員には自分の秘書のような仕事もしてもらえないかと秘かに考えていた。

三月下旬の寒い日のことである。数日後、寿退社となった戸崎が退職前に有給休暇を約一週間欲しいと申し出た。

「結婚のための準備もあるので」

「年度末で事務の仕事も忙しいのに……しょうがないわね。それまではキチンと仕事をして下さいね」

「はい」

「今までよく頑張ってくれたわね。私は貴女がいて助かりました。次の事務員が来るまで今までの事務の資料やノートは私が預かりますので全部残しておいて下さいね」

戸崎が早く事務仕事から手を引いてくれて良かったと思っている。

「はい、そうします」

その資料やノートをもとに、国田は新事務員が来るまで自分が雑収入の金銭管理をすることにした。

翌日、四人の看護教員に対して三月下旬からは一般事務は全員で協力しましょうと告げた。さらに、当分の間、金銭管理は私がしますので、その都度、私にお金を届けて下さいと言った。他の教員に意見を求めることもせず、有無を言わせず、命令口調で言った。他の教員は教員としての経験も浅く、教務主任の資格もなければその器ではないことを国田は熟知しており、このようなことを言っても何の抵抗もないことを知っていた。このようにして、国田は着任一年後にして公金管理を手中にしたのである。

国田は平成元年三月の学期末は誠に多忙であった。学校内では精力的に働いていたにもかかわらず、疲労を感じることはなかった。時々、ストレス解消のためにと気晴らしに趣味のパチンコに通っていた。尾因市以外の地域では学生に見られることはないので、岡山市や倉敷市のパチンコ屋に行くことが多かった。

四月一日より新事務員が勤務することになっているので、国田は三月下旬に電話で呼び出して、学生相談室で事務の仕事に対しての指導、教育をすることにした。国田は事前に新事務員の履歴書に目を通しており、添付されている成績証明書を見て、クラスで中の上の部類に入っているかもしれないと思った。しかし、文字通り優秀な生徒はこちらの募集前に銀行や証券会社、一流企業などにすでに就職が内定しており、この事務員はやはり中のレベルかなと推察していた。

「大本節子と申します。よろしくお願いします」

「私は教務主任の国田です。貴女は四月一日から、当校の事務員として働いてもらいますが、高校の進路担当の先生から、成績は優秀と聴いておりますのよ。この学校には学校長、副学校長がいますが、開業医の先生で常勤ではありませんので、私が実質上のトップで責任者ですのよ。何でもわからないことや、困ったことや、学生や教員の情報は、すべて私に相談して下さいよ。プライベートなこと、ひそひそ話で聴いたこと、噂話など学校内であったことのすべてを私に教えて下さいよ。いいですか？」

国田は高校新卒の十八歳の少女に対して威厳を示した。

「はい」

「学校でお金の管理も貴女の大切な仕事です。間違いを起こすと私の責任になりますので、注意して下さいよ。例えば、学生がコピー機を使用した場合は一枚十円もらっていますので、そのお金とか、また、入学願書の代金は七百円、再試験料、追試験料などは五百円を徴収していますので、メモ用紙に日付を記入してその都度、現金を私に届けて下さいよ」

「はい、わかりました」

「学校での仕事は何もかも初めてになりますが、その都度私に何でも尋ねて下さいよ」

「はい」

国田は上から目線で新事務員としての心構えを教えた。何事も最初が肝心でキチンと教育しておけば自分の手足となり、よく働いて忠誠心を持って彼女は仕事をしてくれるであろうと思っている。

「そうそう、先程の貴女の学校の成績の件でねぇ〜。成績優秀と聴いているけれど、他の看護専任教員には貴女は首席で卒業したと言っておきましょう」

「えー、そんなこと……」

「それは良いのですよ。私がそう言っておけば、新任の貴女と他の教員との間がうまくいくと思うのよ」

「………」

「まぁ、すべてを私に任せて下さいよ。きっと対人関係もうまくいくと思うのよ」

　このように言って、学生関係の一般事務についてはその都度指導することにし、金銭管理については国田に全額を届けるようにさらに念を押した。一方、大本は自分を過大に誉められて悪い気はしなかったので、国田を頼り、尊敬しようと思った。

　国田は学校の運営管理に関して、雑収入の金銭管理まで手中にしようとしているのである。個々の金額は多額の現金ではないので、事務員を自分の味方へと引き入れる策略である。国田から見ればこの新事務員との将来は一蓮托生の運命となるのである。

看護専門学校の会計上の雑収入は、国田が赴任した昭和六十三年度は二十七万五千円が計上されていた。収入の内訳は学生のコピー代や再試の急増などの現金の他に入学願書代金については一部七百円であったが、七百円（切手可）の記載があり、郵送での申込者分はほとんど切手が同封されていた。入学志願者が学校窓口まで訪問して、七百円の現金で支払うこともあった。

国田が赴任して以来、前任の事務員からはこの切手は学校で使用するのでと言って大多数の切手を取り上げていた。しかし、前任の事務員が受取った現金については医師会の事務局に全てを届けていた。

国田は新事務員に対して、学生からの徴収金を国田が管理する会計に入れることを指示したので、横領の疑いへと発展することが目に見えている。国田は近隣の他校の入学願書代を調べたところ、千円が過半数であることを知り、再来年度入試からは千円にするように提案しようと目論むようになった。

国田の金銭欲は異常である。千円にすれば遠方からの受験生は現金を封筒に入れて入学願書を請求してくるだろうと狡猾な企みを持っていた。

第二章　盤石な女への道

国田は先月に成績不良で保護者を呼びつけて指導した七名のうち四名を留年候補とした。国田の気紛れに開催される教員会議で議題として取り上げ、意見を求めた。国田はこの四人を留年させると決定しており、相談とは名ばかりである。

「皆さん、この四名は成績不良者で二年次、三年次の再試験の回数も多く、再々試験を受けた科目もあります。留年させるのが妥当と思いますが、皆さんどうですか」

「……」

四人の教員は国田の独断を聞いて頷くだけで無言であった。

一人の教員Tが、

「国田先生、一つ質問があるのですが……」

「何ですか」

「誰が本人と保護者に留年を告げるのですか」

「それは学校長です。私は最高責任者ではありませんので」

「久船副学校長には連絡されますか」

「いいえ、今度の新しい学校長のみです」

国田は久船を無視し、自分の直属の上司は学校長のみであることを匂わせた。

「もし、四名が留年すれば四年生は三十二名になりますが、さらに卒業延期になる学生はいないのでしょうか」

「三十二名は三年間よく頑張った学生のみですので精鋭ですよ。私はこの三十二名を率いて全員を看護師国家試験に合格してみせます」

国田は少し甲高い声で、目を大きく開いて少し厳しい顔付きで言った。他の教員たちは鋭い語気に押されて沈黙したのである。

「学生の進級については、私は一年生から二年生への進級は数科目の単位を落としても仮進級させれば良いと思っているのよ。しかし、これからは二年生から三年生、三年生から四年生に進級する時はキチンとけじめをつける必要があると思っているのよ。皆さん私の考えでよろしいでしょうね」

国田は自分の考え方が正しいかのようにやや高圧的な態度で言い、教員に異論があれば言ってごらんという態度を示した。

さらに国田は、

「私はこの学校の将来を託された者ですので、貴女たちを立派な専任教員に育てる義務もあるのです。私に付いてくれれば大丈夫ですよ。私にすべてを任せて下さればよいのですよ」と言って周囲の教員を一瞥した。

国田は如何にも自分がこの学校の事実上のトップであるかのように教員たちに認識させようとしたのである。また、国田は同席した四人の専任教員のレベルは低いと判断し、建設的な意見を言う教員は誰一人としておらず、どうすれば学生に魅力のある講義ができるかを考えるようなことはしないであろうと思った。今後は進級に関して教員会議を開催して教員に意見を求めることはしないことにしようと決心した。これから国田の独裁政治が始まるのである。

平成元年三月のことである。専任教員が一人欠員であったため、原上学校長は医師会員に対して、看護師で臨床看護を五年以上経験された人材を探してくれるようにお願いしていたが、やっとのことで四月に採用することになって、安堵の胸をなで下ろしたところ、三月二十日（月曜日）になって、残っていた二人の専任教員が四月末に退職したいと言ってきた。その理由は内部の人間関係と言って言葉を濁していた。

翌日に原上学校長は退職する教員を一人ずつ面接して彼女らの真意を聞くことにした。一人でも辞意を撤回してもらって学校に引き止めようと思ったのだが、二人が異口同音に語ったことは国田教務主任と一緒に仕事をしたくないという。その理由は国田は上から目線で命令して、自分が一番賢く偉いと思っており、自分たちは仕事に意欲がなくなったというものであった。

こうなると、四月末には教務主任の国田と重竹《しげたけ》教員の二人になってしまう。四月に一人補填しても教員は初めてという看護師である。三月二十二日に青ざめた原上は学校長室で学校存続のために国田に今後の相談をした。

「国田さんもご存じのことと思うが、二人の専任教員が辞めると言ってきた。このままでは学校が潰れるので、国田さんの伝手で教員を何とか探してもらいたいのですが……」

原上は産婦人科医であり、問診や内診などの診察時には眉間に深い縦皺を寄せていることが多い。今日も国田に対峙している時、このような顔付きになっていた。国田は原上が大変困惑している様子を察して、意地悪い微笑を浮かべて言った。

「私も四月末で辞めたいのです。私は入学式まではキチンとしますが、あとは知りません」

「えっ、国田さんも？」

原上は絶句した。数十秒間の沈黙が続き、原上の顔から血の気が引いてきて、冷や汗が額と後頭部から流れてきた。原上の頭の中は真っ白になり、体幹と四肢が震えてきた。この状態を放置すれば五月になれば教員は二人いるが資格のある専任教員は一人となり、大変な事態に発展することになる。

「国田さん、それは待って下さい。貴女に辞められると学校が潰れます。何とかして下さい。新入学生を含めて百六十人の学生が可愛そうです。この通りです」

と言って、原上は頭を下げて両膝に接近する程に平伏した。国田は無言を貫き、心の中で、私が辞めれば本当に学校は潰れることになる、自分が辞めると言えば、すべてに勝つことができる黄金のカードになることを実感した。

「先生、頭をお上げになって下さい」

原上が頭を上げると、すぐに国田は立ち上がり、失礼させていただきますと言って、退席した。このままでは、原上が学校長になって二カ月を経て現在の教員が重竹教員と新人教員を残して全員退職という大事件となり、原上は放心したようになった。数分間瞑目して、原上は久船副学校長に電話で国田が四月に辞めることを告げて、緊急理事会を近日中に招集するように命じた。

「平成元年四月十三日（木曜日）に理事会が予定されておりますが、その日でよろしいですか」

と久船から折り返しの電話があった。

「四月に二人の教員が辞めて、同時に国田が退職すれば大変なことになる。明後日以降ならば私は構わないので、副会長とも相談して至急に緊急理事会を開くようにしてくれ。それから国田の辞意を撤回するように口説いてくれ、頼んだよ」

久船は副会長に相談して緊急理事会を三月二十七日（月曜日）に決定した。理事会の前に久船は副会長と一緒に国田に辞意撤回をしてもらうように面会を電話で申し入れたが、国田は多忙を理由に面会を拒否した。国田は辞意を表明してから、久船副学校長を上司とも思っていない態度に出たのである。

　辞意は国田にとっては黄金のカードとの認識を新たにして、狡知に長けた強かな教務主任の第一歩が始まったのである。久船は国田がしばらくの間、面会を拒むであろうと予測し、緊急理事会前にアポなしで昼休憩中に学校に行き国田と会うことにした。

　久船が三月二十四日（金曜日）の昼に学校へ行くと、国田は教務主任の机にドカッと座っていた。

「国田先生、ちょっと相談があるので、学生相談室でも良いのですが……」

「はい、良いですよ」

　久船は国田が今日になって素直に面会を受け入れてくれたので、少し驚いた。学生相談室で国田と対峙した久船は次のように切り出した。

「前置きの話はしませんが、四月に先生が退職されましたら、学校は存続できなくなります。どうか辞意を撤回してほしいのですが」

「私もいろいろと考えて決めたことですので……」

「そこを、何とかお願いしているのです。学校には学生たちがいます。彼女らを簡単に見捨てないで下さい。私たちも路頭に迷うし、学生たちは看護師になろうと思って入学して来ているのに希望を失います。来年三月には第一期生が卒業します。もし、どうしても辞めたいのであれば、あと一年お願いします。私どもが後任を探してきますから」

「……」

久船は国田が二人の教員を辞めさせたようなものと推察しているし、原上もそう思っている。そして国田が辞めて、学校に大混乱を招いた人であるにもかかわらず、希少価値に匹敵する教務主任という特殊な資格を持つ者が強くなるのは当然であろうかと久船は自問自答した。一分間の沈黙が続いた。

「国田先生、何とかして下さい。お願いします」

「今の気持ちは変わりません。お返事はできません」

久船は国田にけんもほろろに断られた。

国田は四月まではまだ多少の時間があるので、しばらく医師会側の出方を見てみようと狡猾な企みへと気が変わってきたのかもしれないと久船は悟った。もう、久船の出番はなく、次は副会長に国田との交渉をお願いしようと決心したのである。

久船から国田の辞意撤回に向けての交渉を依頼された副会長の土谷次郎《つちやじろう》は、看護専門学校では小児科の講義を担当していて、国田とも面識がある。しかし、六十歳の土谷から見れば三十七歳の国田は教務主任と言えども若輩であるにもかかわらず、講義内容について意見や注文を付けてくるので、小生意気な奴と思っている。

国田は各講義には当番学生に講義内容についての評価をさせて講義日誌に記入させている。最下欄には講義内容は「満足」、「やや満足」、「普通」、「やや不満足」、「不満足」のいずれかに○印を付けさせている。このことを知っている医師会員は少ないが、土谷は自院に所属している学生から講義日誌の存在を聞いて、国田を煙たがるようになった。

そのため、久船副学校長から国田の辞意を撤回をしてもらうように言われても、国田に「辞めないで下さい」と言うことを躊躇せざるを得ない気持ちである。

しかし、国田と会えば国田の本心に関する何らかの情報が得られるかもしれないと思い、三月二十五日（土曜日）に、国田にアポなしで昼休憩中に看護学校に出向いた。話が学生に漏れては困るので、学校長室で面会した。学校長室に入ると、土谷はすぐに切り出した。

「国田先生、どうして辞めるのですか？」

国田は辞意を撤回して下さいと懇願してくるだろうと思っていたのに、辞める理由は、と単刀直入に訊かれて返事に窮した。国田は数十秒間沈黙した後、

「部下の専任教員がみんな辞めるのでしょうがないでしょう」

「その専任教員はどうして辞めることになったのですか」

「そんなこと、私は知りません」

国田は、土谷が自分に何を言いに来たのだろうかと思い、早く学校長室を辞去したい気持ちになってきた。

「国田さん、部下としての専任教員が揃えば残って下さると言うことですね」

国田は「はい」とも「いいえ」とも言えず沈黙した。

「国田さん、いずれにしても当校は専任教員を四月末までに揃えなければなりません。もし専任教員が揃うならば、貴女は四月まで在職していますので、辞める必要はないかと思います」

そう告げると土谷は立ち上がり、さらに翻意を促すようなことを言わずに、「今日は多忙のところ、ありがとうございました」と言って、退室した。土谷が懇願して頭を下げるのを見て、原上、久船から得た優越感を三度経験したかったという国田の思惑は外れたことになった。

国田の本心は教務主任として残りたかったのであるが、辞意をちらつかせたら、二人の偉い先生方が頭を下げて懇願してきたので、快感を感じていた。しかし一方、土谷は原上や久船のように懇願せずに、国田に探りを入れてきたのではないかと疑心暗鬼になってきた。実際に、土谷は国田との面会後に国田の返答から、絶対に辞めるとは思えない感触がしたと久船に語った。

三月二十七日（月曜日）の夜に緊急理事会が開催された。原上医師会長兼看護専門学校長から、直近一週間における専任教員と国田の辞意に関する説明が縷々があった。理事の過半数は教務主任辞意は医師会への恫喝であろうと解釈して良いだろうという意見であった。したがって、医師会が責任を持って少なくとも三人の専任教員を早急に探そうということになった。理事全員の固い結束を持って対処しようということになり、しばらくの間、理事は国田への辞意撤回の交渉をしないことになった。

しかし、国田との交渉はいずれ誰かがしないと解決しない。そこで、一週間の期間を置いてから、四人目の交渉役として医師会の切り札である村山元学校長に原上がお願いすることになった。

翌日に原上は村山に電話を入れて、専任教員の集団退職の件について事細やかに説明したところ、村山の方からその件については、国田からも聞いたと言われた。

「実はね、昨日のことだが、国田は『私は辞めると言ってしまったけれど、四月末には二人の専任教員が辞めて、新人教員が一人いても四月から実質的には私と重竹の二人になりますが、四月は入学式もありますので、四月末まで勤めて学校を辞めますと言ってしまいました。二人だけではどうすることもできないでしょう。私はどうすればよいのでしょうか』と言ったので、不足の専任教員を必ず探すから、貴女は学校に残りなさいと言ったら、国田は『はい』と素直に言ったよ」

「えっ、本当ですか。それなら良いのですが、私らは国田に嵌《は》められたなぁ」

「国田はああいう女だよ。わしは以前からアレの気性を知っていたよ」

原上はこの話を聞いて村山の洞察力に感心した。結局のところ、三月下旬は大山鳴動して鼠一匹だった。

三月二十九日（水曜日）のことである。辞意を撤回した国田は原上学校長と会って、「この度はすみませんでした」と謝ったらすぐに三年生の成績不良者四人の留年を保護者に伝えて欲しいと依頼した。国田の豹変に驚いた原上は絶句した。原上は留年告知は教務主任がすべきものと思っていた。

国田は、「学生にとって、進級か留年かは大問題ですよ。私が資料をお持ちしまして同席しますので、先生は保護者に淡々と述べて下されば結構です」

「淡々とねぇ」

「この仕事は学校長の大事な仕事と思っています」

原上は眉間に皺を寄せて、数十秒間沈黙した。

「ところで、ある大学では留年者の保護者と本人に文書で通達していると聞いているが、これはどうでしょうかねぇ〜」

「それはダメです。私たち専任教員は学生たちの親代わりです。一片の文書だけでもって重要な連絡は良くありません。保護者の顔を見て、留年を告知する文書を手渡して、一緒に頑張りましょう、私たちもできるだけ支援しますと言ってあげるのが、筋と思います」

「……」

「原上先生お願いします」

「そうか、やりましょう。学校長にとってこのような仕事は辛いよ。国田先生がそのようにおっしゃるならば、しかたがない。いつにしましょうかねぇ～」

「三月三十一日（金曜日）に保護者に来てもらいましょう。よろしくお願いします」

と言ったが、国田は以前より日程は決定していた。ということは辞意は医師会への恫喝だったのだと原上は認識した。

原上は終始困惑したような顔付きのまま、帰路に就いた。この時、国田は自分の意見を押し通す強引な女だと初めて知った。

直ちに、国田は留年する学生四名の保護者に連絡し、来校してもらった。四名とも国田が以前に留年の説明をした保護者であったので、それなりの覚悟の上で来ていたので、国田は留年告知で混乱が生ずることはないと予測している。原上は国田から留年の可能性のある保護者に事前説明をしていることを聴いているので、少しは安堵感があった。

いよいよ、保護者に留年告知することになった。四人の保護者は夫々別々の時間帯に約二十分の面接を設定されていた。

最初は母子家庭のP子の母親であった。すでに国田が母親と面接しており、学校長との面会でやはり留年になったと察していたらしく落ち着いていた。原上は「P子さんのお母さんですね」と言った。平静を装い、正面にP子の母親の顔を見据えていた。

原上はいつも眉間に皺を寄せているが、今日はより深い皺になっていた。産婦人科医たるものは女性の病気の説明については決してニヤッとした笑顔を見せてはならず、真剣な顔と眼差しで対応しなければならないので、このような場面でも原上は適任といえよう。

「P子さんはねぇ〜、欠点科目が四科目もあります、専門分野（Ⅰ）の基礎看護学の日常生活援助実習が二単位、専門分野（Ⅱ）の成人看護学の緩和ケアが必要な人の看護が一単位、小児看護学の小児臨床看護疾病論が一単位、統合分野での看護管理が二単位です。当校の学則では学年制ですので留年した場合はその学年全科目を再履修することになっていますので、落とした単位だけを留年時に取れば良いというわけではありません」

同席している国田が、

「お母様、わかりましたか？」

「はい」

「家に帰られましたら、P子さんに頑張るように伝えて下さい。せっかく三年生までなられたのに残念でしょうが、よろしくお願いします。私どもも応援しますよ」

「今後ともよろしくお願いします」

Ｐの母親は目に涙を浮かべて退室した。

それから残り三人の保護者に対して留年告知をした。

原上は残りの三人の保護者にも、Ｐ子の保護者と同様にどの科目や実習単位不足かを淡々として説明して、今後は勉学に努力するように諭した。少しは雑談を交えて、同じ目線で話し合いをした保護者もいた。

ある保護者は、夜勤のある医療機関で働いているために勉強時間が少なくなって留年になったと思うので、午前中のみ勤務の医療機関に換えてもらえないかという申し出があり、この件については後日改めて本人と面接して、その希望があれば鋭意努力することになった。

また、別の保護者は、学校の教育方法に問題はないのか、教え方が良かったら、うちの子は留年しなかったかもしれないのではないかと子供にも自己責任があることを忘れて、言いたい放題の親もいた。

しかし、原上は試験勉強は自分でするものだと優しく諭して納得してもらったのであるが、保護者への眼差しが徐々に、能面のような硬い表情になっているのに気付いた。

原上は今後はこんな仕事は御免こうむると呟き、来年からは国田にやらせようと秘かに思った。また、原上は「学生の所属医療機関への連絡は国田先生がして下さいよ」と言って少し不機嫌な顔で退室した。

原上は自宅に帰り、書斎で溜息をついた。原上も看護専門学生を二人受け入れており、寮に居住させている。もし、自分の所属する看護学生であったら、留年告知をされれば、保護者と同様にショックを受けるだろう。学業成績不良者は自己責任であり、本人の責任であることには変わりはないが。

手元にある本校の教育課程一覧表を見ると、三年生の履修科目のほとんどは看護教員による看護学の専門分野の単位である。一方、一、二年生は一般教養と専門科目の他に基礎看護学が大半を占めているが、三年生の場合は看護教員の実習を含む科目成績で留年することになるため国田らの教員が欠点者に対して再試験、再々試験をしてでも進級させるか否かにかかっていることに、原上は気付いた。原上は心の中でそんなに厳しくせずに補習をして再々試験でもして留年をさせずにしてもらいたいものだと呟いた。よく考えてみれば、国田の独断で留年告知をさせられたことに対して、原上は憤懣《ふんまん》やるかたない思いになった。

平成元年四月一日になった。学校も今日から文字通り新年度である。国田はこの学校に赴任して丁度一年になる。前任者の藤本は定年後の天下り先として本校の副学校長兼教務主任であったが、このような人材は学校設立時において許認可のための書類作成、開校時の雑務のノウハウや専任教員指導などのためには必要不可欠である。藤本のような人材は学校が開校し、学生が確保でき、学校運営が軌道に乗れば再び別の新設校に招聘されることもあるという。藤本は一応退職ということになっているが、その後、国田は交流がないため、また、風の便りもないため、その後の彼女のことは知らない。

今日は雨である。国田は一人、教員室の窓際に立って、この一年間を思い出して、自分のやりたいことはやってきたと思い、多少の満足感を覚えた。

今年度の年間行事一覧表は他の四人の看護教員の意見を多少は取り入れて、昨年度よりは充実してきたので、後は実行するのみである。また、新事務員が本日から勤務し、国田は自分の思い通りの従順な事務員であり秘書であるように育てて、操縦しようとしているのである。新人三人を加えた四人の看護教員はどれも半人前で、自分の担当科目が消化できるに過ぎないと思っているので、彼女らも一人前に育成する必要がある。国田はどのようにしたら学校にいるすべての部下を掌握することができるかを秘かに企んでいるのである。

その時、看護教員のH子がドアを開けて入ってきた。新顔のH子は専任教員としての資格のない先生である。

「先生、おはようございます」

「おはよう。いよいよ新学期ね。貴女は県主催の専任教員になるための看護教員養成講習会を受けていないよね。今年の秋にある講習を受けるようにして下さいよ」

「いや、それが、保育園児がいるので六カ月間も広島を往復するとなると朝七時に家を出て、夜七時に帰宅することになるので不可能ですが……」

「そんなことは最初からわかっています。そこを何とかしなければねぇ～」

国田は憮然とした。心の中では、必ず受講させてやろうと思って、家庭環境、家族構成や祖父母の状態など後日聴くことにした。H子はこのようなワンマンで高圧的な教務主任とは肌が合わないと思った。

次に国田は専任教員としての講習を受けていないO子について、どのような事情があろうとも受講させて自分の力で資格を得させようと思案しているのである。

新尾因駅まで自家用車で行けば時間短縮になり、六カ月間の駐車料金を学校から支給させる力を持っている。自ら新幹線の時刻表を見ながら、午前七時五十三分発で八時二十五分広島着で県の合同庁舎の会場まで十分に間に合うことがわかった。講義終了は十六時二十五分で十七時頃の新幹線で新尾因駅に帰れば十八時に帰宅できることが判明した。翌日、国田はO子を呼びつけて、新幹線の時刻表を見せながら「延長保育の申請について保育所の先生に相談してみなさい」と言ったのである。

「だいたい貴女は専任教員になるための自覚がないから、何でも前向きに考えていないのでしょう。教員を続けたいならば、この講習会は万難を排して受講するものなのよ。私も精一杯協力するので、早くその気になって心の準備をしておいて下さいよ」

「わかりました。よろしくお願いします」

とその講習会の受講を受け入れた。

「四月か五月には県庁から申請書が届くと思うので、そのようにしますよ」

「お願いします」

国田はこうして、教員養成にも力を入れ、一人の教員に恩を売って掌握することになるのである。

平成元年四月六日（木曜日）に、国田が教務主任になってから二度目の入学式が三階の講堂で挙行された。

講堂は専門学校としてはやや床面積が広く、二百五十席の椅子が用意されている。今年の入学式は開校以来、初めて第一期生から第四期生まで全学年が一同に揃った。新入生四十人、二年生四十二人、三年生四十人、四年生三十二人合計百五十四人の学生は最前列に新入生が中央より左右五人ずつ着席し、四列が新入生で続いて四年生、三年生、二年生が着席している。

正面に向かって左側が尾因市医師会役員席、教職員席、右側が来賓席、非常勤講師席、中央の二年生の最後の列に続いて保護者席となり、約二百二十名が参加した盛大な入学式となった。前学校長の村山は学校創設者の中心人物であったため、全学生が揃った入学式に参加し、感慨無量であった。入学式直前に国田に会って、

「私は全学年が揃ったこの日が来るのを待っていた。盛大だなぁ〜。苦労した甲斐があったなぁ〜。国田もそう思うだろう」

「そうですよねぇ〜」

「保護者の方々も多く参加して下さっていますし、将来が楽しみですねぇ〜」

「一期生の看護師国家試験には全員合格させてくれよ」

「はい、そのつもりです」

「国田に任すから、頑張ってくれよ」

国田は来年三月には今の四年生三十二人全員を看護師国家試験に合格させてみせると心に誓ったのである。九月には全員に国家試験模擬試験を受けさせて、その結果を見て補習まで計画しようと思っている。教務主任として初めての大仕事は第一期生の全員を看護師国家試験に合格させることであり、今はこれに生き甲斐を感じているのである。

少し遅れて、原上学校長と久船副学校長が来て、四人での雑談が始まったが、入学

式での司会を担当する久船は来賓への挨拶のためすぐに席を外した。

「全学年が揃うと講堂も一杯の人で賑やかですね。今日の四年生は垢抜けてきたなぁ」

と原上が言うと、国田は、

「そうですね。年頃ですから、大人らしくなりましたねぇ〜。今は茶色の制服を着ていますが、街角で私服でいる時はもっと大人びていますよ」

三人は我が子が成長する姿を語るかのように話が弾んだ。

入学式後は、新入生四十人と参列した来賓の方々、医師会役員、看護教員らと記念写真を撮った。


国田は教務主任としての地位を得たことから、自分がこの学校を切り盛りしていることに自信を持ってきた。他の教員は五年以上の看護の実務経験を持って教員として就職し、都道府県が実施する看護教員養成講習会を修了している教員は重竹光子《しげたけみつこ》一人しかいない。

来年度も一人の講習を受講する枠の人選を自分に委ねられていることから、誰にしようかと迷っているところである。しかし、自分に忠誠心を誓っている教員は誰一人としていないような気がしている。新事務員のように国田にとって素直である人はいない。新事務員は十八歳の新卒者であるので、従順で使いやすいのは確かである。

毎年、三人のうちだれか一人は絶対に広島県健康福祉局医務課看護グループ主催の六カ月間のこの講習会に参加させねばならない。結局、来年度は看護師経験が六年間と一番長いＩ教員を選んだが、自分に忠誠を尽くすならば推薦すると条件を付けたのである。国田は重竹教員は前副学校長兼教務主任の息がかかった教員なので、まず、自分の子飼いの教員が必要であると考えた。

「Ｉ先生、ちょっと話があるのよ」

「何のことでしょうか」

「実は広島県主催の看護教員養成講習会が来年度もあるのよ。六カ月間広島県合同庁舎に通勤しなければならないのですが、私が学校長にお願いして、お給料は今のままで、毎日、新幹線の交通費の他に出張手当と日当を支給してもらうように交渉しますから、私に任せてもらうことはできますか？　ここに今年度の講習プログラムがありますが、月曜日～金曜日まで一日六時間の講習がありますのよ」

「………」

「貴女が受講しないというのならば、仕方ないので他の人に薦めますが、またとないチャンスなので、よく考えて下さいね。返事は一週間以内ですよ。私の条件は受講するならば私の腹心として今後働いてもらわないといけません。その覚悟がなければおやめ下さい」

国田は今年度のプログラムを見せながら、一方的に喋り、受講するように促した。

Ｉ教員は、

「しばらく、考えさせて下さい」

「講習期間中は、毎日の日当をつけるので、経済的には大変プラスになり、しかも、教員として将来役立つ資格が得られるのですから、よく考えて下さいよ」

数日後にＩ教員は国田に向かって、

「先生、先日の話はなかったことにして下さい。六月で辞めさせていただきます」

辞めると言ってきたため、国田は言葉を発することができなかった。しばらくして、

「貴女は看護教員の資質はないわ。私が、貴女たちの将来を考えて言っているのに、県が主催する看護教員養成講習会に行かないのだから、本当にどうしようもない人ね」

国田の一言によって専任教員の欠員が生じたことについてその補充は尾因市医師会がしなければならない。原上学校長は困惑した。

「国田さん、あまりガミガミ言わないでほしい。専任教員に看護教員養成講習会に行くように強制するから、専任教員が辞めていくのだ」

と言いたい気分であった。その後、原上は臨時理事会を召集して、専任教員確保の

ため全理事に協力を依頼したのであった。

国田は入学式を終えてホッとした。赴任して以来、一年があっという間に過ぎた。教務主任として初めての仕事も多く、多忙であった。

教務主任の机にあった年間行事予定を見て、四年生の修学旅行が記載されていないことに気付いた。実は国田は失念していたのであった。学生には四年間の思い出として修学旅行を研修旅行と称して、是非とも実施したい気持ちになった。

国田は研修旅行として、病院、薬品会社など医療に関係のある施設見学も含めるものとし、次のような腹案を練った。①研修旅行費用のため、一年生のうちから毎月二千円を積立預金すること。②預金管理は学生代表がすること。③研修旅行を課外活動として学校側に正式に認めてもらうこと。④研修旅行中の事故による傷害保険料を学校側に負担してもらうこと。⑤研修旅行先は教員と学生とが協議してから実行することなどである。

国田は翌日、各学年の代表を呼んで以上のことを一週間以内に検討するように命じた。検討することはただ一つ、毎月の積立預金の徴収金額である。国田の案は一年生の毎年六月から二千円を三年間徴収して、七万二千円を積み立てることが骨子である。もし、全学年研修旅行を実施しようとすると、二年生は三千円、三年生は六千円とななるが問題は四年生で八月までの五カ月間しかないので積み立て方式は困難であると思われるが、学生に任せることにした。

　国田の予想では一～三年生は問題なく同意は得られると思っている。しかし、四年生はどのような結果になることか危惧していたのである。

　一週間が過ぎた。国田の予想通り、一～三年生は同意した。四年生は研修旅行に参加することは決定したが、旅費の徴収方法の結論はもう一週間待って欲しいという。国田は第一期生の四年生が研修旅行に参加することに安堵の胸をなで下ろした。

　さらに一週間後に四年生の代表が国田のもとに来た。学生代表の報告を要約すると、次のようなことであった。三十二名のクラス会では一名の学生が研修旅行に行かないと言ったため、その説得に時間を要したとのことであった。友達が交代で旅行に行くように説得するのに約十日間を要したという、反対にその学生は旅費を出せないということではなく、ハッキリとした理由がないのに行かないと表明したらしい。本人が迂闊にも反対の言葉を発したため、すぐに賛成に回るのをためらったらしいという。少し変わった行動をとったらしいが、何となく奥歯に物が挟まった言い方であった。

　国田はあまり学生に問い詰めることはせず、「それは良かった」と言って、「ところでお金の件は」と訊いた。四月から七月まで毎月一万円を積み立て、残金三万二千円を八月上旬に納入するとのことであった。目的は北海道旅行であることも知った。

国田は四年生の学生代表に訊いた。

「毎月一万円も全員が出せるの？」

「みんな、できると言っていますよ」

「本当にそうですか？　貯金している人もいますか？」

「います。今、最高で五十万円貯金している人もいます」

「えっ、そんなに多く貯めたの？」

「手もとには数万円だけ持っていて、給料のほとんどを使っている人もいます」

国田は、今後は積立金を増額して研修旅行と施設見学を別々にさせようと思った。

以前に国田に電話をかけてきた大阪の大田病院長からの看護師の就職依頼があったことを思い出して、ここの学生を大阪で施設見学をさせて、何人かの学生を大阪に就職させようと閃いた。

四年生になったばかりの学生たちはお金を持っている人もいるし、親のすねかじりもいることを知った国田は、一年生の六月より、毎月三千円の積み立ては可能と判断した。すなわち、四年生で北海道（道南地区）に研修旅行に行き、三年生の時に施設見学をすれば、一年次より積み立てれば三千円は妥当と判断した。

三万六千円×三年間で十万八千円である。

国田は前回提示した積み立て方式を一年生は月額二千円の案を訂正して、次の五期生の一年生から月額三千円を積み立てれば、各四年生の時点での積立額から、三年次の施設見学、四年次の研修旅行を予定することにした。

　自前で施設見学、研修旅行をするならば、たとえ遠方でも学校管理者である学校長から文句は言われないので、国田は施設見学は阪神方面、研修旅行は積み立て金額に応じて計画することで全額学生負担とし、学校には形式的には公的行事として認めさせようと秘かに考えていた。

　施設見学も学校設立時には計画されていなかったが、国田は学校の正式な行事に組み入れることを望んでいた。しかし、宿泊を要するような遠方であれば、学校長は認めないことが予測できるため、日帰りの施設見学とした。

　国田は原上学校長と学校長室で面会して、二つの課外活動に関しては、学生積立金で実施したい旨を申し入れた。原上学校長は、

「施設見学、研修旅行ともに学校行事の一環として認めますが、費用などの金銭的援助は一切しませんよ。旅行傷害保険も自前で必ず加入して、学生の安全には十分の配慮をして下さいよ。また、学校には目的、日時、場所などを記した実施計画書を出して保存して下さいね。また、このような課外活動は、平日でなくて休暇中にして下さいよ」

「はい、わかりました。しかし、旅行傷害保険ぐらいは、何とかなりませんか」

「旅行とその保険はセットになっているものですから、やはり自己負担でお願いしますよ。学校は赤字経営ですのでね。ところで、昨年四月の一年生～三年生のキャンプ代金も多額でしたが、今年は新入生のみで三分の一で済むけれど、来年度入試要項に諸費用一万円を増額しようと思っているよ。これをキャンプ代金にしようと思うが、いいですね」

「う～ん……」

「学校は、国・県より補助金をもらっているが、それでも現在は赤字です。黒字にならなくてもいいが、収支トントンに持っていきたいですね。国田さん、わかるでしょう。今後十年も二十年も赤字ならば、学校は潰れます」

「わかりました」

学校長になって、原上は、国田にいつも押されぎみであったが、今日は、自分の意見が通ってホッとしたのである。国田は自分の行事計画を認めてもらうために低姿勢を示しただけで、想定内であった。

「ところで、施設見学の目的は何だね」

「学生は医療機関に就職することでしょうから、見聞を広め、知識を深めるために高度な医療を施している病院を学生に見学させたいと思っています」

「それはそれでいいことですね。あまり遠方に行かなくても近場がいいと思うよ」

「研修旅行と同じように学生の案を参考にして決めたいと思っています」

国田は心の底で学生の希望であると言えば、自分の思い通りの施設見学ができると考えていたら、

「お金は全額自己負担ですので、学生の意見も聴いてあげないといけないが、遠方にまで行く必要はないと思うよ」

と予想通りの学校長の言葉が返ってきた。が、国田は新幹線で施設見学すれば遠方でも可能と判断して内心微笑みを浮かべた。

「そう思います。ところで先生、私たち専任教員は引率しなければなりません。公費にしていただけませんでしょうか」

「う〜ん。一学年だから四十人以内ですから担任の教員一人は何とかしましょう」

「一人ですか、二人はダメですか？」

「子供を引率するのと違い、二十歳以上の大人だから一人で大丈夫だと思うよ」

「そうですか……」

国田は二人ぐらいは許可が出ると思っていたが、予定がはずれて、少し落胆した。

しかし、そのことを表情に一切出さずに、しばらく沈黙した。

原上は留年させた四人が気になり、

「国田さん、留年した四人は学校に来ているかね」

「もちろんです。普通の学生と変わりませんですよ」

「あっ、そうですが。ところで四年生は三十二人と少なくなったが、学業のできはどうですか」

「九月に業者による看護師国家試験の模擬試験がありますので、まず、そのための基礎的勉強を各自するように指導していくつもりです」

「どこの学校でも、一期生は教員が力を入れて、檄を飛ばせば、学生は頑張って看護師国家試験の合格率は百%になると聞いているが、スパルタ教育でも良いからよろしくね。ハッハッハ」

「はい、看護師国家試験合格率百%を目指します」

国田は原上学校長と会って、施設見学や研修旅行について学校側から許可を得ることに成功した。さらに、得たものは引率教員一名の旅費支給であった。国田は引率教員を二人要求していたので、学校側に対して譲歩をしたと思わせることで良いと考えている。

四年生に対しては積立金額も少ないため、施設見学を兼ねた研修旅行として大阪または神戸の病院見学を組み入れようと思っていた時に、かつて国田が勤務していた学校の大田病院長から電話があった。

「大阪東南病院長の大田靖《おおたやすし》ですが、お元気ですか？」

「はい元気ですよ。先生もお元気ですか？」

「元気だがね〜。全国的な駆け込み増床で看護師不足の煽りを受けている状態が続いて困っているよ」

「そうですか。うちの学校は来春第一期生が卒業しますけど、就職活動は秋にならないと始まりませんので、まだ、わかりませんの」

「そうですね」

「ところで、第二期生（三年生）の施設見学を夏休み中に計画しているのですが、先生の病院はいかがでしょうか」

「それは大変ありがたいことですね。病院見学をすれば一人でも二人でも学生さんが当院に応募してくれればと期待できますね」

「もし、先生の病院を施設見学することになれば、何曜日がよろしいでしょうか。見学は一〜二時間以内にしたいのですが、お時間の希望はございますでしょうか」

「そうですねー、昼間でよいでしょうか。午前中は外来の診療、検査とも混雑しておりますので、昼食時間も入れて二時間としましょうか。昼食弁当は当院で用意しますよ。そのくらいのサービスはできますよ」

「まぁ、本当ですか？」

国田は自然と笑顔になり、声も少し大きくなっていた。

「学生には昼食弁当をサービスしてもらうことになったと言っていいですね」

「もちろんですよ。将来が楽しみですね」

「それでは、よろしくお願いします。具体的なことは後日ご連絡します。ありがとうございました。それでは」

大阪東南病院の大田院長と国田との話はトントン拍子に決まったが、お互いに違和感はなく、意気投合した感じであった。

国田は岡山県から通勤していたので、近隣の看護学生スポーツ大会の帰路は福山駅から電車に乗車した。四月は多忙であったことを、車窓からの景色を眺めながら思い出していた。四月は始業式、教科書購入、四年生の実習開始、続いて入学式、一年生の合宿研修会、スポーツ大会予行演習などの行事が続き、教務主任としてすべての学校行事を指揮し、監督してきたのである。

今後の国田の課題は、来年度の入学志願者を増加させることである。看護教員として働いていた前任地の大阪の学校では近隣の高校の進路指導を担当する先生を学校に招いて、学校の入試に関する情報を提供していたことを思い出した。その案内を出した先生には印鑑を持参する旨を伝えて、交通費と称して三千円の現金を支給していたので、案内をしたほとんどの学校の担当者が出席していたことから、このような学校説明会をしようと決心した。学校長にこの説明会の相談をするには電話では無理と思い、講義の後に時間を頂戴することにした。国田は、志願者の増加を目的としたことを説明してから、交通費として三千円の案を提示した。原上学校長はすぐに同意してくれた。

「尾因市内の高校は普通科、実業科を含めて八校ありますが、市外の近隣の高校のうち、当校への入学試験の受験歴のある高校が四校あります。これらの高校を加えると十二校になりますが、如何しましょうか」

「国田さんに一任するよ」

原上学校長は産婦人科開業医で、家業が多忙であるため、このような雑事には口を出さず、鷹揚に構えて国田に任せておけば学校運営は上手にいくと考えている。

国田は他の教員と相談して近隣の高校の四校を追加して十二校に学校説明会の案内状を五月十日に発送した。五月二十五日（木曜日）午後二時に開催された学校説明会には印鑑持参の文言が何を意味するのか理解できたためか、全校の進路担当者が出席した。

国田は資料をもとに淡々と説明して、高校の進路指導担当者からの多少の質問を受けたが、問題となるようなことはなかった。国田は学校のカリキュラムの概要を説明した後に、さらに、准看護学校との違いを次のように述べた。

「皆様ご存知の先生方も多いかと思いますが、看護専門学校と准看護学校との大きな違いは、入学対象者は本校は高卒以上の学歴を有するもので、准看護学校は中卒以上となっております」

国田は心の中では、准看は中卒でも受験でき、准看になれるレベルの学校ですと言わんばかりで、自分の学校の方が格上であると、うっすらと微笑を浮かべた。この態度は国田の性格によるものである。続いてカリキュラムについては、

「当校の看護師としてのカリキュラムは、一般教養科目と実習を含めて四年間で三千六十時間で、三年課程の医療短大と比較して、ほぼ同じ時間と内容であり、遜色がありません。また、准看護学校は二年間の定時制で約千五百時間の授業と実習をして、各都道府県が試験をして資格が得られます」

この時も、国田は当校は准看護学校とは異なり、看護専門学校が上であるという優越感をチラッと見せて再び誇らしげな微笑を浮かべた。さらに
「来春の看護師国家試験に向けては百%合格を目指しております。もう、すでに求人活動は始まったも同然で、当校には病院案内が届いております」

続いて久船副学校長は次のようにつけ加えた。

「昭和六十年十二月の医療法一部改正による地域医療計画の策定による所謂「かけこ

み増床」による影響が現在も続き、看護師不足が解消されておりません。全国の大病院は求人難の状況が継続し、学生さんの将来は大変、明るいわけです」

　学校説明会の終了時に、出席した進路担当者全員に事務員が交通費三千円入りの封筒を手渡して、受領の押印をしてもらった。


　六月になってからは、暑い日が続いていた。

　国田は研修旅行については四年生は研修旅行の積立金も少なく、その全額を八月上旬までに七万二千円集めることだが、金額的には北海道旅行は無理だと思っている。学生の施設見学を兼ねた阪神地方の旅行を計画すれば、以前に学生の就職依頼があった大阪東南病院の院長に相談したこともあって病院見学を組み入れて、一石二鳥の収穫がある。国田は一期生の四年生の研修旅行兼施設見学は阪神地方と決めていた。六月中には学生にこの案を提示してみようかと思っていたところ、四年生はクラス会を開いて
「是非とも研修旅行は夏休みに北海道に行きたい」

　と学生代表が言ってきた。

　国田は驚いて、

「北海道旅行をするといっても、貴女たちはお金がないのにどうしますか？　道南地

方のみでも往復は飛行機なので、その運賃だけでも多額だし、ましてや夏休み期間は、他の季節より割高と言うじゃないですか」

国田の声はいつもよりテンションが高く、学生に施設見学をさせたいこともあって、不満な顔をした。

「お金のことは全員が自分たちで都合できますので、三泊もしくは四泊で一人何万円必要か見積もってもらってよろしいでしょうか」

学生代表の三人は自信に満ちた表情で、

「先生、北海道はほとんどの者が行ったことがありません。学生時代の良い思い出になるような研修旅行をしたいのです。先生お願いします」

三人のうち一人の学生は目に涙を浮かべて懇願して、頭を深く下げた。

国田は赴任以来、学校内のほとんどの行事については自分の意見を押し通してきたが、学生たちに何度もお願いしますと言われてはどうしようもなかった。国田には子供がいなかったが、母親が娘に強請られて、やむを得ず北海道旅行に同意せざるを得ない状況のようだった。

「四年生のみんながそうまで言うならば、そうしましょう」

「やったー」

三人は急に大きな声で言って破顔となり、

「北海道旅行、ありがとうございました」

と嬉々として告げると、三人は満面の笑みを浮かべ国田の前を去り、教室に走って行った。

国田は彼女らの後姿を見ながら、さらに追加する旅費はいくらか不明だが、心の中では学校に金銭的負担があるわけではないし、これから、学校長にどのように説明したら良いか思案することになった。

以上のような状況下では、国田は四年生の学生に押し切られてしまい、北海道への研修旅行計画が前進することとなり、阪神地方への施設見学を兼ねた研修旅行は締めざるを得なくなっていた。

四年生の北海道旅行決定から一週間が過ぎた時であった。突然三年生の代表が国田のもとを訪れた。

「先生、私たちも研修旅行は北海道にしたいと思います」

「ああ、そうですか。先輩と同じようにね」

「はい。それが私たちは北海道一周旅行をしたいのですが……。五泊六日ぐらいで」

「勤労学生の貴女たちが、そんな贅沢を言っていいの？　お金のない人もいるでしょう」

国田は研修旅行に関しては学生に押されっぱなしであり、学生の可愛さもあって、いつもの勝気な性格を抑えていたことがますます学生からの人気を得ることになった。

「三年生のクラス会では、これから積立金を増額しても良いと言う人もいます」

「月に六千円を集めているのに、増額するのですか？」

「はい、七千円にしたいのですが」

「それは全員可能なのですか」

「はい」

「研修旅行は当校では課外活動として、学校は監督指導をしますが、月七千円の積立金は認めるとして、もうこれ以上エスカレートしないで下さいね」

　国田の言葉を聴いて学生たちは笑顔で帰って行った。
　三、四年生の夏休み中の研修旅行先は学生が自ら北海道に決定したと思っていたところ、一週間後には、一、二年生の学生代表数人が国田のもとを訪れてきた。この二学年の代表は、旅行積立金を今後は月五千円に増額して、四年生になったら北海道に研修旅行に行きたいと言うのである。三年間積み立てれば十八万円にもなるので国田は敢えて反対することなく、簡単に同意した。
　学生代表らは相次いでの変更のため反対されるであろうと予測していたところ、すぐに国田が賛成してくれたため、想定外であった。このようなことは、さらに国田の人気上昇に拍車をかけた。学生たちは国田に母親のような感覚で接するようになり、また、教務主任として尊敬するようになり、学生にとっての国田教の胎動が始まり、年内には誕生するであろう。

国田は学生たちは北海道に憧れているので、この勢いは止めることはできないと呟いた。

この積立金の一部を利用すれば阪神方面への施設見学は可能である。この方面からの求人も多い。大阪東南病院長の大田は国田がこの学校に赴任して以来、中元、歳暮を届けてくれている。国田はここの学生を就職紹介すればもっと何か良いことがあるだろうと欲深く考えるようになった。

国田は研修旅行の件で積立金の変更があったことを学校長の原上に具申することにした。同時に来年度からは積立金の一部を使用して施設見学をすることも許可を得ることを考えた。

数日後、学校長室で国田は原上と会った。

国田の意見として次のようなことを原上に告げた。「近隣の他校は課外活動として卒業の一年前の三月に施設見学をされております。施設見学としては、近代的最先端の医療を実践している大病院、小児科専門病院、母子保健センター（周産期医療センター）など、当校の実習病院では経験することができないような高度医療施設です。費用の件については、研修旅行と合わせて施設見学積立金とすることにしています」

原上は「それで良いだろう」と国田が大阪方面の施設見学をさせておいて、学生の大阪への就職を目論んでいることを知らずに、いとも簡単に同意した。

四年生の北海道旅行が決定したことから、早速、国田は旅行を企画してもらうため、旅行会社を選定することにした。国田は迷わず大阪市に本社がある某私鉄系の大手旅行会社に決定した。国田は学生時代から病院勤務を経て看護教員時代までを大阪で過ごしたことから、大阪ファンである。ちなみに、プロ野球も大の阪神ファンである。また、この旅行会社は尾因市の新幹線新尾因駅前に営業所を有しているので、好都合である。

国田はその営業所に出向いて、道南地方の北海道旅行の相談をしたところ、営業所長は学校の研修旅行と位置付けて、今後、毎年その業務の受注ができるかもしれない案件であることから、国田に対して、低姿勢で終始笑顔で歓待したのである。

国田も自ら良い旅行会社を選んだと満足し、学校に帰ると、直ちに四年生の学生代表を呼び、次のように話した。

「貴女たち、これから北海道旅行を計画するにあたって、勤労学生としての勉強もしなければなりませんので、今日、私は尾因市に支店のある大手旅行会社に相談に行きました。営業所長さんに旅行の概略を説明してあります。担当者が旅行計画書を近日中に持ってきますので、皆さんで検討して下さいね」

「あー、そうですか。先生ありがとうございます」

「貴女たち、旅行のことで燥《はしゃ》いでばかりいないで、勉強をキチンとして下さいよ」

「はーい」

学生たちは念願が叶えられて、破顔一笑しながら教室に帰って行った。

国田はこれでほっとして、何もかもがうまく運んで満足感に浸った。ただ一つ、四年生は研修旅行はできるとしても、施設見学ができず残念な気もした。

四年生の八月の研修旅行計画も順調に進み、国田が学生と同様に浮き足立っていたところ、大阪東南病院長から電話があった。施設見学の件だと直感した。二人は簡単な時候の挨拶の後に、

「うちの施設見学の件だが、何月頃になる予定ですか」

「実は四年生の研修旅行が北海道となり、別に施設見学をすることができなくなりました。今年はダメかもしれません」

「そうですか、残念ですね」

「大変、申し訳ございません。四年生は無理ですが、三年生の施設見学ができるかもしれません。大阪では先生には大変お世話になりましたので、何とかしたいと思っています」

「そうですか、三年生の見学を期待しております。それでは、四年生のために当院の

求人票を郵送しますので、よろしくお願いします」

「はい、わかりました」

国田は素直に電話で応対した。

数日後に公立である大阪東南病院の看護師求人票が郵送されてきた。国田は開封して、この地方と比較して都会だから、給与はどの程度の差があるのか興味があった。

新卒者の基本給は十％ほど多いが、別に看護職務手当てとして給与が増額されており、この地方の公的病院より約二十％も多いことがわかった。

今年度の卒業生は来春卒業するが、大阪の病院を希望する学生がいるだろうか、皆目見当が付かない。もうこれ以上大阪東南病院長に期待を持たせないようにしようと考えた。

一般に地方から当校に来た学生は、故郷の大病院に就職を希望する者が多い。四年生の学生のムードとしては、尾因市出身者で市内の総合病院希望者もいる気配を感じている。これから四年生の就職指導をするにしても一度も大阪市内の病院を見たこともない学生に大阪の病院を薦めるわけにはいかないことから、以前から脳裏にあった三年生の施設見学を夏休みに実行して、都会への憧れのある学生には四年生になってから大阪東南病院を紹介しようと国田は画策した。

最近は、大阪東南病院長から毎月一回の頻度で国田のもとに電話があり、国田は看護師不足が都会においても予想以上に深刻な状況であること認識し、自分の力で何とか卒業生を一人でも大田のもとに送りたい気持ちである。そのためには、早急に大阪の病院の施設見学をせねばならない。

三年生の夏休み入りの時に予定すれば、四年生になってからの就活にも多少の影響を及ぼすだろう。旅行積立金も着々と増加していることだし、その一部を費やせば可能だと国田は思った。三年生の代表に、日帰りの施設見学を提案するタイミングを何時にしようかと考えていた。三年生の夏休みも近づいていることから、遅くとも六月に決定したいと考えた。

すでに施設見学を課外活動教育の一環とすることは学校長から同意を得ているので、三年生の学生代表を呼んだ。

「先日、学校長と相談し、三年生の夏休みに日帰りで施設見学を計画しています。研修旅行の積立金の一部を利用して、やろうということになりましたのよ。大阪方面でいいですね。近隣の他校も施設見学をしているということですので、本校も是非とも課外活動として取り入れたいと思っています」

三年生の代表は、四年生の時に研修旅行に北海道に行き、今年の夏には施設見学として、日帰りで大阪方面に行けるとあって、旅行感覚で内心喜んでいた。学生代表は破顔しながら、「是非、お願いします」と声高らかに言って、教室に帰って行った。

国田の提案は学生からの評判を再び上げることになった。国田も大阪方面への施設見学ができることになり、早速、大阪東南病院の大田院長に電話を入れた。

「国田ですが、大田先生、本校の三年生が夏休みに先生の病院を施設見学に行くことになりましたのよ。他に公的な施設をもう一カ所紹介して下さいますか」

「そうですか。考えておきましょう。昼食は本院でご用意させていただきますが、十一時頃に来院されて病院見学後の昼休憩は私のところでということにしましょう。夏休みはまだ先ですので、日時については後日相談することにしましょう。先生、いい話に決まりましたので、大阪に一度おいで下さいよ」

「そうですね。私が下見ということにして下されば、よいかもしれませんね。近々に是非ともおいで下さい」

「大阪と尾因市は福山駅で乗車すれば新幹線で約一時間で着きますね」

この言葉を聴いて、国田は歓待してくれることを期待して、近日中に大阪へ行き、古巣の病院や附属看護専門学校を訪問して、教務主任として頑張っていることを以前の同僚に話して、自慢してみたい気になっていた。施設見学をする学生と同様に国田の方も下見をすることに大きな楽しみと期待をしているのである。国田は策略家である。一つの事柄が進めば次々と予定を立て満足感を得ている。

早速、学生の北海道旅行を依頼した旅行会社の担当者に施設見学の件で電話を入れた。担当者は施設見学の相談を聴き、さらに営業所の業績が向上することから快く受け入れ、大阪での貸し切りバスの見積書を直ちにお届けしますということになった。

国田は一度大阪に向かって、大田と会い、大阪市立周産期医療センターを紹介してもらった。その翌日改めて二人の施設長に電話を入れて、八月三日（木曜日）に大阪東南病院は午前十時頃から、また、大阪市立周産期医療センターは午後一時頃からの時間帯をお願いしたところ、前者の大田院長からは即、了解の返事があり、後者の杉下《すぎした》院長は、午後に折り返し電話で連絡しますとのことであった。数時間後に杉下院長から返事があり、施設見学時間の了解が取れた。

国田は四年生の研修旅行について旅行会社と折衝をしてみて、学生の積立金でもって学生の夏休み中に自主的に北海道に行くのであり、学校は何ら金銭的な援助をしていないことから、今後は教務主任としての介入はあまり細かくしないようにしようと思った。これで国田の雑用が少なくなったことになるが、今後は学生側から旅行日程表、一人当たりの旅行費用、旅行保険加入を義務付けること、教員一名は引率者として参加することなどを提案して、表向きは研修旅行は学校行事ではあるが、学生自治会活動の一環として学生の意見を尊重して実施するということにした。最終的には以上のことを原上学校長に連絡して、了解を得ることにした。

看護専門学校には運営委員会規約と財務委員会規約がある。前者の目的は学校運営の円滑を図り、目的を達成するために、運営委員会を設けることとなっている。一方、後者の目的は学校財務の適正な運営を図るために財務委員会を設けることとなっている。

運営委員会の構成員は学校長、副学校長、教務主任、事務長及び学校長が委嘱する医師会員及び講師若干名をもって構成するとなっているが、この構成員の約八割のメンバーは財務委員会委員にもなっている。

このように二つの委員会で、委員が重複していることから、運営・財務合同委員会という呼称で同時に二つの委員会を開催することが委員の負担軽減のため、昭和六十一年の開校後二年目から、二つの委員会の同時開催を実施している。

国田は昭和六十三年四月に赴任したが、平成元年七月二十日（木曜日）に開催された運営・財務合同委員会に初めて呼ばれて参加した。医師会としては財務状況については国田には新任の現場責任者として熟知してもらう必要性があり、台所事情を考慮して備品、消耗品の購入を適切に行って欲しいという考えから国田に同席してもらうことになった。

開学四年目からは、学生定員は四学年で百六十人となり、学校の赤字は軽減できると予想している。昨年度の三月三十一日までの決算報告書を見れば赤字が増加しないことが理解できるかもしれない。いずれにしても、受験生の増加のためには近隣の高等学校訪問をし、進路担当者と面会して学生の受験のお願いをしなければならない。そのためには看護教育には集団学習や補修をはじめ十分に力を入れて、卒業生の看護師国家試験百％合格に向けて、教員、学生が一丸となって努力しなければならないことを十分に認識する必要があることだけは確かである。

そして地元に卒業生の大多数が就職してこそ、医師会立看護専門学校の建学理念・精神に沿って看護の担い手を育成し、地域医療の基盤を支えることができるのである。このようなことから、今年度より運営・財務合同委員会委員に国田教務主任を指名することによって尾因地区の看護の担い手を育成する業務に貢献してもらいたいのである。

国田は初めて委員会に出席したにもかかわらず、初対面の委員が十数名いても全く動じる気配はなく、堂々と座っていたのである。このことは国田が生来勝気な性格である所以《ゆえん》である。

予定通り、運営・財務合同委員会委員が開かれた。

委員の意見を要約すると、

①学校設立時の初年度（昭和六十一年度）以後の三年間は、三百六十九万円から百三十万円の赤字決算である。
②学校運営資金として約三千万円確保しているが、これは医師会館建設資金の残金と看護専門学校設立時の補助金や寄附金の総額である。この資金は今後も学校が赤字になった時に理事会の承認を得た後に繰り入れが可能である。
③入学願書代金は現在七百円であるが、来年度から千円に値上げする。
以上であった。

国田は運営・財務の話は聞き流していたが、入学願書代金千円への値上げについては、今後の自分の収入増になるため好感を得た。お金には計算高い女である。


国田は赴任して自身にとっては二回目の夏休みに入ろうとしている。夏休み中には四年生の研修旅行と三年生の施設見学が予定されている。引率教員には十分に学生の安全に留意するように耳にたこができるほど言ってきている。

国田教務主任のほかに看護教員は四名いるが、教員は担当科目の講義の他に看護実習生を実習病院に引率し、病院の実習中には学生に対して諸々の指導や援助をするのが主とした任務である。患者を受け持って直接看護の指導をする教員は実習病院の臨地実習指導看護師も担当している。実習学生にとっては、二年生の二月〜三月に学校内においての基礎実習を受講した後とはいえ、臨地実習という看護の実践を学ばねばならないことから、ただ講義を聴くという座学とは異なって看護のための実習では課題が与えられ、思考能力や行動が必要であり、学生にとっては真剣に看護学を学ぶ必要がある。

また、臨地実習指導看護師に実習レポートを提出しなくてはならず、座学の時代の四択や五択の試験とは全く異質なレポート作成に悩む学生も多い。このように実習指導をしている看護教員や看護師は責任感を持って学生に接しており、それぞれの矜持がある。

国田は七月二十四日の夏休み直前に前期臨地実習を振り返り、四人の専任教員を招集して教員会議を開催した。国田はこの会議の目的は看護教員の質的向上であることを最初に伝えたのち、いくつかの提案をした。すなわち、①教員の看護学の授業をお互いに見学し、授業を評価して授業評価表を作成する。②空いた時間を選んで学外講師の学生への講義を聴いて勉強すること。③八月の臨地実習指導者研修会に全員参加すること。④各教員は講義計画書を作成することなどである。

L教員が、

「先生、そのようなことを急に言われてもすぐにはできない気がしますが……」

国田は、教員に強い視線で、次のように言った。

「①と②は九月からの話です。③は八月十九日にありますので、全員参加して下さい。④は夏休み中に各自作成して下さい。そして自分の講義の質的向上に努めて下さい。いいですか。そのくらいのことができないならば、教員としての資格が問われますよ。わかりましたか」

「はーい」

「それから八月十九日の研修会の簡単なレポートも私に提出して下さいね」

「……」

国田は有無を言わさずに命令口調で述べた。経験の浅い教員らは、国田に服従するしかなかった。このように強い教務主任であることを示せば、今後は四人の教員を掌握することができると思っている。しかし、国田の前にいる四人の教員は学校開設時に採用された一人の教員と最近採用された三人の教員であり、全員の勤務経験は浅い。

昨年の四月から赴任した新教務主任の国田は気が強く、聴く耳を持たないワンマンな性格であると四人の誰もが認めていた。要は四人とも国田を敬遠しがちであった。尾因市医師会が運営している准看護学院の専任教員一人が八月に退職することになっていた。先程の会議で国田に「急に言われてもできない」と言ったこの教員は国田のもとで働きたくないと思っていたので、そのことは看護専門学校から准看護学院への異動の希望を准看の教務主任にお願いして原上医師会長にも伝えられていた。

この教員会議が終了した翌日にこの教員は退職願いの書類を提出した。国田は突然の退職届を見て、目を大きく開き、憤怒の形相となった。

「何故、辞めるのですか」

自分が教員の間では高圧的で人気がないことは棚に上げて、この教員を責めようとしている。

「丁度、准看護学院の専任教員が八月末に退職するので、私がそこに移ろうと思っています」

「えっ……」

国田は事前に自分に相談なく、教員が医師会内の施設に異動することに更に怒りが増幅してきた。火に油を注ぐように、声のボルテージが上がり、甲高い声となった。

「准看護学院の教務主任はそれで良いと言ったの？」

「はい」

「私の知らない間にそのようなことがあって、いいのですか」

「ですから、今、報告しているのですが……」

「遅いわよ」

「それで、原上医師会長は良いとでも言っているの？」

「原上先生には伝わっていると思いますが、知りません」

「何が何でも、ひどいわよ」

国田は怒り心頭に発し、興奮状態となり、顔を赤らめ、心臓の鼓動がどくどくと脳天まで達してきた。

「勝手にしなさい」

と捨て台詞を吐いて部屋を出ていったのである。

国田はこの学校で自分が主導権を握り、自由自在に教務主任として活躍していくためには、どうすれば良いのか自問自答した。「そうだ、尾因市医師会のドンは前医師会長の村山先生だ。この人の後ろ盾があれば絶対に安泰だ。今の医師会長の原上先生は温厚で、八方美人らしいので、気にする必要はない。自分は興奮して文句を言うのではなく、看護教員の人事を無視されたことに対して悔しいし、泣き寝入りしていますと言えば同情してくれそうな気がしていた。村山先生は私には特に優しい感じのする先生ではないか」と国田の頭に閃いたのである。

国田は翌朝に出勤して、村山に昨日の件について相談するため、受話器を取り上げたが、午前九時半頃であり、開業医の一番忙しい時間帯であるので、電話することを止めて受話器を置いた時に、この件を村山に相談すべきか否か躊躇した。いや、やはり報告だけはしておこうと思い、電話は午前の診療終了後にしようと相手の仕事のことを考えて、午後二時ごろに電話をすることにした。午後二時が来た。村山耳鼻咽喉科に電話を入れた。事務員らしき人が応対した。

「先生にお急ぎの御用ですか」

「はぁー、看護専門学校の国田ですが……」

事務員は電話してきた主が普通の人であったら、先生はただいま昼寝でお休みになっていると告げて断るところだが、すぐに内線に繋いだ。

村山が受話器を取った。国田は看護専門学校の教員が准看護学院に自分の知らぬ間に異動することになった経緯を詳しく説明し、私を無視したことが悔しくてたまらないと告げた。

「そうか、わかった。国田よ、人が辞めると言ったら、止めることはできないよ。去る者は追わずだよ。もっと大人になれよ。お前はまだ若くて未熟だから、腹が立つのだろうがね。しかし、辞める専任教員がお前の知らぬ間に准看護学院に行くことはけしからんね。このことは私から原上会長に言っておくから。昼寝をしていたのだが、目が覚めたよ。すまんが切るよ」

村山は昼寝を邪魔されたため、少し不機嫌であった。

国田は村山が援護してこの度の人事を白紙にしてくれると思っていたが、想定外の返事に驚き、失望した。この時初めて自分の未熟さに気付き、素直になろうと思う反面、今まで信頼していた村山からも援護してもらえず、さらに悔しさを倍増することになったので、もっと自分は人から何を言われようと強く賢くなろうと思ったのである。

国田は、この屈辱的待遇を受け、看護専門学校に対して闘争心が徐々に芽生え、これを機に権謀術数渦巻く教務主任へと変身していくのである。そして、医師会員や准看護学院の教員をさらに敵視するようになり、狡猾な企みを持つことになるのである。すなわち、辞意表明という恫喝とも取れる黄金のカードをちらつかせて、相手の反応を見極めて行動をすることを企むことにした。

国田は教員会議で高圧的に専任教員に言ったとは思っていない。教務主任として当然の指導をしたまでのことだと考えており、この学校の専任教員のレベルは低いと思った。

この件があったので医師会側は早急に看護教員を募集した。

平成元年八月六日（日曜日）から九日（水曜日）までが四年生の研修旅行である。国田は研修旅行の引率は教員一名の他に学校長に、施設見学の引率は教員一名の他に副学校長にお願いしておこうと考えた。日常診療のことがあるので学校行事に休診してまで付き合うことは不可能なことを承知の上で、いずれの先生ともご相談という形だけのことをしておくことにした。実際、お願いしたところ、案の定、二人の先生には断られた。そこで国田は原上学校長に、前学校長の村山先生にも施設見学か研修旅行のいずれかをお願いしたいのでと相談した。

原上は「それは良いことだが、言ってみるだけ言ってごらん」と告げた。

国田は村山前学校長は学校のためなら何でも協力してくれそうなので、早速、電話で村山にお願いした。国田は原上学校長も久船副学校長もお二人は研修旅行も施設見学も参加できないので、先生にどちらか参加してもらえないでしょうかと告げると、村山は、「四年生の第一期生は来春には尾因地区に就職してもらわないと困るので、北海道に一緒に行ってもいいよ」と言った。

国田は、村山先生も診療があるため、参加してくれないと思っていたので、

「本当ですか。本当に行っていただけるのですか」

と思わず念を押したのであった。国田は心の中で村山を見直し、学校創設者はさすがに偉い人だと思った。ということで北海道の研修旅行には村山前学校長と教員一名が引率して行くことになった。

施設見学については、国田が手配した計画であったので、国田が自ら行くことになった。この配慮は他の専任教員に大阪まで施設見学に学生を引率して行って大阪の偉い先生に会ったりして苦労をさせたくないと説明したが、この大阪東南病院長と国田との癒着関係が露見することを恐れたためである。また、三年生の施設見学の目的

は、「見聞を広め、学び得た科目との関連とし、また、社会のあらゆる面で知識を深め良識豊かな人間性を養う」ことである。四年生の研修旅行の目的は「お互いの親睦を深め、集団生活の中で協調性を養い、専門職業人としての自覚と責任を持ち、四年間の思い出とする」ことである。各学生たちには以上のことをプリントして手渡して浮かれた旅行にならないように、同一の目線で同一の目標に向かって行動してほしいと国田は出発にあたって檄を飛ばした。

四年生の研修旅行は無事終了した。学生たちは北海道の函館、大沼、札幌、登別、支笏湖、洞爺湖、昭和新山などを観光して、非常に明るく、大燥《おおはしゃ》ぎして帰ってきた。村山前学校長には休診して参加してもらったので、国田は前学校長に一目も二目も置くようになった。本当に学校のために働いてくれる先生は村山以外にはいないと思うようになり、ますます村山を尊敬するようになってきた。

自分の看護教育の結果は看護師国家試験合格率で顕著に現れる。必ずや合格率を百%にせねばならない。この度の学生の研修旅行は学生が四泊五日を希望していたが、三泊四日に短縮させて、旅行積立金の一部を模擬試験四回分の費用に充当させる予定である。国田は学生には看護師国家試験に全員が一回で合格することが第一の目標であることを常に肝に銘じて頑張ってほしいと思っている。自分の実力を知ることも重要で、全員に模擬試験を受けさせることによって各学生に自覚を促そうとしているのである。

研修旅行から帰って翌々日の八月十一日（金曜日）に四年生全員に登校させて、国田は、「研修旅行をして楽しかったでしょう。皆さんは北海道に行く前までは旅行に行ける楽しみを味わい、そしてこの度の旅行は大変楽しかったと思います。また、これから旅行の思い出の写真を見ては、楽しかったことが倍増するでしょう。三回も旅行の楽しさを味わったことは大変幸せですよ。さて、旅行の話はこれくらいにして、皆様には来年二月に看護師国家試験があります。いいですか、あと、丁度六カ月しかありませんのよ。皆さんは勤労学生です。仕事もありますので人一倍頑張る必要があります。試験に合格しなければ就職が内定していても、取消しになります。何の勉強もせずに模試を受けると成績が良くありません。これから夏休みの日々を利用して勉強をして下さいね。皆さん、わかりましたか」

「はーい」

国田は学生の声が小さいのは本人の自覚がないと思って、

「もっと大きな声で」

と言った。

「はーい」

と学生は小学生の時の「はーい」のような大きな声になっていた。

「これから、看護師国家試験の勉強もしなければなりませんが、仕事のことで悩みのある人は遠慮なく担任の先生または私に申し出て下さい。いいですね。それから図書館、四年生の教室、学生相談室は日曜日、祝日を除いて午前九時〜午後六時まで開放しますので、利用して下さい。参考書については看護師国家試験対策の本が数冊ありますが、各自、看護師国家試験問題集は購入して下さいね。いいですか?」

「はい」

「私は三十二人の全員が合格するように努力しますので、皆さん、私に付いて来て下さい。いいですね」

国田の方が、学生に気合を入れているような状態である。一般家庭で言えば、教育ママのようである。

模擬試験の結果を見てから、国田は十月から補習計画を立案する予定である。国田は、平素の学業成績からして、成績下位グループの学生を把握しているが、それが模試の結果と一致するかどうか教務主任としての楽しみにしている。九月上旬に実施される模擬試験の結果は二週間後に公表されるが、学校全体のレベルも全国レベルではどの程度かも判明するので、国田はその結果を重要視し、学生を叱咤激励しようとしているのである。

看護専門学校の夏休みは一般には三週間程度である。各学校でのカリキュラムにより、公立学校のように夏休みの期間が定まってはいない。尾因市医師会立看護専門学校では七月二十八日〜八月二十日を中心に夏休み期間を設定している。

国田の発案でこの期間の夏休みの初日に二時限（九十分×二）を設けて三、四年生は前期臨地実習の振り返りを行っている。看護専門学校で学んだ理論や方法を臨地実習において体験し、看護実践に必要な知識、技術、心構えなどを習得するという目的があり、そのためには、具体的な目標を立てて看護実践し、看護活動のできる能力を修得することである。専任教員は実習調整役として、実習計画の立案、連絡、調整を行うことによって、学生の実習環境を整えて、より良い実習を行うことができるようにすることが使命である。従って、専任教員は学生と共に実習を振り返り、実習を評価し、目的達成状況を把握し、今後の臨地実習に役立てねばならない。

毎年のことであるが、最大の問題点は再実習や欠席などによる学生の対策である。国田は学生に対して、臨地実習を欠席すると単位不足となり、留年する可能性が大であり、学生が自己の健康管理を徹底して行い、欠席にならないようにすることこそが重要であり、このようなことに常に留意したものは社会人となった将来も健康管理に気を付けることを継続できるのであると説明している。この説明のために、三、四年生の夏休みは一、二年生よりは一日遅れて七月二十九日からとしている。

また、三年生には八月上旬に二日間に渡って広島市で行われる救急法救急員養成講習を受講させている。受講させても本気で学ぼうとしない学生がいることから、国田は全員に後日レポートを提出させることにしている。

八月中旬には実習病院の臨地実習指導者と本校の専任教員との合同研修会を開催し、前期の実習指導について振り返り、教育活動の円滑化と充実化を図り、教育の質的向上を目指している。このようにして、国田は赴任して二年目の夏休みからは精力的に専任教員をリードして教務主任としての貫禄を徐々に身に付けつつある。

専任教員には夏休み中の四年生に、より良い教育のための新しい方法も取り入れての改善策を考えるように指示し、教員自身も勉強せねばならないと諭した。教育理念と経験の乏しい四人の教員には、国田の足元にも及ばない状態であることを認識させようとしている。四人の教員を掌握するのに多大な時間を要することはなかったようである。

夏休みは学生も教員も表向きは休みである。しかし、国田はできるだけ毎日、短時間ではあるが出勤し、他の四人の教員の勤務状態を観察していたが、四人とも国田の思った日数ほどは出勤していなかった。事務員は毎日午後のみ出勤して、学校の電話番と雑用の仕事をするように国田が命じていたので、キチンと勤務している。夏休みであるので教員には出勤義務もなく、自宅で学校に関する仕事をしていても良いのである。

国田にとっては学校は夫のいる家から離れての仕事場であり、他の教員の出勤も少ないため、一人でいることが多い。誰もいなければ、大阪東南病院長といつでも電話で話をすることができるので、国田にとっては好都合の場所でもある。国田はかつての上司である大田院長が自分を頼ってくる目的は看護師の獲得だけなのであろうか、別に下心があるのであろうか、大田院長の真意はなんであろうかと邪推するようになった。そして、少しは自惚れるようにもなった。しかし、国田は青春時代に裏切られた二人の男は共に医者であったことから、以来卑屈な考えを持つ医者嫌いになっていた。今も医者という職業の男が大嫌いであるのに大田院長のことが気になり、この人は良い人だと思うようになり、心が揺れるのは女の性《さが》であろうか。その時、電話が鳴った。国田は受話器を取り、

「尾因市医師会立看護専門学校ですが……」

「国田先生ですか。大田ですが、先日は当院の施設見学に学生を引率して来て下さり、誠にありがとうございました。当日は忙しくて十分な接待ができず失礼しました。当院への学生の評価はどうでしたか」

「良かったと思いますよ。帰りの新幹線の中では都会の病院は綺麗でいいと言ってい

ましたよ」

「そうですか、それは良かったなぁ。近日中に求人案内を送りますので、よろしくね。また来年も見学に来てくれませんかね？」

「求人されても、見学したのは三年生ですので一年先になりますが、四年生にはすぐに求人案内を学校内で見られるように掲示しておきます。来年の施設見学はまだ決まっておりませんが、その時はよろしくお願いします」

国田は大田との変な噂を恐れて、大阪東南病院への施設見学を来年はしないと決心したばかりなのに、大田からの電話では「その時はよろしくお願いします」と言ってしまった。まだ、国田の心は揺れているのであろうか。

大田院長の目的はやはり求人のみだったのか、あるいは下心があっても、男はすぐには電話では言わないだけなのかと国田には男の本心を知ることはできなかった。来年の卒業生のうち一人でも大阪東南病院に就職してくれれば、施設見学の目的は達成されることになり、喜ばしいことであるのにと思っていた。

「ところで、次に見学をした大阪市立周産期医療センターはどうでしたか。学生たちの評判はどうでしたか」

「はい、私も含めてみんなは近代的な専門病院で素晴らしいと思っています。学生たちは施設見学をしていれば、見ず知らずの病院に就職するよりは見学したことのある病院を選ぶ可能性があると思いますが……」

「そうですよ。来年は一人でも多く大阪の病院に就職してくれることを期待しております。周産期医療センター長の杉下先生も私と同じように期待していると思いますよ。まぁ、二つの病院をよろしくお願いします。お礼は十分にするつもりです」

「いやいや、お礼はよろしいのですが……」と言って大田からの心遣いを期待したのだった。

「まぁ、そう言わずにね」

国田はお礼という言葉を聴いて、大田院長が今後何をしようとしているかを想像しながら、施設見学と弁当のサービスを受けたことのお礼を丁重に言って電話を切った。


国田は、学生にできるだけ研修旅行後の夏休み期間中は看護師国家試験のための自習に参加するように指示していた。すなわち、過去問題集を繙《ひもと》いて、その問題に関連する知識を吸収しなさいと指導していた。事務員には学生の出欠を確認させ、出席率向上をも目指していた。しかし、八月十四日~十六日の三日間は盆休みを与えていた。これは、医師会館の職員と同様に他の専任教員たちにも盆休みを与えていたので、恒例のことであった。

国田は平成元年九月三日（日曜日）の業者の模擬試験のために学生たちに八月十七

日から自主勉強をさせておいて、その模擬試験の結果を見て成績のよくない学生には「貴女は看護師国家試験に落ちるかもしれないよ」と叱咤激励してやろうと考えている。また、合格ボーダーラインまたはそれ以下の学生たちには、看護師国家試験のための勉強に精を出すように指導し、できれば所属医療機関を離れて勉強に専念するよう誘導しようとしている。

国田は学生が模擬試験を受ける前日の九月二日（土曜日）の放課後に四年生を全員集めた。

「明日、九時から十三時まで模擬試験がありますが、看護師国家試験までに四回予定しております。回を重ねるごとに少しずつ成績が伸びていかなければなりません。貴女たちは第一期生ですので、全員が必ず合格するように努力して下さい。私は模擬試験の結果を見て、全員の特別指導をしますのでそのつもりでいて下さいね。わかりましたか」

「はーい」

「全国一斉模擬試験で度々最下位グループに入った人は、卒業延期になりますので覚悟しておいて下さいね」

国田が四年生の顔を見ながら言うと学生たちは少しざわつき、数名の学生は不安に感じたのか顔色が冴えなくなった。

いよいよ、九月三日（日曜日）に全国一斉模擬試験が行われた。模擬試験は全員が受験し、欠席は許されず、本番の看護師国家試験と思って望みなさいと模擬試験業者も学校も指導しているので、誰一人欠席することなく、三十二人全員が受験したのである。

約二週間後に模擬試験の結果が届くことになっているが、国田は我が子の成績のように心配し、不眠の日々が続いていた。ある夜は四年生の半数がボーダーライン以下であった夢を見て、驚いて目が覚めたこともあった。看護師国家試験まで、まだ五カ月もあると自分に言い聞かせて、心を落ち着かせる日々であった。

学生たちの模擬試験後に次のようなアンケートを実施した。自分はどの程度の点数だと思うか、どの分野ができなかったか、長文問題はできたか、画像やシェーマのある問題はできたか、自分の弱点が認識できたかなどであった。その結果、各項目とも、平均すればできたとできなかったとは各半々であった。

模擬試験直後で正解が不明なのでアンケート結果は信憑性が薄いが、本人の予想と模擬試験の結果が乖離しているか否かは間もなく判明するであろう。模擬試験の結果とアンケート結果をもとに、国田は各学生と面接をして、下位グループの学生たちを把握して看護師国家試験の補習を頭の中で計画していた。

九月十八日（月曜日）午後に教務主任の国田克美宛で模擬試験の結果報告書が届い

た。国田の鼓動が速くなり、どくどくと頭部まで響いてきた。顔面がやや紅潮し、若干震える手で封筒を開けた。表紙の次に業者からの簡単な挨拶文があり、その下欄には同封されている書類の内容、枚数が記されている。

国田は本校に関係する書類を取り出し、他の書類は後回しにした。三十二人の成績を見て合格ボーダーライン以下の学生が八人もいたことに驚き、少し失望した。四年生全員に模擬試験の結果を配布した後、数日間を費やして四年生全員の面接をして、勉強時間や職場環境について改善できるものは改善しようと思った。半数がボーダーラインという悪夢よりは少し良い結果であるが、兎にも角にも面接と補習計画を実行することにした。

国田はボーダーライン以下の八人のうち、最下位から四人の学生を面接することにした。この四人はこのままでは看護師国家試験に合格する見込みはないと判断したからである。

最下位のH子を最初に面接した。H子は高知県出身で、母子家庭の長女である。三人兄弟で、弟（長男）と妹（次女）がいる。母親はスーパーマーケットの食品売り場に勤務しているが、三人の子供を育てるのは大変なことである。大学や短大に進学して親に負担をかけたくない思いが強く、看護師になるため本校を受験したという。国田はこのような境遇の学生は絶対に看護師国家試験に合格させてやらなければならないと思った。もし、看護師国家試験浪人となれば、今の勤労学生よりもっと厳しい環境で就労して自活しなければならない可能性があるので、看護師国家試験の勉強どころではない。

「H子さん、正直に言いますけれど貴女はこの度の模擬試験では三十二人中の最下位でしたのよ。試験当日は体調が悪かったのですか？」

H子は最下位であったことは、成績結果表を見て知っていたので驚くことはなかった。ただ、自分の成績が悪く情けない気分になっていて、泣きべそをかいていたので小さな声で
「体調は普通でした」と言った。

「あっ、そうでしたか。それでは、これからは看護師国家試験の自習時間にはできるだけ出席して、過去問題を徹底的に解いて、その問題の出題ポイントを完全に理解するようにして下さいね。それから、現在の勤務状態で勉強する時間はありますか。夜勤明けは休日ですよね？」

「はい」

「何か悩みがあるの？　好きな人はいるの？」

「悩みはありません。恋人もいません」

「そう、それならば一生懸命、勉強をしないと今のままでは看護師国家試験に落ちま

すよ。できれば毎日でも学校に残って二〜三時間ぐらい勉強をしなさいね。勤務先の病院には二〜三時間遅く帰っても良いように私から院長に連絡して了解を得るように話をしてみますから、それでいいですね？」

「はい、そのようにして下さい。お願いします」

国田はH子は素直な学生と感じ、自分もH子が気に入って、この子は何とかしてやりたい気持ちになっていた。

「私が、近いうちに院長に電話をして、このことをお願いするから、頑張ってね」

「はい」

「これからは、何でも遠慮なく私に相談して下さいね？」

「はい」

H子は目に涙を浮かべていた。国田が母親以上に自分のことを心配してくれていることが、嬉しかった。H子は初心に帰って心を入れ替えて勉強しようと思ったのであった。

「就職のことは考えているの」

「いいえ、まだ」

「就職のことも、私に相談してね。看護師国家試験に合格しなければ、病院就職の内定も取り消しになるのよ。地元の病院だと、不合格になれば皆にばれるのよ」

国田は暗に成績不良者には地元に帰ることを勧めず、学生が就職相談に来たら、その時に自分の意を伝えるように内心思っている。すなわち、大都会に行きたい気持ちがあれば大阪へと。

国田は成績の悪い残りの三人についても同様の面接をしたが、みんな素直な良い子であったので、ほっとしていた。

国田は、まずこの四人は実習日以外の登校日には今後は約二時間居残って自主勉強をしてもらうことを各院長に懇願して同意を得たのである。国田の本心は医療機関から離れて、その施設での勤務をやめて、全日制の学生のように勉強をしてもらいたかったが、個人的に経済的事情もある学生には医療機関を退職しなさいと口に出すことはできなかった。しかし、経済的に少しでも余裕のある学生には「仕事を辞めて、看護師国家試験に向けて勉強に集中しなさい。そうしないと看護師国家試験に不合格になりますよ」と脅していた。

もし、学生側から医療機関でのアルバイトを辞めたいと申し出があれば、模擬試験の成績いかんにかかわらず大賛成するつもりでいた。国田は模擬試験の成績に関係なく、四年生全員には実習日以外の日はできるだけ学校に居残って、看護師国家試験のための自主勉強をするように伝えた。そうすることによって、国田は学生が一丸となって看護師国家試験に対する学力向上へのムードづくりの意識を高揚させようとした。

国田は四年生の就職については関心があった。模擬試験終了直後から三十二人全員の就職希望について個人面接をした。迅速に面接を済ませておきたい気持ちもあって、昼休みと放課後の時間帯を選び、学生一人あたり五、六分間の面接を行った。

要するに、国田が九月現在の四年生の希望就職先を把握するためであった。四年生三十二人の出身校別では広島県が二十六人（内尾因市が七人）、岡山県が二人、四国・九州地方から四人であった。新設校の第一期生募集であったため、看護専門学校の知名度が低く、広島県内の学生が多いのは当然である。

後輩の三年生は施設見学で大阪の近代的病院を見学をしているので、その情報が四年生に伝わっているかどうかを国田は知りたかったので、全グループの面接では三年生は大阪の病院についてどのようなことを言っていたかを訊いた。国田は大阪の病院の話を出すことによって、都会で働きたいならば大阪へと誘導しようと考えている。大阪の話を知らない四年生で、大阪の病院を知りたそうな学生には後輩の三年生に聞いてみれば良いよと言ってみたりした。どの学生が都会に興味を持っているかは国田の第六感でわかるのである。

また、助産師または保健師専門学校への進学希望者が二人いたが、その学生には進学を支援することを国田は約束した。うち一人は、成績が中位であったので頑張らないと進学は無理と言って、「これから、もっと頑張れば合格の可能性がある」と発破をかけた。

この度の面接では、国田は本人の希望を聴く役に徹して、希望就職先に反対することもなく、就職先を強要することもしなかった。これからじっくりと四年生の希望就職先の動向を注視して、迷っている学生には国田は自分自身が決断を下すようにしようとも企んでいるのである。

学生との就職についての個人面接をした数日後の木曜日に、就職について更に相談があると申し出た学生がいると担任看護教員を通じて国田に報告があった。国田は早速、翌日の金曜日の放課後に話し合いをしましょうと言って、学生相談室で再び面接をすることになった。国田は事前にその学生の一年〜三年までの各科の成績と、この度の第一回模擬試験の成績に目を通していた。

「先生、私の就職の件ですが、都会の病院にしたいのですが……。その理由は妹が来春に徳島市内の准看護学校を卒業して徳島市内に就職して自宅から通勤することになって、親と弟の面倒をみるということになりました。それで私は今日まで、働きながら勉強して学資の援助も少ししかしてもらわなかったので、徳島に帰らなくても良いのです」

「貴女は、母子家庭でしたよね？」

「そうです」

国田は県外からの学生に母子家庭が多いのは、親に学資のことで迷惑をかけたくないという理由で本校を受験したことを熟知していた。

「お母様は許可してくれたのね？」

「はい」

「お母様のお仕事は？」

「小さな町工場の事務員として働いています」

「そうですか、仕事の時間帯は？」

「朝八時から午後五時までにしてもらっています」

「それは良いですね」

「弟さんは？」

「高校二年生です」

「あっ、そう。三人兄弟ですね」

「貴女の就職希望はどこですか」

「大阪です」

国田は大阪と聴いて、内心、願ってもないことだと思った。

「どうして大阪にしたの？」

「徳島市と大阪は意外と、便利が良いのです。それに、三年生が大阪の病院に施設見学に行って、大阪東南病院が良いと話していましたので……」

「三年生がそんなことを言っていたの」

　国田は自分が先日、三年生に大阪の施設見学について四年生に感想を話しなさいと言っていたことの効果があったと思った。

「私が引率して、大阪東南病院に行きましたが、それは近代的な総合病院ですよ。しかし、大阪には沢山の大病院があるのよ。今すぐに決めなくてもいいのよ。学校に大阪の病院の資料があるので、後で渡すわ」

「お願いします」

　国田はこの学生は大阪東南病院に就職しようと考えていると察したが、その病院と癒着していると疑われることを恐れて、わざと反対意見を述べた。国田はこうすることによって学生が自ら就職先を選択したことにすれば良いと考えている。

「ところで、今、所属している医療機関の状況について聴きたいことがあるのよ。看護師長さんはどんな人ですか」

「とても厳しい人でルーズな人は大嫌いでミスをすると叱られます。何でもすぐに報告しないと皆の前で叱ることがあります」

「医療機関では、小さなミスを許していたら、いつか大きなミスを起こすことがあるので、当たり前のことですよ。何歳ぐらいの師長さんですか？」

「五十歳以上です」

「独身と聴いていますが……」

「そうです。どうもバツイチらしいです」

「師長さんにお子様はいるの？」

「女の子がいるらしいけど、最近、結婚されたらしいです」

「院長先生はどうですか」

「叱ることは少ないけど、師長さんと同じで患者さんからの苦情があったりして、こちらに少しでも落ち度があったら叱られます」

「そうですか、ミスをしたらどこでもダメですよ。その他に何かありますか」

「あの……」

その後、所属している医療機関について聞くと、学生は何かを言いかけて口籠もった。

「何でもいいから、言ってよ」

「院長先生は……」

と再び口籠もった。

「何でもいいから言ってね。私は親代わりですから」

「院長先生は気に入った学生を依怙贔屓《えこひいき》するのです」

「それは何のこと？」

「いつも学生の○○子ちゃんと××子ちゃんの二人を、お寿司屋さんやレストランに連れて行って、ご馳走するのです」

「いつもと言っても何回ぐらいですか？」

「私が知っているだけで三回ありますよ」

院長が特定の学生に好意を寄せているのではないかと国田は思った。院長は二人一緒に連れて行っているが、国田の男に対する第六感ではお目当てはそのうちの一人であろう。そのうち好みの学生と二人で夜の街でも歩くようになると、酒を飲まして愛人にでもしようと思っているのではないかと国田は勘繰り、嫌悪感を露わにして、天井へと視線を転じて沈黙した。

「そうですか、それは不公平なことですから、私から止めるように言いましょう。もし、ご馳走するなら、学生をみんな同時に誘って公平にしてほしいとね」

国田は学生の機微を嗅ぎ取る能力に長け、女としての勘も鋭いので、少し興奮気味になり、声も少し大きくなった。

「先生、私が言ったと言わないで下さい」

「勿論です」

国田は学生と個人的な話をする時はいつも、所属医療機関の内情を聴くことにしているのである。学生に不利な情報を得たら、すぐに久船副学校長に改善させようとしているのである。この病院は根高《ねだか》病院で以前に寮で盗難事件が発生した時には、病院に寮の管理体制が悪いからだと言って、久船副学校長に、「玄関の鍵の管理をキチンとしてくれ」とか、「二階の窓に格子柵を付けてくれ」とかの申し入れをさせたことがあったのに、また、このように学生に不公平なことをすることに対して国田は憤慨し、院長の言語道断な振る舞いに絶句した。院長と二人の学生が会食したというだけのことで何ら問題が発生していないのに、頭の中では怒り心頭に発していたのである。早速、国田は久船にこの問題の改善策を依頼した。

十一月より年末にかけては病院の就職試験が集中して実施される。全国的には全日制三年課程の卒業生が多いことから、全日制の三年生の前期までの成績証明書を添付すれば受験できるが、当校は定時制四年課程のため、四年生前期までの成績証明書を作成するので学校の受験前の作業は全日制と変らない。

学生は次々と国田のもとに就職相談に来た。一部には、所属医療機関である診療所や病院に就職が内定した学生もいた。このような学生に対しては、国田は就職指導者と称してよけいな口を挟むことはできなかった。就職相談に来た学生らの情報も時々話題になり、尾因市医師会員の施設に就職が内定した学生が数人いるらしいことがわかった。

尾因市にある臨地実習病院には六人が希望していることが判明し、国田は常日頃臨地実習でお世話になっているので、当然のことと思った。早速、看護師総師長に電話で六人が就職試験を受験しますので、よろしくお願いしますと伝えた。これで国田は医師会役員に対しても面目が立ったと思った。

地元の公的病院には二人の応募があったが、公務員になれるのに意外にも少なかった理由は、病院の規模が実習病院の二分の一程度で二百床の中規模の病院で臨地実習病院でなかったこともある。

その他の学生は主に故郷の大病院への就職を希望していたのである。また、各学生に故郷の病院の資料を学校に持参してから成績証明を作成すると言って、国田は給与の欄をコピーして保管したのである。給与を他施設と比較し、都会と田舎との給与差を知ろうとしたのである。

最後に進学希望者の二人には追加の面接を実施した。二人のうち一人は成績優秀者でトップクラスであったため、多分合格圏内であろうと推測した。ところが、もう一人は成績は中位であるので国田も本人も不安に思っているのも無理はない。

「進学と言っても、貴女は保健師になりたいの？　助産師になりたいの？」

「保健師です」

「そうなのね。保健師養成学校の方が助産師養成学校よりも少し難しい思うけど……。どうしても進学したいのならば両方受験してみてはどうですか。助産師にはなりたくないのですか。今、決めなくても良いので、進学はすると決めて、これからはしっかり勉強しなさいね」

国田は親が子を諭すようにパターナリズムなっていた。学生の就職に関する面接に際しては、国田はいつも口癖のように、「看護師国家試験に合格したら、就職できるのですよ。不合格になれば看護師ではないし、ただの人なのよ。いいですか、これから追い込みをかけて下さいよ」と叱咤激励したのである。

国田は大阪東南病院長の大田に電話を入れた。

「大田先生にお伝えしたいのは、先生の病院に就職したい学生が一人いますが、就職試験の形式について教えて下さいませんか」

「当院の試験は、午前中は基礎学力テストが九十分で、これは業者のテストで五択形式の問題です。看護に関する基本的で常識的な問題で易しいと思います。次に作文と面接があります。今は看護師不足の時代で不合格者は十〜二十人に一人ぐらいですので、心配はなさらなくて結構ですよ」

「そうですか。基礎学力と言ってもどの程度のことを知っておかないといけませんか」

「簡単に言えば、看護学の専門用語を理解していれば良いので、看護師国家試験より は遥かに易しいと思いますが……。試験日は病院就職案内に記載されている通りで、 十一月二十六日（日曜日）の一日のみです」

「本人が不安がってはいけませんので、作文の過去問題を知りたいのですがよろしい でしょうか。また、面接ではどのようなことを聴かれますか？」

「それについては私は良く知らないので、看護師長に一任しておりますので、調べて から、後日、電話をしましょう」

「よろしくお願いします」

　国田はできるだけ、試験に関する情報を得て、受験する学生にアドバイスをしてあげようと学生本人以上に必死になっていた。作文の過去問題を電話で教えて下さるということに対して、国田は大田院長に感謝していた。

「ところで、病院が駆け込み増床したことでマスコミが騒いでおりますが、今年は売り手市場となり定員を確保できるかどうか、正直なところ、私どもは心配しているのですよ。本当ですよ」

「そうですか、私は若い人は都会に集中すると思って狭き門ではないかと心配しているのですが……」

「ご心配なさらずにね、学生さんが願書を出されたら、ご一報下さいね」

「はい、そうしますので、よろしくお願いします」

国田は少し安心した。明日には大阪東南病院を受験する学生にこの電話の内容の話をすることにした。


第一回の看護師国家試験模擬試験は九月三日に実施したが、第二回は十一月五日（日曜日）に実施した。丁度二カ月を経てからの模擬試験になるが、補習の効果が出れば良いと国田をはじめ専任教員も結果表が届く二週間後が待ち遠しかった。

国田が看護師国家試験のために自主的に勉強している教室に出向いて、看護師国家試験に関連する問題の解き方を学生に直接教えることは少なかった。しかし、看護師国家試験問題を解いて自習をしている教室には時々顔を出していた。

「皆さん、試験問題を解くコツを教えるわよ。長文問題が苦手な人は手を挙げてね。長文問題は次の文を読み①から③の問いに答えよ。と書いてあり二頁に及ぶ長文もあります」と言って挙手の合図をした。

国田が詳しく説明すると約半数の学生が挙手をした。

「多いですね、それでは長文の問題を見たら、最初にどこから読みますか？　最初から読む人は？」

　再び約半数の学生が挙手した。

「今、手を挙げた人はダメですよ。長文という問題は下の欄の答えを先に見なさいよ。ということは五択の解答を見て、この問題はどの分野の問題であるかを知るためには解答を先に見れば予想がつきます。解答を見て何を求めているかを把握してから問題を読むと、出題者の意図するところが早く理解できて、大変良いのです。本当なんですよ。最初に長文問題を見たら実際にやってみなさいよ」

　と国田が言うと学生は首を縦に振り頷いた。

「次に二問目、三問目の五択の解答を見てから、問題を読み始めて下さいよ。いいですか、いつも長文はこのような方法で問題を解いて下さいよ」

「はーい」

　学生たちはなるほどと思って、再び頷いた。

「よく考えてみなさい。迷路の問題があるでしょう。入口から真っすぐに行くと分岐がいくつもあって、なかなか進めないでしょう。それと同じで出口から逆に進むと意外にも入口に到達しますね。これからは長文の問題はいつも先に解答を読んでから、どのようなことをテーマにした問題かを考えて、その次に最初の文章を読んで下さいよ」

さらに、国田は続ける。

「皆さん、病気にはいろいろな症状があり、変化することが多いですね、看護師も患者さんの病状を考えて看護計画を立てます。試験問題で、まれに○○があるとか△△が起こるということがありますよね。これは全部正しいと思って下さい。もし、『まれに』という言葉のある過去問題を見たら確かめて下さいよ」と言った。

また、国田は勉強の方法について次のように話した。

「それから皆さんは過去問題をされていますが、十年分を必ず熟読して理解して下さい。必ず似たような問題が出ますが、全く同じ問題は出ませんよ。受験生を引っかけて欺くような問題が出るかもしれませんので注意して下さい。五択の過去問題ができたらそれで良いのではありませんよ。五択の文言を一つひとつよく理解しないと、次に似たような問題が出ても引っかけ問題であったりしますよ。引っかけ問題という意味がわからない人は友達に聴いてご覧なさい。よろしいですか！」

学生たちは十年分の過去問題を解くように言われて、看護師国家試験は二百四十題出題され、十年分で二千四百題になるので驚いた者もいた。

国田の話を聴いて、四年生の学生の一部には流石に教務主任の先生は言うことが他の専任教員とは違うと感じた者もいた。このようにして学生からの国田の株がさらに上がった。

模擬試験が終わって二週間が過ぎた。十一月二十日（月曜日）の午後に模擬試験業者から成績結果資料が郵送されてきた。国田は震える手でそれを開封して、すぐに成績一覧表を見てボーダーライン以下の学生は二人しかいなかったので安堵の胸をなで下ろした。しかし、これから他校の学生も気合を入れて頑張るので、安心はしていられないと思った。学生には油断大敵と言ってやろうと心に決めたのである。

国田が翌日の放課後に看護師国家試験勉強中の四年生の教室に行ったところ、居残って勉強している学生は十五人しかいなかった。三十二人のほとんどの学生が居残っていると思ったら約半数であったことに国田は驚き、このままでは学生たちは来年の二月の看護師国家試験までの間に油断して、不合格になってしまう可能性があるに違いないので、「今日、居残っている人に文句を言うことは的を得ていませんが、四年生は全員居残って最低二時間は看護師国家試験対策の問題を解いてから帰って下さい」と四年生の居残っていた十五人の学生に国田は強い口調で言った。国田は模擬試験が少し良かったからと言って、有頂天になっている学生が多いことに対して警戒感を持っていたのである。

「いいですか、秘かに専任教員が四年生の自主勉強についての出欠を記録しています。よく欠席している人は十二月からは日・祝日に登校してでもそれなりの努力をして下さいね。そのために教員が一人出勤することになりました。また、来年の一月からは約三時間の看護師国家試験対策の勉強をしてもらいます。夕食の弁当を注文しますので、クラス代表は注文数を二日前に学校事務室に提出して下さい」

国田はこれからも三十二人の全員が身を引き締めて看護師国家試験に向けて頑張ってほしいと願っているのである。これも国田の親心からの強い思いである。


市内で整形外科を開業している柏原思計に原上医師会長から、看護専門学校で整形外科の講義をしてほしいと十二月中旬に電話があった。

「私に講義をですか」

「そうです。実は今まで講義をされていた整形外科のT先生が来年からは柏原先生にお願いして下さいとのことですので……」

「えっ、T先生が私にですか」

T先生は尾因市医師会で整形外科医院を最初に開業された先生で、整形外科の重鎮である。

「私が開業する時にお世話になった先生ですので、仕方がありません。引き受けても良いのですが、講義の時間帯は木曜日の午後しかできませんが、それでよろしいでしょうか」

「いいですよ、T先生も確かその時間でしたよ」

「はい、わかりました」

「学校の教務主任の国田さんには私から連絡しておくから、後程、国田さんに電話して詳細について相談して下さい。確か二年生に講義するようになっています」

「はい、それではこちらこそよろしくお願いします」

原上学校長は柏原が快く引き受けてくれたので、安堵の胸をなで下ろした。過去には某先生に別の科目の講義を依頼したところ、仕事が忙しいためにけんもほろろに断られたことがあった。断られたという過去のトラウマがあり、講義を依頼する時は原上の不安が増幅され、鼓動が少し速くなることもある。快く引き受けてくれた先生に対して、原上はあの先生はいい先生だと評価し、他人には人柄の良い先生だと話すようになるのである。

柏原は講義を引き受けたからには、その開始予定日、期間などを聴くために国田に早速電話したところ、

「運動器系疾患患者看護の講義の対象は二年生の後期で三十時間で二単位です。九十分授業ですので十四回の講義と試験が四十五分間です。九月～十二月にかけて午後一時から二時間半までの講義になります」

国田は電話では淡々と説明をして、

「先生もお忙しいでしょうが、休講はなるべくなさらないようにお願いします。もし、

休講が予定されている場合には予めご相談して下さい。別の講義時間を計画します。指定教科書もありますし、先生の履歴書もお出しにならないといけませんので、いつか私にアポを取って学校にいらしていただけませんでしょうか」

「なかなか、ややこしいのですね。はい、わかりました。また、電話します」

柏原は国田教務主任の顔を見たこともないが、医師会員の噂では気の強い性格でしっかり者らしく、赴任して二年近くなるが、少しずつ医師会に対して強い女になりつつあるという。他に専任教員が四人いるが、皆、温和しいと言われている。柏原は、そのような強情な教務主任であっても、自分は初対面なので普通の対応をしてくれるだろうと思っている。よく考えてみれば国田の言うことからして、講義は約十カ月先のことである。すなわち、T先生は最近講義を終えて、次回からは他の先生にと早めに依頼したのではないかとが推察される。柏原は講義依頼の早い手回しの理由は他にあるのだろうかと邪推したくなった。

二週間後柏原は国田にアポを取り、会うことになった。年末の忙しい時期である。国田は柏原に会った時、この先生はT先生よりも二十歳ぐらい若く、精悍な男であるように思えた。多分講義も熱心にしてくれ、学生にも好評を得るのではないかと直感した。国田の第六感は過去の経験から正確であった。国田は今まで多くの学校外からの講師と対面して、その後の授業や期末テスト、学生の講師評価など総合的に判断し、前期又は後期の講義での結果を初対面での印象と対比していたのだ。そうして国田自身の感性の正確度を確認し、さらに、その精度を上げるように努力しているのである。

「柏原先生はお忙しいのに整形外科学の講義をお願いして申し訳ございません。実はT先生から先生を指名されましたので、お願いしたところです」

国田は初対面の柏原に対し、笑顔で丁寧に話した。

柏原は国田には事務的な話し方で、

「九十分授業で十四回ですね。試験を一回すれば良いのですね。しかし、長い期間ですね」

「これが教科書ですが……」

と国田は『運動器系疾患患者の看護』M社の本を机の上に置いた。柏原はその本を見て以前は整形外科疾患患者の看護というタイトルであったはずだったのに、整形外科が運動器系疾患に変わっていたことに気付いた。

整形外科学とは体幹や四肢を構成する骨・関節・筋肉・腱・神経など運動器官の疾患を扱う学問であるから、最近は整形外科学会とは別に運動器科学会もあり、これは旧運動器リハビリテーション学会が発展的改組されて、運動器科学会になったのである。柏原は国田に運動器リハビリテーション学会の名称変更の話をして、運動器科学を理解してもらおうという気にはなれなかった。国田が講義の依頼をしているにもかかわらず、最初の笑顔は消えて何となく上から目線での態度が柏原には相容れないのであった。

国田は医師会立の学校であるから医師会員が講義をするのは当然のことと考えているので、自然に態度として表れてしまうのである。この当然という国田の潜在意識というものに対して柏原は嫌悪感を抱いたが、柏原は表情を変えずに教科書に視線を落とした。

「この教科書は私が勤務医時代に県外の看護師の進学コースで講義をしていた教科書と同じものです。教科書が同じならば丁度良かった。気楽に講義ができそうです。ところで、この学年の四肢の解剖学の講義は終えているのですね。そうでないと困るのですが……」と心配そうな顔付きになった。

「二年生の前期までに解剖学・生理学などの専門基礎科目は終了していますので、先生はご安心下さい」

「そうですか。それは良かった。試験の件ですが、お手数ですが整形外科学、運動器系疾患患者の看護に関する看護師国家試験問題の過去十年分をコピーしてもらいたいのですが。十年分をお願いしたいのは、この分野の問題はリハビリテーションを含めても毎年十問以下の出題しかありませんが、日本の高齢化比率が徐々に上昇していることから、今後はこの分野は医師国家試験と同様に徐々に増加する傾向にあると思っています。急ぎませんので先生が暇な時にお願いしますよ」

柏原は国田に対して少しは丁寧に話しているつもりでいたが、国田は上から目線での視点で柏原の顔をじっと見詰め、この先生は自分より若いのか、それとも年が多いのかと邪悪な心を持った。このようなことは国田の悪い癖の一つである。一方の柏原も国田が最初に微笑んだ時の目許に小皺が放射状に集まるところを見て四十歳を過ぎていると思った。

「看護師国家試験の資料は揃えることができますが、少しお時間を下さい」

「別に急ぎませんのでよいですよ。看護師国家試験は五択の問題ですが、私が以前に講義をしていた進学コースの学校の試験では自由記述式の問題を出していたので、それでよいですか？」

「試験問題の作成は講義をされる先生にお任せしていますので、どんな形式でも結構ですよ。最近の学生は文章で説明したり、論述することが苦手な子が多いようですから、良い訓練となりますので、そうして下さる方が私は助かります」

国田は柏原先生は前任のT先生より講義に熱心さがあるように感じ、少し真面目な先生と内心思うようになってきた。ところが、自分は医者なんかに負けないという性格は変わらず、心の中での医者に対抗する考え方には何の変化も起こっていない。

講師室での国田と柏原との話合いが終わろうとしていた時に、原上学校長が入室し

て来た。いつも眉間に皺を寄せた原上は柏原の顔に視線を移して、

「やぁ、柏原先生には講義でお世話になりますなぁ、来年からですがよろしくお願いしますよ」

と言って、すぐに国田に向かって、

「卒業式の件だがねぇー、この前の先生の話では看護専門学校だけでやりたいと言っていたが、准看護学院と同時にできないものかね。講堂は広いし、二つの学校の卒業生を同時に収容できるし、二つの学校が別々に卒業式をすることは市長をはじめ来賓の方々も二度も来ていただかないといけないし、時間の無駄だと思うがどうかね？」

柏原は国田が准看護学院との合同卒業式に以前より反対しており、何とか合同でやらせてもらえないかと原上が懇願している様子が何となく理解できる。

「先生には何回も申し上げましたように、准看護学院とうちの学校とは同程度の学校ではありません。制度上でも資格に明らかな差があります。短期大学と附属高校が同時に卒業式をしますか。看護専門学校は三年課程の短期大学と同等のレベルですよ。以前にもお断りしましたように私はこの件については絶対に反対です」

国田は徐々に甲高い大きな声となり、顔面に朱が差して、怒りを伴っている様子で目は大きく開き、目尻は少しずつ上がってきていた。国田には准看護学院との合同の卒業式には絶対反対という強い決意が漲《みなぎ》っていた。今の国田の瞳孔は縮小しているの

ではと柏原は推察し、嬉しい時の女性の瞳孔は散大して美しい顔になりますよと国田に言ってやりたい気分であったが、国田との用件については終わっていたので、

「それでは、これで私は失礼します」

と言って立ち上がったが、国田は柏原を一瞥しただけで無言であった。国田はやや興奮しており、原上も学校長として準看護学院と同時に卒業式をするということの意見だけは国田に認めさせようと必死になっていることが伺えた。一方の国田は原上から目を逸らし、横顔を向けて無言であった。原上は部下の国田教務主任をコントロールできない状態になっていた。

柏原はすぐに席を外して、帰宅して妻にこのことを話したところ、

「強引な人ですね、女にはこんな人は意外と多いのよ。早くそのバトルの結果を知りたいわね」

と柏原もその結果を早く知りたかったが、いずれ尾因市医師会広報で行事予定が公表されるのでわかるよと妻に伝えた。柏原は国田がいる限り、合同の入学式も卒業式も絶対に挙行されることはないであろうと思った。

臨地実習の試験は一月末で終わろうとしており、平成二年二月一日からは看護師国家試験の勉強のための登校日は月曜日から土曜日まで午後はすべて登校日である。学

生たちは実習グループごとにわかれて、自主勉強の時間となっている。各グループは他のグループと協調して勉強することもあり、切磋琢磨して勉強の成果を報告し、お互いに補完して学力の向上を目指している姿は、国田にとっては頼もしかった。

看護師国家試験は二月十八日の日曜日であるが、二月は季節的には三寒四温の月であり、天気の良い暖かい日の午後四時ごろに、国田は学生たちに予告なしで学生の欠席者がいない日を狙って尾因市の神社に合格祈願に行くことを企てている。丁度、二月九日（金曜日）が国田の条件に合致したため、午後四時に自習を打ち切り、国田はポケットマネーと称して、各自に百円ずつ賽銭を持たせて神社に参拝することにした。学生には参拝する時に自分のお金をさらに加えて下さいよと言った。

国田は学生のために神社へ事前に二度も行って合格祈願をし、二度目の時は社務所を訪問して一万円を寄付して紙製のお札《ふだ》を拝受していたのである。国田は我が娘に注意するように、粗相のないようにと学生に注意した。そして、国田は尾因市の観光案内のパンフレットや社務所で聴いた話などを要約したものを自分なりに作成しており、合格祈願に出発する直前にパソコンで清書されたA４サイズ一枚の資料を学生代表に手渡した。

「皆さん看護師国家試験を受けるにあたり、心を落ち着かせるためにも、緊張を解すためにも神社に合格祈願をしに私と一緒に行くことにします」

国田は学年担任教員と二人で、担任教員を先頭に二列縦隊で整列して最後尾に国田がいるという状態で、学校を出発した。国田は大声で、

「事故に遭ってはいけないので、キチンと二列縦隊で右側を歩いて下さいよ。必ず守って下さいよ」

「ハーイ」

と学生たちは大きな声で答えて、国田を安心させた。

国田の脳裏には「私は学校長の許可をもらっていない……。事故が起こった時は、その時考えればいい……」と浮かんでいた。すでに国田の独断専行が実行されているのである。しかし、近々行われる看護師国家試験には試験会場まで学生たちを引率すると決めているので、明日には学校長に引率の件を電話で連絡することにした。

学生たちはお互いに私語を連発し、ワイワイガヤガヤと大きな声を響かせ闊歩している。茶色の制服の若い乙女の集団を、街角の人々は何事かと物珍しげに見ていた。JR尾因駅北口を通り、山陽本線沿いの国道二号線へ出て東へ進み長江口より山麓の方向に進み、神社入口の鳥居に来た。

約二十五分を要したが快い汗が少し滲んだ。これから約百三十段の石段を上って参拝するが、前もって、手渡した資料があり、学生たちは理解しやすい。

「さあ、皆さん競争ではないのでゆっくり石段を上って下さいね。転げないようにね」

賽銭を持って行くようにとか転げないようにとか、子供に注意して言い聞かせるような言動は母親以上の気配りをしている国田の姿であった。これも学生たちから絶対的信頼を得る術だと国田は思っている。拝殿では二人ずつ並んで、二礼二拍手して願い事を唱えてから一礼をして参拝した。最後に国田が参拝して全員の参拝を終えた。

「ここで、解散します。絵馬、お札、お守りが必要と思う人は社務所で買って下さい。無理に買わなくてもいいですよ」

「ハーイ」

国田と学生たちは破顔一笑した。

国田は一人で社務所に行き、宮司と会った。「尾因市医師会立看護専門学校の教務主任の国田と申します。第一期生が卒業して看護師国家試験を受験しますので、合格祈願に参りました。どうぞよろしくお願いします」

国田は玉串料として紅白の水引の熨斗袋に一万円を入れたものを宮司に手渡した。国田の寄付は三回目であり、宮司は笑顔で「少しお待ち下さい」と言って、奥から紙製の学業上達御守護を持ってきて、国田に手渡した。ここに届けた一万円は学生から徴収した再試験・追試験料、コピー代などが一年間で数十万円もたまったものの一部であった。これらの全額についての詳細は学校事務員と国田の二人しか知らないことであった。国田はこの祈願の日にすべてをこの神社に寄付したことにして、横領したのである。横領してしまえば、国田の机の中のお金はゼロ円となる。医師会側から問合せがあれば神社に寄付したと説明することにしている。勿論、神社の領収証は存在しない。人間というものは性善説を基盤として人を信用して、業務を任せているが、国田はお金に執着する狡猾な色を持つ女であった。

平成二年二月十八日（日曜日）は大安の日である。めでたい日であるので、結婚式をはじめ慶祝の行事なども多くある日である。看護学生にとっては看護師国家試験受験日でもある。尾因市は広島県の東部にあるため、看護師国家試験は約九十キロメートル西の広島市まで受験に行くことになっている。

国田は第一期生の卒業生三十二人を引率して新幹線新尾因駅に集合させ乗車した。親学年担任の教員は日曜日なので休ませ、国田一人が引率することが学生に対しては親のような存在を植え付けさせるのに好都合であり、卒業後のことも考えると学生との距離をこのような重要な日を介して縮めておけば将来は必ず自分への見返りを期待できると、何につけても計算高い女である。

国田は看護師国家試験の一週間前に自分を含めて三十三人分の新尾因⇧⇩広島間の

団体往復切符を入手しており、試験当日の昼食弁当も事前に注文して学生たちには試験日に安心感を与えるように配慮しているのである。国田は新尾因駅に集合した学生に対して

「さぁ、皆さん、これから新幹線に乗って広島市の試験会場に行きますが、試験のことばかり考えないで、周囲の状況をゆっくり見据えるぐらいの余裕を持って下さいよ。車内では何も新しい問題とか知識を覚える必要はありません。自分のしてきた勉強を頭の中で復習するぐらいでよろしいのよ。緊張しないようにリラックスして車窓からの景色を眺めるだけでもいいのよ」

「ハーイ」

「さぁ、行きましょう」

と言って国田は駅員に団体切符を見せて国田を先頭に進んだ。駅員が三十三名の人数確認を計数器でカチカチと計る前を通って、駅構内に全員が入った。エスカレーターで新幹線下りホームに上り、二班に分かれ、先頭車輌の自由席乗車位置に並んだ。早朝のため乗客は少なく、先頭車輌では学生たちは全員着席できた。

広島市の某大学で行われる試験会場には広島駅から路面電車を利用して、約一時間前に到着した。国田は学生を安心させるため、集合場所の体育館近くまで学生たちを連れて行き、その後は集合時間の十分前まで学生とともに学内を散策した。

散策中に、

「皆さん、私は今日は一日中、貴女たちと一緒に居ますから安心してね。他校の受験生と同じ昼食弁当は体育館まで届けて下さるので、一緒に食べて下さい。皆さん落ち着いていつもの模擬試験と同じ気分で今日の試験を受けてね。寒いので使い捨てカイロを用意してきたので、配るわよ」

と言って、学生代表に三十二個を手渡して各学生に配布させた。寒がりの学生は持参している者もおり、カイロが一個増えて寒さ対策は完璧となった。

「皆さん、先日、全員で神社にもお参りしたので、これで全員合格よ。心配しないで良いからね」

学生の緊張した気分を解すように言っている国田の姿は、学生の保護者にも勝るとも劣らない母親のような感じがする。これから、午前百二十問、午後も百二十問、計二百四十問の試験問題に挑戦する学生たちの不安そのものは国田の全員合格するという不安と同一であることから、国田は学生たちの不安を打ち消すために最後に、

「皆さん、大丈夫よ」

と言って集合場所に行くように指示した。集合場所の体育館は受験生以外の一般人は入場できないため、国田は一人となった。

今朝から学生たちと一緒に試験会場まで同行してみて、意外にも緊張が高ぶり過ぎ

た学生はおらず、ましてや戦々恐々としている学生は一人もいなかったので安堵した。しかし、これで看護師国家試験に全員合格するという保証はない。

国田は学生たちの試験中の時間の使い方を以前より考えていたことがある。時刻は午前八時三十分を回っていた。国田は路面電車に乗り、広島駅北口から約一キロメートル離れた神社に全員合格祈願に行くことにした。事前に住所も確認しており、駅北口から徒歩で二十分もあれば十分と思い、少し早足で歩き寒さも忘れ神社の石段をゆっくりと上った。拝殿の右手前で左手、右手、口を水で清め三十二人の学生全員の看護師国家試験合格祈願をしたのである。

学生全員の合格祈願をするからには学生三十二人の氏名を名簿を見ながら読み上げる後姿を見て、他の参拝者は何と感じたのであろうか。国田にとっては先日の尾因市の神社に続いて二つ目の神社での合格祈願である。国田もやはり、苦しい時の神頼みを実践している。

国田と原上学校長との合同卒業式開催にあたっての意見の食い違いは解決の見通しはたたず、感情的な対立となってきた。原上は医師会立に二つの学校の卒業式を同時に挙行することは合理的であるので、国田の譲歩を期待している。

看護専門学校が設立されて厚生労働大臣から開校の指定を受けたのが昭和六十一年

二月十三日（木曜日）であったし、開校したのは同年の四月十七日（木曜日）であり、准看護学院の入学式より遅れて開校日に入学式を挙行している。したがって第一期生の入学式は准看護学院とは別に挙行された。

第二期生からは四月の第一木曜日が看護専門学校の入学式、第二木曜日が准看護学院の入学式となっている。入学式、戴帽式、卒業式の三つの重要行事を合同ですることは誠に合理的であり、学校職員の仕事量軽減と来賓者の招待は一度で良いことから、原上は医師会長に就任してから学校運営の合理化推進への意欲を持っている。国田は看護専門学校の教務主任としての矜持があり、看護師と准看護師は似て非なるものだと考えており、合同開催は絶対に譲れないと決心をしている。

国田は看護専門学校設立に尽力した村山弘に電話を入れ、原上学校長との軋轢を吐露した。

「村山先生、原上学校長は准看護学院と合同で卒業式を実施してくれと言われて、困っています。今まで入学式、戴帽式も別々に実施してきたのに突然に卒業式を合同で実施してくれと言って譲らない姿勢です。私は絶対に別々に実施したいのですが、どうすれば良いのか迷っています」

国田の声が大きかったので、村山は国田が興奮していると思った。

「おぉー、そうか……」

「先生も合同卒業式は反対でしょうね？」

「うん、まあ……」

と村山は返事を濁した。

「先生、看護師と准看護師とは同じではありません。原上学校長はこんなことも理解できずにいるとは私は失望しました。先生、お願いですから、何とかして下さい」

ますます、国田の声は少し甲高い音域となってきて、眦《まなじり》を決していた。

「まあ、まあ、ちょっと待ってくれよ。原上に話してみるから」

「先生、合同ですることになったら、私は辞めさせてもらいますから」

国田は徐々に声を荒げて大声となり、電話口の彼方にヒステリックになってきた国田がいるのが村山の目に浮かんできた。これは大変なことになるかもしれないと村山は国田に対して恐怖を感じた。

「国田、落ち着かんか、わしから原上に話すから、いいだろう」

「……はい、わかりました」

国田の額には汗が滲んでいた。

村山が医師会長時代に尾因市の看護師不足を解消するために自分で設立した学校である。卒業式を合同実施するか否かの対立で教務主任が退職するという事態になっては原上医師会長のガバナンス能力が問われることになる。村山はお茶を飲んで約十分間程、頭を休めて深呼吸を数回して原上への電話での説得を考えていたところ、自院の事務員から声をかけられた。

「先生、医師会理事のW先生から電話です」

「うるさい、今、手が離せないと言え」

村山も、やや興奮気味で、血圧も上昇しているようである。再び深呼吸を数回して事務員に、「医師会長の原上に電話してくれ」と伝えた。

原上は電話にすぐに出た。

「原上よ、看護専門学校と准看護学院との合同卒業式をどうしても実施するとなら言うなら、国田は辞めると言っているよ。国田とこんな些細なことで喧嘩をしない方が良いよ。相手は女なんだから」

「私は合同で実施することができればと思って言ってみましたが……。医師会にとっては非常に合理的だと思いますが……」

「原上よ、お前の正論が女には通らないことがあるんだよ」

「………」

原上は国田が医師会のドンの村山に泣きついたなと思った。

「とにかく、准看護学院とは別の日に卒業式をやってくれよ、入学式も戴帽式もだよ。今後、国田には合同でするとは一切言わないでくれよ」

原上にとって村山は後ろ盾となって自分を医師会長に推薦してくれた男である。原上は医師会のドンの村山に逆らうことはできないので、合同卒業式の件はやむを得ず譲ることにした。

「はい、わかりました。卒業式は准看護学院と別々に実施して良いと私から国田に電話連絡をします」

「おぉ、そうしてくれ」

間もなく、国田は原上学校長からの電話連絡を受けて、予想していた通りの当然の結果だと思った。国田は本心では学校を辞める気はないのに周囲の状況から判断して「辞めさせていただきます」と言って、医師会側を恫喝したのである。

この学校は新設校であり、専任教員はいるものの、唯一人として教務主任になる器の人はいない。国田は「辞める」と言えば医師会の誰もを震撼させることができることを知った。これを契機として学校での国田は女帝の如く最強の女となったのである。赴任してから僅か二年で絶大な権力を持った国田は、

「私の言うことができないならば、私はここを辞めさせていただきます」

という黄金のカードを確実に手中にし、前学校長の村山弘を後ろ盾にすることができたのである。

こうして国田の看護専門学校の教務主任としての、盤石な土台が完成したのであっ

た。

二月十八日（日曜日）に看護師国家試験が終わり、それ以後、四年生の授業はなく、学校は休みであるが、臨地実習を欠席したものに対しては実習の補習があり、また、実習レポートの未提出者、卒業試験の再試験になっている学生が数人いた。この数人はキチンとレポートを提出し、再試験組は再試験を受けて少なくとも二月二十八日（水曜日）までに合格しなければ卒業延期となる。したがって、国家試験が終わっても二月下旬まで勉強しなければならない学生が数人いるということは他校でも有り得ることである。当校は実習の補習受講者、臨地実習レポート未提出者、一科目の再試験受験者が各一人ずついたことから三人となり、四年生の約一割の学生が該当していることになる。国田はこの三人に対して教師として叱ることなく、非常に優しく接し、母娘の深い絆を凌駕するぐらいの力を入れて、個別指導し、決して卒業延期になるかもしれないという言葉を発することなく、国田の力をもって卒業させてもらったという印象を三人の学生に持たせたのである。

いよいよ平成二年三月一日（木曜日）看護専門学校第一期生の卒業式を迎えた。久船副学校長の司会により、平成元年度 看護専門学校卒業式を午後一時三十分から挙行することになった。

場所は看護専門学校三階講堂である。壇上の白壁の左に国旗、右に校旗が掲げられている。式次第はB4を二つ折りにして作成されており表紙には表題の他に日時・場所が記載されている。次頁には式次第が書かれており、開式の辞は久船が『ただいまより尾因市医師会立看護専門学校平成元年度第一期生の卒業式を開催します』と宣言した。

次に国歌斉唱があり、全員が起立し、ピアノ伴奏にて「君が代」を斉唱した。卒業生の昭和六十一年四月の入学時は高等学校までの学校教育現場で「君が代」を斉唱することが少なく、ほとんどの入学生は無口か蚊の鳴くような小さな声で歌っていたが、四年間の在学中には入学式や戴帽式の行事ごとに「君が代」の斉唱があり、今日の卒業式では以前と比較して少しは大きな声になっていた。一年生から三年生までの全学生は卒業生の後方に参列しており、「君が代」の斉唱は若い女性の美しい声もあった。

全学生は茶色のスーツの制服であるが、四年生は二十二歳になっていることから女らしく成熟した艶っぽい感じのする学生も多数いた。卒業生たちはこれから一人前の看護師として看護の世界へ羽ばたいていくのに相応しい姿になっていると、学校長をはじめ専任教員たちは感じている。

続いて卒業証書が授与された。卒業生は定員四十人に対して三十二人である。入学時は四十二人であったが、四年間で退学、留年などで十人もの学生が減少していた。

卒業生は出席番号順に学校長の前に出て、学校長から一人ずつ卒業証書の授与が開始された。最初に卒業証書を授与される卒業生に対しては全文を読み上げ、次の卒業生からは氏名のみ読み上げて以下同文で、卒業生全員に卒業証書を手渡した。

三月十六日（金曜日）、国田は午前十一時頃に学校に出勤した。昼間定時制の学校であるため、通常の朝は学校事務員の大本節子は午前八時三十分に出勤し、教員は国田より少し早く午前九時には出勤している。

国田は十九日（月曜日）の午前十時に看護師国家試験の合格発表が厚生労働省中四国医務局（広島市中区）で受験番号で発表されることから、四年生の学生名簿に受験番号を記入したものを四部コピーした。国田は十九日には学校事務員の大本節子と二人で合格発表の受験番号確認のため、広島に行く予定である。

この度は第一期生であるため、二人とも初めての経験であるが、来年の第二期生からは大本節子一人で合格発表を確認させるため、今年は二人で確認することにしたのである。十九日の下り新幹線のこだま七三一号に国田は新倉敷駅から、大本節子は新尾道駅から一号車の自由席に乗車することにし、事前購入した乗車券を大本節子に手渡した。その時に受験番号を記入した名簿を手渡して、

「いいですか、番号確認は貴女と私は別々にします。貴女が先に必ず二度確認をして

からその後に私が再確認することにします。来年からは貴女一人にこの仕事を任せますのでね。必ず二度番号確認をするのですよ。一度だけだと見間違いがあるといけないのでね」

国田は石橋をたたいて渡る性格である。合否を間違えて報告したら、当事者にとっては誠に失礼極まりないことである。

「はい、わかりました」

大本は来年からは一人で合否確認をするということを聴いて、一瞬、身の引き締まる思いになった。一方の国田は三十二人全員が合格するかどうか不安を隠せず、内心そわそわしている。

「ねえ、大本さん、今日の一限目（十三時~十四時三十分）の講義の時に、二人で神社にタクシーでお参りに行きましょう。いいですね」

国田は一期生の看護師国家試験百%合格のために、お百度を踏むかのように一心不乱に神社に祈願している。

「はい、そうします」

大本は勤務時間中であるため断る理由もない。

三寒四温の三月で、今日は快晴で少し暖かく風も少なく、外出には好都合の日であるので、気も晴れやかになり、息抜きに丁度良いので、二人ともニッコリと微笑んだ。

昼には二人は神社入口でタクシーを降りて、約百三十段の石段をゆっくりと上って、快い汗を感じつつ拝殿に辿り着いた。絵馬があったが、二人は購入せずに、国田は小銭入れから百円を取り出し、「貴女は百円あるの」と言いながら、返事も聞かないうちに百円を手渡した。賽銭箱に二人は各々百円を投げ入れ、

「第一期生三十二人全員が看護師国家試験に合格しますようにお願いします」

と祈った。

大本は昨年高校卒業の十九歳であることから二人の祈願の様子は母娘かと思われる情景であった。国田はこのように行動を共にすることにより、大本との絆を強めていき、国田の横領の手伝いを含めて、どのような命令にも服従する部下を育てていくのである。

平成二年三月十九日（月曜日）午前九時三十分頃に広島駅南口からタクシーで厚生労働省中四国医務局に向かった。発表は午前十時というのに、九時四十分には大勢の人がいた。学校関係者や受験生と見られる若い女性や保護者と思われる者もおり、少しは早めに掲示してほしいと思っている人もいた。国田も大本もそのような気持ちでいた。幸いなことに三月というのに立って待っていても暖かく、寒さが感じられなかったのは好天と緊張感のためかもしれない。

十時五分前に係官四人が受験番号を記した用紙を持って現われ、そのうち二人が合

格者番号を掲示し、残りの二人は掲示板近くにいた人を後退させる役であった。数百人に及ぶ番号であるため、タイプで打たれた受験番号は小さく掲示板の近くに進まないと確認できないので行列になるところもある。約一割が不合格というから、ところどころで欠落している番号が不合格者である。国田は不安と緊張感が高揚しているため、大本に、

「貴女、先に確認しなさい」

と言って掲示板から遠ざかり天を仰いだ。

「どうか、第一期生が全員合格しますように」

数分後に大本が走ってきて「全員合格です。うわ〜ん、うわ〜ん……」と泣きながら国田に抱き付いた。

「二回とも確認したの？」

国田は冷静であった。

「うん、間違いありません」

と大本が言うと、国田は掲示板の前まで小走りで行き、自ら三十二人の受験番号を確認した。間違いなく全員合格であった。

二人は「良かった、良かった」と両手を握り合い跳び跳ねた。周囲から見れば合格を母娘が喜んでいる姿のようであった。

国田は近くの公衆電話から学校の教員に全員合格の吉報を入れ、原上学校長に直ちに報告するように告げた。国田からの電話で全員合格の吉報を知った四人の専任教員全員は、合否の結果を知るために待機していた四年生の教室に走って行った。四人は大声で「全員合格ですー」と叫んだ。その声を聴くやいなや三十二人全員が「うわー」と歓声をあげて抱き合って跳び跳ねたり「万歳！　万歳！」と両手を挙げてガッツポーズをする学生、その場で号泣し言葉を発することができない学生、奇声をあげる学生、ハイタッチを繰り返す学生もおり、喜びを爆発させ、四年生の教室が破裂しそうなほどの歓喜の渦が巻いた。そして、その教室は興奮の坩堝《るつぼ》と化した。しばらくの間、欣喜雀躍の声は鳴り止むことなく続いた。全員合格の吉報を学生たちに報告しに来た四人の専任教員も感極まって号泣した。午前十時三十分頃の時間帯であり、他学年は登校しておらず、どんな大声を発生しても迷惑にならなかった。教室はお祭り騒ぎのようになっていた。

国田は再び看護専門学校へ電話を入れた。重竹光子《しげたけみつこ》教員が電話に出たので、「私はこれから新幹線ですぐに学校に帰り、学生と一緒に全員で合格祝賀会をするので、ケーキを一人に二個ずつで、ジュース、お茶なども一人に三本注文して、一時間半後に揃えておいて下さい。祝賀会は講堂でするようにね」と命令口調で言った。

四人の専任教員は祝賀会の仕事分担を決めて、準備にかかった。興奮が冷めつつあった学生たちにも協力してもらい、講堂にテーブル、椅子を配置してもらった。十一時四十分頃に祝賀会の準備が完了した。その頃に国田と大本事務員が学校に帰ってきた。会場で国田は涙声で簡単に次のようにお祝いの挨拶をした。

「四年生の皆さん、看護師国家試験全員合格おめでとうございます。皆さんが四年間この学舎で勉強し精進されたから、今日の喜びがあると思います。今日は皆さんの最高に幸せな日であり私たち教職員も同様です。また、今日の喜びは明日に繫がります。これからは看護師としてスタートすることになり、皆さんはその第一歩を踏み出したのです。これからは今まで学んだことを看護現場に生かして立派な看護師を目指して下さい。しっかり頑張れば皆さんの明日は看護師として保障されています。明るい希望のある人生が待っています。皆さん頑張って下さい。簡単ですが、お祝いの言葉とします」

学生の誰かが大きな声で「先生、ありがとうございます」と叫んだ。続いて数人が「先生ありがとうございます」と叫ぶと、次には全員が「先生、ありがとうございます」と大合唱した。国田たち専任教員らは学生らの「ありがとう」という言葉に号泣したが、まもなく自然に破顔一笑し、喜びを分かち合った。

祝賀会が始まると、すぐに学生代表が泣きながらお礼の挨拶をしたが、次第に泣きじゃくり、最後は言葉にならなかった。国田は素早く学生代表に駆け寄り、握手をして「皆さん、合格して良かったねー」と労を犒《ねぎら》った。

続いて「さぁ、皆さん祝賀会を始めてね」と言ったら、国田はすぐに各テーブルを回り、一人ひとりに「おめでとう、良かったね」と握手をして、全学生と喜びの会話をしたのであった。国田のこのような行動が在校する学生から見ると、カリスマ看護教員の国田という印象を磐石にしたのであった。

看護師国家試験合格発表日の翌日に原上は国田に会い、労を犒《ねぎら》った。

「国田さん、よくやってくれたねぇ。定時制の新設校で百％の合格なんて考えられないよ。これから当校への受験生も増えることと思うよ。また、尾因市内の医療機関への就職率も五十％というから、苦労して学校を創った甲斐があったよ」

原上は笑顔で国田の目を見ながら言った。

「いえいえ、皆様のお陰で百％合格となりましたことは嬉しい限りです。他の専任教員も頑張りましたし、学生も頑張りました。私は教育というものは、ただ、教えるだけでなく学生と教員の距離をできるだけ近くしないといけないと思っています。特に実習ではグループ指導、個別指導を徹底したいと思っていますのよ」

「それは良いことですね。専任教員との距離をできるだけ近くし、所属医療機関ではドクターとの距離も近くして、看護の基本教育をすれば鬼に金棒ですよね。これから先も看護師として地元に就職してくれることを願っているよ」

原上は国田が阪神方面の施設見学に力を入れていることの本当の意味を理解していないらしい。久船も同様である。医師会役員は近隣にも大学医学部附属病院もあるし、高度医療を担っている専門病院もあるにもかかわらず阪神地方の施設見学に国田が何故に力を入れているのかを考えることをあまりしない。

大阪東南病院長の大田は、看護師不足を解消しておかないと看護基準を満たしていない場合は標準人員の欠乏となり、入院医療費の一部を保険者に返還しなければならないことを恐れている。医師は大学から派遣してもらうことができるが、看護師はそうはいかない。看護専門学校の教務主任または大学や短大の看護学科の就職担当者と仲良くして、人材を紹介してもらわなければならないと大田は考えている。

昨年、国田が来阪した時には新卒者を一人紹介し、それなりの謝礼はすると大田は言っている。国田はこの言葉を忘れずに記憶している。この度は第一期生の一人が大田院長の病院に就職するので、国田は謝礼が届くのを楽しみにしている。国田は多額の謝礼が届くとは思っておらず、賄賂ではなく、公立病院からの社会一般通念上の謝礼と認識している。しかし、心底では多額を期待しているので、国田は金に汚く貪欲である。

第三章　罰されぬ罪

看護師国家試験合格発表から三日後の三月二十二日（木曜日）に、大阪東南病院の大田院長から国田へ電話があった。

「国田さん、実は私は三月末で定年退職することになりました。四月から大阪市内の民間の守口会病院長になりますが、看護師不足は公立病院よりも顕著で今まで以上に苦労しそうです。ワッハッハ。そこで国田さんの力をどうしてもお借りしなければなりませんので、今後ともよろしくお願いします。まぁ、一度おいで下さい。お待ちしておりますよ」

「そうですか、今度の病院の病床数はどのくらいですか」

「四百五十床ぐらいかな」

「それは大病院ですね」

「まぁ、三月下旬までにとにかくお会いしましょう」

国田は三月中に大田に会おうと心が動いた。午後に岡山を出て、夕食をご馳走になり、午後九時頃の新幹線で帰れば午後十時までに帰宅できると思ったが、日曜日の昼に会った方が無難と考えるように心変わりした。大阪で夜の街で二人でいるところを誰かに見られることがあれば、二人の関係にあらぬ尾びれをつけた噂が広まる可能性もあるので、昼の方が良いと思った。

国田は看護師を紹介した場合の謝礼は公立病院より民間病院の方が多額になるのは

当然と思った。国田の頭にはこの度、卒業生を一人紹介したことで少額でも良いから謝礼をいただけることを期待している。そして、大田院長は四月から民間病院の院長になるというから、謝礼は数倍にも増額されるかもしれないと予想する国田はやはり貪欲である。国田は日曜日に大田院長に会う決心をして電話を入れた。

「三月二十五日の日曜日のお昼頃にお会いできないでしょうか？」

「日曜日ですか。いいですけれど、実は三月二十四日（土曜日）〜二十五日（日曜日）まで岡山市で呼吸器外科学会がありまして、私は二日間出席の予定にしております。国田さんの都合の良い時間帯にお会いしましょう」

「あっそうですか、それなら丁度いいですわ。私は昼間が良いのですが……」

「それでは二十五日の十二時半に岡山駅の右隣のホテルでお会いしましょう。昼食をご用意しましょう」

「いえ、いえ、少しのお時間で結構です。私は、貴院で三年生の施設見学ができたことと、この度、先生の病院に当校から一人就職できたので、そのお礼を申し上げるためにお会いするので……」

「とんでもない、こちらがお礼をしなければいけないことですので……」

　国田は何か知らないが、大田との会話で話がトントン拍子に進行していくことに対して、これも何かの縁で赤い糸が繋がっているような気がした。国田が一人の新卒の看護師を紹介し、大田は看護師不足の解消のためにその人を受け入れる。大田は謝礼を用意する。国田はそれを受け取る。駆け込み病床の急増により看護師の需要と供給のバランスが崩れると自然に起こる現象と言える。

恋愛関係でもプラットニックな純愛のみの恋から見返りを期待する恋愛まであるというから面白い。大田も国田もお互いに恋愛感情は持っていない。二人は阿吽の呼吸で学生の就活を利用したビジネスと考えているのである。しかし、これから二人の関係は徐々に発展し、恋愛へと進化するかもしれない。

国田は倉敷駅から普通電車に乗り岡山駅に二十五日の正午頃に着いた。そのホテルは駅と直結しており、改札口を出ると階段の昇降はなくバリアフリーで徒歩数分程でホテルに着く。国田はハイヒールの踵からのカツカツとする音を響かせながら、少し早足で歩いた。途中にある土産物やグッズの販売店が目に入るも無視し、大田への手土産はなくて良いと考えながら歩いた。駅ビルからホテルの連絡通路に入る頃にこれからのことを考えると、私も大田先生に手土産を用意した方が良いのではなかろうかと国田の脳裏に浮かんだ。直ちに踵を返して土産店に行った。岡山土産の定番「吉備団子」を一箱購入した。内心これで良いと薄笑いをして再びホテルに向って歩いた。

スーツにネクタイを締めた医学会の宿泊客らしき人々に会いながら、ホテルの二階に着いた。エスカレーターで一階に下りて、フロントを確認した。ひょっとしたら早めに大田も来るかもしれないと思いながらロビーのソファーに座った。まるで若い頃、大阪にいる時に某医師とデートを重ねていた当時の様子を彷彿したのであるが、国田にとっては失恋の痛手を被り、良い思い出はなかった。

ロビーの時計を見たところ、十二時半であった。フロントの右側の二階からの下りのエスカレーターに目を向けると、大田が降りていた。国田が右手を上げたら、すぐに大田は気付き、大田も右手を上げて笑顔を見せた。国田はソファーから立ち上がり、歩いてエスカレーターに近づいた。

「やぁー、国田さん、久し振りですねぇー」

「お久し振りですね。先生はお元気そうですね」

「今日の昼食ですが、このホテルの日本料理屋さんを予約しており、懐石料理ですが、いいですね？」

「はい、私は何でも結構でございます」

「すぐに行きましょう。このホテルの二階ですので、この上りのエスカレーターで行きましょう」

「先生は、明日も学会がありますのでしょう、このホテルに昨日からお泊りになっていらっしゃるのですか」

「そうですが、今晩の新幹線で帰りますよ。岡山からは約一時間以内に大阪に着きますから近いですね」

まもなく、フロントが見える二階に着いた。そこからはフロントもロビーも一望でき、二階の天井まで吹き抜けになっている広い空間である。そこから左側の通路を歩いて懐石料理店に二人は入った。

「十二時半に予約している大田ですが……」

国田は大田の後ろに立っている。受付嬢は夫婦かと思っているような眼差しで、笑顔で、

「どうぞ、こちらでございます」

と言いながら、小部屋に案内してくれた。部屋には小さな床の間があり、花が生けられており、掛け軸があった。国田はすぐに下座に座ったところ、床の間を指差して、

「国田さん上座でいいのに、ワッハッハ、どちらでも良いので、私はここに座るよ」

大田は上座に座った。畳の部屋なのに、堀座卓で脚を落とすことができ、椅子と同様の姿勢になり、

「最近の老人は脚が悪い人が多くて、正座や胡坐が困難な人が多いのでね、このような部屋がいいね。私も年を重ねてきたので、助かるよ。ワッハッハ」

「私も助かります」

国田は少し神経質なところがあり、脚を入れて下の方に視線を泳がして、床にゴミ

があるような気がしたが、大田に言えることではないので、黙っていた。

和装の女将らしき人が来て、お茶を入れてくれたが、少し微笑みながら、

「学会に来られたのですか。ご遠方の方は一昨日よりご宿泊されていますのよ」

「どうして学会に来た者とわかるのですか」

「昨日から二日間学会があることはホテルより情報を得ていますし、何と言っても風格ですよ。女の第六感もありますし、ご夫婦で来られる方も多いと伺っております」

女将は時折、国田の顔を見て微笑みながら喋り、

「ご主人様より予約時にAコースのお料理と伺っておりますので、お持ちしますが、お飲み物は如何いたしましょうか」

大田は勝手に自分たちを夫婦と決め付けて喋る女将を見ながら、

「わしはビールだ。できれば瓶を頼むよ」

「はい、瓶ビール一本でよろしゅうございますか」

「二本だ」

大田は女将には夫婦と思わせておけば良いと考え、国田には何を注文するかとも問わず、
いかけずにいて、素知らぬ顔をして、ビールを一緒に飲まそうと思ったが、つい、思わず、

「何か飲む？」

と訊いた。

「私は烏龍茶を」

「はい、烏龍茶お一つですね」

と女将は念を押すように言って、引き下がっていった。

大田は女将が学会に来た夫婦と思っていたのだろうが、口は災いの元で言葉には気を付けろと言いたい気分であった。国田は一瞬、夫婦ではなく、知り合いですと訂正したかったが、黙っている方が得策と考えた。

「何故、ビールを飲まないの？　止めたの？」と大田が言った。

「昼間からは飲めませんわ」

「そう、夜にすれば良かったね、ワッハッハ。国田さん、この度はありがとうございました。当院もやっとのことで募集した看護師を確保できました。一人でも不足すると、院長の責任だという輩がいてね。私は医師集めと看護師集めが仕事の半分と思っているよ。どちらも欠員が生じた時は大変ですよ。四月から民間病院の院長になるので、さらにスタッフ集めに苦労すると思っているので、これからも国田さんよろしくお願いしますよ」

「看護師不足は駆け込み増床の結果でしょうね？」

「もちろん、そうだよ。看護基準に見合う看護師を確保していないと、標欠《ひょうけつ》（標準人員の欠乏）と言って入院の場合は診療報酬の三十％を返還しなければならないことになる。こうなったら、病院は一転して大赤字になるので、大変なことになるんだ」

国田が頷いていたところに「失礼いたします」と言って、女将ではなく、二十代の年齢と思われる若い洋装のウェイトレスが襖を開けて、盆にビールの中瓶二本、冷えたコップを三つと瓶の烏龍茶一本、前菜を二つ持ってきて、「お待たせいたしました」とテーブルに並べながら、国田の顔を見て、「烏龍茶はこちらのお方ですか」と言い、国田が、「はい」と言うと同時に会釈をしながら、両手で国田の前に置いた。左脇にはビール用のコップを置いて、「ごゆっくりどうぞ」と言って引き下がった。

大田は女将よりは若い子の方が良いと内心思った。大田は役職柄、料理屋への出入りが多く、おもてなしの善し悪しを見分けて三つのランクで評価している。すなわち、大学の成績評価のように優・良・可である。

「ここの女将のおもてなしは、優良可で分ければ可だな。わしらを夫婦と思っていることからして間違っているね、ワッハッハ。女将というものは初対面のものに対してはあんなことは言わないものだよ。愛人かもしれないと思ってくれた方が良かったのに……、ワッハッハ。さぁ、飲みましょう」

豪放磊落な大田はそう言いながら、自分でビールを注いで、「国田さんは？」と言ってビール瓶を向けると、国田は、「いいえ、今日は結構です」と言って、烏龍茶を手で上げて「乾杯」と言って、大田のコップに合わせて、カチッと小さな音をさせて、烏龍茶を口に入れた。大田は昼間だから国田はビールも飲まないのだと観念したのである。

国田は前菜にフォアグラがあったのを見て、昼食でも高級料理だと思った。お品書きは筆書きで、造里は天然鯛、細魚あしらへ、焚合はメバル、手長蛸など新鮮な瀬戸内海産の魚介類が記載されており、計八品であった。国田はこのようなご馳走ならばアルコール飲料を注文しておけば良かったと一瞬脳裏を掠《かす》めたが接待役の大田が酔った勢いで、何かを求めてきたら困惑することがあるかもしれないので、烏龍茶だけが無難と思った。大田の体格は良く体重は九十キログラムで出っ腹でビールをグイグイ飲み、よく食べ、豪快な笑いで六十五歳と思えない、もう十歳くらい若く見える男らしい外科医であった。国田は冷静に現在の大田を観察していた。

「ところで、貴女にはお子さまはおられますか」

国田にとっては唐突な質問で、一瞬大田は何の目的で探りを入れてきたのか理解できなかった。実は子供はいない、もし、子供がいますと言えばいろいろと根掘り葉掘り聞いて来るだろう。どんな質問がくるか試してみたい気分になり、子供がいると嘘を言うことにした。国田は平気で嘘を言うことができる女である。

「娘が一人います」

「あっ、そう。それならば、いいですね。母子《ははこ》の絆は強いですからね。貴女の老後も看《み》てもらえますし、安心できますね。ワッハッハ、ワッハッハ」

「先生はお子さまは何人ですか」

国田は嘘をついているので、返す刀ですぐに訊いた。

「男が二人いるがねぇー、どちらも医者にはならず、大学を出て社会人になっているが、二人とも嫁が強いのか知らないが、あまり、親には寄り付かない状態ですよ。男の子は育ててみるだけで、今は、何の役にも立っていないよ。子供を育てるならば、女の子が良いよ。女の子は嫁に行くので、淋しくなるので嫌だという人もいるが、親の面倒を看《み》てくれるのはやはり娘ですよ」

国田も、自分の子供は女の子を産みたいと思っていたが、何の理由かわからないが、子供はできなかった。現代医学では、体外受精をして妊娠できることは知っていたが、国田夫婦はそこまでして子供を欲しいとは考えなかったのである。

次々と料理が運ばれてきて、二人とも天然鯛の刺身はこりこりして美味しいといって咀嚼した。大田はビールをガブガブ飲んだが、途中から芋焼酎の湯割りを注文した。

「貴女も飲みなさいよ」

と促したが、国田は、

「今日はご遠慮させていただきます。この次の時は飲みますので……」

と言って、大田に期待を持たせるような言動をしたが、この次は大田がこの話に乗ってくるか否かを試したい気分になっていた。もし、大田から会食に誘われれば応じようと思っていた。

「そうですか、この次の飲み会を楽しみにしていますよ」

大田は国田の顔を凝視し、ニヤリとして右目でウインクした。国田も右目でウインクして、キャッ、キャッ、キャッと笑った。

今日の国田は大田に好意を持っている振りをしたが、以前に大阪で大田に会った時は心の中ではなるべく会わないようにしようと思ったこともあった。女心はその場その場のムードで揺れ動くものである。国田のウインクに大田が好感を持ったらしく、大田は国田に対して、

「実は今日は、国田先生にお届け物を用意していたが、うっかり忘れてきたので、郵送するよ」と言って、両方の人差し指で封筒の形を示した。国田は熨斗袋と直感した。

「いえ、いえ、そのようなことをされなくても結構でございますけど」

「私は次から民間病院の院長になるので、看護師の人集めが大変だから、国田先生のお世話にならないといけないのでね。まぁ、楽しみにしておいて下さいよ」

大田は国田の欲しいものは金だと第六感が働いて、国田の気持ちを見透かしているのであった。

三月二十六日（月曜日）国田は午前十時半頃に出勤した。四人の専任教員の勤務時間は午前九時から午後五時までと職務規程に記されていることから、全員九時までには出勤していた。国田は教務主任という管理職であるため、出勤時間は特に定められていないので、多少遅刻したり、早退しても咎められることはない。

この度は、自校が看護師国家試験合格率百％であったことで、国田はルンルン気分でJR尾因駅前の菓子専門店で特大のシュークリームを十二個買って、学校に着くとすぐに専任教員全員を応接室に集めて、

「皆様のおかげで看護師国家試験の全員合格を達成しました。これからは第二期生も百％合格するように学生教育と個別指導をして頑張って下さいね。今日はシュークリームを買ってきたのよ。これから、お茶会をしましょう。ここに十二個のシュークリームがあるので、まず、事務員の大本節子さんに二個を差し上げて下さいね」

応接室の出入り口に一番近い位置に座っていた専任教員に向かって上から目線で、顎を正面から左に振って、シュークリーム二個の合図として右指でVサインの形をして事務員の大本にシュークリームを届けさせた。その教員が帰ってきてもとの位置に座ったところで、他の教員がお茶を用意したので、

「さぁ、お茶会ですよ。教育方法、臨地実習病院でのこと、学生の個人情報、所属医

療機関の問題、寮の問題、就業時間・学生の給与の件、健康保険、雇用保険の件など何でもいいので、これからの学生に対して役に立つと思われること全部を情報として提起して下さいね」

国田はこうして、教員からの諸々の情報を集めて、学生の個人指導に役立てようとしているのである。しかし、教員らはしばらく無言であった。正直何から話を切りだして良いのか決めかねていたのである。

「国田先生、雑談形式でよろしいですか、それとも、テーマを決めてそのテーマに沿って話し合うのがよろしいでしょうか」

と、ある専任教員が言った。

「そうね、テーマを決めると堅苦しくなるので、雑談にしましょう。その方が話しやすいのでね」

「はい、わかりました」

専任教員たちは突然のお茶会とは雑談の会の方が良いと思っているのであった。

「先に食べましょうよ。遠慮なくね」

四人の専任教員がシュークリームを頬張りだしたので、しばらく沈黙が続いた。お茶を飲みながら甘いクリームに全員が舌鼓を打った。

「美味しい！　美味しい！」

と連発しながら二個の特大のシュークリームを食べ終えたところで国田は、

「さぁ、何でもいいのでお話をしましょう」

「……」

「あらぁー、皆さん相談することもないのー、シュークリームはほっぺが落ちる程美味しかったので喋れないの、ウフッフ」

専任教員の重竹が、

「あのー、学生の留年の件ですが、学外講師の先生方は試験で五十九点以下の学生には再試験をして、合格させてくれるのに、学校はその科目を不合格扱いにしていますが、合格扱いにはできないのですか」

「試験というものは最初試験で六十点以上の学生を合格とし、五十九点以下は不合格ですよ。一年間の試験の内、六科目も七科目も不合格になるような学生を進級させるわけにはいきませんよ。留年があるからこそ、学生は頑張るのですよ。大学も同じですよ。一流大学でも二流大学でも留年させているのですよ」

ここにいる誰もが国田の独断と偏見で決定されていると思った。また、留年させられた学生から虎狼と言われても当然である。

「入学時のオリエンテーションで、留年についてキチンと説明した方が良いと思いますが……」と重竹が言うと、

「皆さんはご存じないかもしれませんが、入学時に単位の説明をする時に私はそう言っていますのよ。昨年は各学年で何人が留年したとか、卒業延期もあるかもしれませんと話しているのよ」

続いてK教員が、

「ある所属医療機関の先生から、うちの学生が留年になったが、留年になりそうだと何故事前に教えてくれないのか、訊かれたことがあります。例えば一学期で複数科目を落としている学生は医療機関に連絡してあげた方が良いと思いますが……」

「そんな学生は沢山いますよ。学校というところは一々連絡をするものではありません。大学もそうでしょう。一々、保護者に通知していますか。進級や落第は学生の自己責任ですよ。教員が一丸となって、教育指導するのが当たり前でしょう」

国田は若い頃に医者に失恋したことに対して怨念があるため、医者嫌いであり、一々学校が医療機関の長に連絡するものではないと考えている。医者にも学生と同様に厳しく接しておけば良いという考えが頭の中に固まっている。

「仕事量が多いので、勉強する時間がない学生もいるかもしれませんし、そのような学生には面接した方が良いと思いますが……」

「それは学年担任教員として当たり前ですよ。一クラス四十人の学生の医療機関での勤務状態、勉強時間、経済的状況、私生活に至るまで上手に聴き出して、すべて私に報告して下さいよ。全学生を管理・監督して、勉強させて看護師国家試験の百％合格を継続しなければなりません」

国田の話の途中において、各教員は国田の説明にその都度納得し、何度も相槌を打った。

次にJ教員が、

「学生の施設見学は関西方面へ行っていますが、近くの大病院ではいけないのですか」

国田は一瞬返答に困ったが、落ち着いて教員に理由を述べることにした。

「施設見学は必ずしも病院でなくても良いと思っています。例えば製薬会社や臨床検査センターでも良いのです。しかし、学生が社会に出てもすぐに役立つのは、近代医学の最先端医療や研究をしている施設だと思います。地方の総合病院は臨地実習病院でありますので、同じ程度の病院見学では意味がないと思うのよ。だから、大都会の先進医療を行っている病院や周産期医療や小児医療などの特殊な病院を見学させているのよ。そのくらいのことは皆さん理解しているものと思っていたわ」

国田はT教員を一瞥して、上から目線で話をしているのを他の教員も感じ取った。

国田は腕時計を見ながら、

「あら、もう四十分も過ぎたのね。今日は医療機器販売会社の人が十一時半に来られるのよ。何か実習器具や備品で購入したい物がありますか」

「………」

「なければ、考えておいて下さい。必要な物で安い物はすぐ注文しますし、高額な物は予算化しますよ」

国田は教育のための備品ならば何でも購入してあげるような口調で話した。

「他に何か聴きたいことがありますか。なければ、今日はこれで終わりましょう。時々、このようなお茶会を不定期に持ちましょうね」

不定期とは自分が思い立った時である。国田はワンマンな性格の片鱗をのぞかせたのであった。そして、ワンマン振りは国田の次の言葉で明確になった。すなわち、

「私たちはね、今後も看護師国家試験合格率百%を堅持して行かねばなりません。皆さん、三年生、四年生は実習がある学年で多忙です。その上、看護師国家試験の勉強をし、医療機関で仕事をしなければならない学生は可哀相です。できれば三年生以上の学生には医療機関のアルバイトを辞めさせたい気持ちです。できれば学年の途中でも良いから、医療機関を辞めて、勉強に専念しないと看護師国家試験に落ちるかもしれないと言ってね」

国田の目的は看護師国家試験百%合格の他に、医療機関から学生を離脱させることによって、尾因市内の医療機関へ就職させない方向に学生を誘導することである。こ

れは尾因市医師会立看護専門学校への背信行為である。

午前十一時半になった時に事務員から国田に城本《しろもと》医療器株式会社の社長が来られたと連絡があった。国田は事務員に応接室に社長を招くように指示した。

この会社は社名の如く一般の医療機器、医療に必要な備品や、注射器、ガーゼなどの消耗品を多品目取り扱う販売会社である。数百万円もする医療機器もあれば一個百円程度の商品も取り扱っている。この会社とは国田が赴任する前から取り引きしているという。国田が赴任してから二年間を経たが、国田は見積書を提出させて、即、注文または契約をし、値引率が低くても文句を言わないので、会社は国田には盆暮れの付け届けをしているという。

「すみませんね。お呼び立てして……。先程、専任教員と打ち合わせの会を持ちましてね、何か購入する備品はありますかと尋ねたところ、何もないらしいのですよ。まぁ、学校ができて四年を経過すると、備品はある程度揃っているとお思いでしょうね」

「あー、そうですか……。今日、来ましたのは、実習用マネキンは複数用意された方が良いかと思いますが、如何でしょうか」

社長自ら学校を訪問したことは、高価な物品を購入してもらいたいからである。担当者に行かせると、商売気を出すこともなく、世間話でもして帰ってくることがあることを社長はよく知っている。

「あのマネキンは高価ですので、予算化する必要があるので、来年になりますよ」

「そうですか。マネキンは最低二体は必要かと思いますので追加の一体を予算化して、よろしくお願いします」

事務員が入室してきて、お茶を差し出してすぐに退室した。

「まぁ、お茶でもどうぞ」

社長は遠慮なく、お茶を自分の近くに寄せて、少しを口にしたところで、

「この度は、看護師国家試験合格率が百%でしたね。おめでとうございます」

国田は微笑んで、

「そうですのよ。私も教員も全員喜んでおりますのよ。本当に教師冥利に尽きますわ。ありがとうございます」

「就職先も半数が地元と伺っておりますし、良いことですね」

国田は大田院長のいる大阪方面に多数就職してもらいたいという企みがあり、これから阪神方面の都会の病院に就職を斡旋しようと本気で考えているため、小さな声で、

「まぁ、良いことですね」

不承不承と同調した。

国田の声が小さかったので、社長は何となく就職の話は正鵠を射ていないと感じた。

これは社長としての嗅覚が働いている。

以前に村山先生から国田はパチンコが趣味でゴルフもすると聴いていたが、パチンコという趣味は品の良いものではないので、ここではパチンコの話はせずに、ゴルフの話をすることにした。

「国田先生はゴルフをされるとお聴きしていますが、よく行かれますか」

「少し、ゴルフをしているだけです。この頃は一〜二カ月に一回ですのよ」

「昔はよくされていたのですか」

「まあーね」

「そうですか。いつかお供をしたいですね。社内にゴルフ好きの者がおりましてね。いつか、三人でまわりましょう」

「………」

国田は内心嬉しかった。接待ゴルフをしてくれるとはこの上ない喜びであった。高額な商品を購入してもらうための接待ゴルフであることは言うまでもない。腕前はどのくらいか国田にスコアを訊くことは失礼なので、

「暑くならないうちに参りましょう」

と言って立ち上がった。

「ご注文がございましたら、直接お電話を下さい」

と言って社長は帰って行った。

国田はすでにゴルフへの誘いを期待するようになっていた。社長の今日の面会の目的は実習用マネキン人形の売り込みであったと国田は勘付いたが、その注文をして、ゴルフの接待を受けたとしても、医者も製薬会社からの接待ゴルフを受けていることを知っていたので、これくらいのことは背任行為にはならないと考えている。このようにして医療器具販売業者との癒着へと徐々に発展することになった。

数日後、文房具納入業者から国田に電話があった。

「先生、ゴルフをされるそうですね。ご一緒したいですね。実は、城本社長から聞いた話ですが、三人でご一緒できればと思っておりますが……」

「今、その話はできかねるので、後程、相談しましょう」

国田は一応ゴルフを断ったつもりなのか、了解したつもりなのか相手方には含みのある発言をしたのである。国田はこの場所での電話でゴルフのことが周囲に知れ渡ることを恐れているのである。

業者とのゴルフの話があってから、約二週間後に城本社長に電話を入れた。

「ゴルフの件ですが、四月は行事が多いので五月中旬頃にお願いします。金曜日にお願いしたいのですが、いかがですか」

「そうですね、先生のご希望の日にいたしましょう。私らは何時でも結構です」

「私は朝早い時間帯が良いのですが」

国田の接待ゴルフで業者は今後のこともあるので、最高のお持て成しをしようと心得ている。

「それでは第四金曜日にしましょう。よろしいですね。あのー、私のゴルフバッグのネームは旧姓になっていますので、伊藤克美での申し込みをして下さい。場所は福田ゴルフ倶楽部でお願いします」

国田は旧姓を使うことで、ゴルフ場で誰かに会っても姓が異なれば他人の振りをして過ごせることを知っており、これも悪知恵の一つである。プレー日は金曜日というウイークデーであり、また、ゴルフ場では月末の金曜日は来《こ》ん曜日と言って入場者が極めて少ない曜日であり、どこのゴルフ場も閑散としていることが多い。国田はプレーヤーが少なく、人目に気付かれない安全な日を希望している。臆面もなく条件を付けるのも国田の性格のようである。

数日後、城本社長から福田ゴルフ倶楽部でのプレーの予約ができたと国田に連絡があった。ところが、平成二年五月二十五日は第四金曜日にもかかわらず予想に反して、いつもの金曜日ならば十組程度のプレーヤーしかいないのに、某会社のゴルフコンペで五組もの予約があったので、アルバイトのキャディーまで駆り出されていた。午前八時丁度の朝一番のスタートを予約したのは、午後二時には学校に出勤したいという国田の希望もあって早朝からのゴルフになった。

「早朝ゴルフは清々しくて良いですね」

国田はゴルフ場の空気を大きく吸い込み、森林浴でもしているかのように数回大きな呼吸を反復した。二人の社長は声を揃えて、「そうですね」と言って二人とも深呼吸を数回した。天気は快晴で爽やかな風が吹き、コースの周囲の木々は新緑の息吹を満喫でき、絶好のゴルフ日和である。この組のキャディーは正規職員のベテランであった。後続の二組目のキャディーは若いアルバイトでプレーヤーは高齢者の三人であるが、三人ともこの倶楽部のメンバーであった。

このアルバイトのキャディーは昭和六十三年四月に尾因市医師会立看護専門学校の第三期生として入学していたが、勉強嫌いで二年生に進級できず留年となった。国田のような厳しい先生とは馬が合わない気がして嫌いになり、この先生とは四年間も付き合えないと思って退学した。

キャディーは日焼け防止のためヘルメットの庇《ひさし》から顔まで頭巾をかぶっており、顔の確認は正面を向いている時にしかできない。しかも、頭巾の陰のため近くにいる場合に限り、正面から顔を視認することができる。したがって、国田は元学生に気付いていないが、元学生のキャディーは前の組の女性が国田であることに確信を持っている。顔も、声も、話し方も、体型も、身長も国田であることに間違いない。ハーフ終了後に国田のバッグの名札を確認して驚愕した。

「伊藤克美」

　と小声で言って、これは確かに偽名だと呟いた。あの教務主任の先生は何故偽名でプレーしているのかと再び呟いた。この日の城本社長ら三人のプレーヤーは三人とも百十前後のスコアであった。ホスト役の二人は接待ゴルフのためスコアの辻褄を合わせて国田にサービスしたのであった。勿論、二人とも本気でプレーしている振りをしているので、国田は気付いていない。

「天気がこんなに良いのに、もう少しはいいスコアが出ても良いのに、これがやはり実力かしら」と国田は言って、少し満足しているようであった。

　国田の偽名でのゴルフの話は元学生であったアルバイトのキャディーから三期生の友人を通じて一部の学生に瞬く間に伝播したのである。約一週間後には整形外科医の柏原思計までが国田が偽名でゴルフをしているという噂を聞いている。柏原もゴルフをしているが、「こんな女もいるのかと」その時は特別に気にもしなかった。

　国田が接待ゴルフを受けたことについては、まもなく原上医師会長の耳にも届いたが、原上は冷静に対処し、どこの世界でもあることだから放置しておけば良いと判断したが、偽名でプレーをするとは変な奴だと思った。温厚な性格の原上は、以前に河田事務長からの話を思い出した。

「看護専門学校は内緒金を持っていますよ。最近、立て替え払いがあり、数万円から十数万円単位でした。一介のサラリーマンがそんな現金はいつも持っていないですよ。これは横領したか収賄したかの金を持っている証拠と思います。原上先生、どのように注意をしましょうか」

「う～ん。女中の摘み食いか、その総額は？」

「わかりません」

「国田は今までの言動からして、いつも辞表が懐にある女というが、本当に今、辞めてもらっては困るしなぁ」

「辞めると恫喝しているだけと思いますが」

「そうだよ」

「教務主任という役職の人は、我々の力で募集してもそんなにいるものではないので、困ったものだ」

「私は宮仕えしている身ですので、先生にお任せしますが……」

「う～ん、この際、目を瞑《つぶ》ろう。このことは口外無用でね」

原上は自分の在任中に金銭的トラブルを起こして表沙汰になることを恐れて隠蔽することにした。こんなことは女中の摘み食いとして些細な事にしておこうとした。もし、他人に追及されたら詳しくは知らなかったと言えばすむことかもしれない。金持ち喧嘩せずが得策と考え、この方法は自らの保身にもなった。

「口外はしませんが、先日、重竹光子《しげたけみつこ》専任教員の話では看護師国家試験の全員合格祈願に四年生を神社に参拝させた時に国田が一万円を玉串料として寄付したと聴いているが、これも内緒金の一部だと思いますがねー」

「そうか、国田は看護師国家試験合格のためには尽力していることは認めるが、そのような金でも御利益があるかもしれないね。ワッハッハ」

「いずれもキチンとしなければ、将来、禍根を残すことになりますが……」

「国田は風上にも置けない奴だ」

　原上は悔しさを滲ませた。

　重竹の話では、国田は一年分の摘み食いを神社に寄付したことにして、その他の多額の金を着服しているというが、医師会事務員も専任教員もこの不正を薄々感じているものの、村山元医師会長を後ろ盾にして隠然たる勢力を持つ国田に対して、何も言えない状態である。国田のワンマンな行動を止めることは、学校長の原上医師会長さえもできない。

　学校事務員から届いた金は、自分の机の引き出しに入れ施錠しており、入金のメモの記録は破棄して証拠になるものはその時の現金のみである。国田はすべての証拠を残さないように用意周到に計画された行動を取り、傍若無人な態度を誰一人として咎めることができない状態が継続されることになった。

また、現金を入れている机の鍵の管理も他の職員が勝手に机の引き出しを開けないように厳重にし、常に鍵を自分のハンドバッグに入れており、現金の紛失を警戒して、机の別の引き出しのペン皿の下に鍵を隠したりすることは絶対にしなかった。

国田は策略家である。学校事務員を採用する時には普通の成績であるにもかかわらず優秀で学校を首席で卒業したと言って煽てに乗せて、自分の命令に有無を言わせなくしている。また、専任教員四人のうち三人を掌握している。大本事務員を含めた自分の意のままになる人に対しては食事に誘い、不正に得た金で接待していたのである。このようなことを繰り返していると人間というものは同じ穴の狢《むじな》になってしまうのである。

こうして、国田の学校内での基盤は盤石そのものとなってきた。医師会員でも誰一人として国田に対抗できる者はいないし、国田という専制君主が誕生したのである。国田はやはり狡猾な女である。

国田が学校に対して背任、横領の疑いがあることを薄々知っている学校関係者または医師会員は果たして何人いるだろうか。まず、学校長の原上、副学校長の久船、会計担当理事、事務長、四人の専任教員、学校事務員、一部の医師会事務員ぐらいであろうか。

学校行事において、来賓の方々のうち、時々ではあるがお祝い金を持参される方がいる。医師会館の玄関受付で、お祝いの金（熨斗封筒）を手渡した場合は、医師会事務員により自動的に学校会計に納入されるが、会場まで行ってから学校関係者に手渡した場合は、最終的に国田の手元に届けられ、国田は自分の机の引き出しに格納してしまう。

つまり、自分の秘密会計に入れてしまうのである。国田の机の引き出しにある現金は学生から巻き上げた再試験料、追試験料や、コピー代が主であり、その他は入学願書代金、過去問題集などがある。以上のような収入を除外できるルーズな会計が許されていることを、会計監査を担当する監事すらも知らないのである。

監事は年に一回の監査においては預金通帳残高の確認のみに終始し、会計帳簿と預金通帳残高の一致を確認して終了し、事務員の用意した監査報告書に三人の監事が署名をした書類をもって完了となる。

一般の会社における収入除外は税務上では最も悪質とされているにもかかわらず、看護専門学校の雑収入が計上されていないことは不自然である。学校会計の収入の裏側を知悉《ちしつ》する人は少なく数人に過ぎないと思われる。

誰も国田に向かって、「貴女は雑収入を着服しているらしいが、今後は止めて欲しい」と言う人は、誰一人としていない。これは不自然だと報告している唯一の人は事務長である。しかし、原上医師会長は臭い物に蓋をすることを事務長に指示し、国田の悪行を知りながら、闇から闇へ葬り、これからのことが表沙汰にならない限り、国田の横領は続くのである。

また、背任行為が疑われるように接待ゴルフ、見積もりを取らない消耗品の大量一括購入、実習用物品と称しての不要品と思われる備品の購入など枚挙に遑《いとま》がない。例えば学校の倉庫には数百本のマジックや数年分のコピー用紙が存在する。国田は諸々の悪事が発覚されても、自分が責任を取れと言われれば、直ちに退職するという黄金のカードをちらつかせて、学校長や副学校長を恫喝しているのである。このことはある時、会計担当理事が国田に電話して、

「会計はキチンとして下さい」

と話したところ、

「私はちゃんとしています。そんなに言われるのなら私は責任を取ってすぐに辞めます」

と言った。

会計担当理事は震撼したのである。

翌日、原上医師会長にこの電話の件について報告したところ、
「今、国田が辞めたら、学校が潰れるので、女中の摘み食いと思って、目を瞑るようにして欲しい」
と言われた。
かくして、国田の不正はいつまでも温存されることになったのである。

柏原思計は平成二年九月より運動器の病態と外科的治療の講義を依頼された。教科書は『運動器系疾患患者の看護』であった。その講義のねらいは運動器系疾患の原因、検査、診断とそれに対する生体反応、疾病の経過、転帰、治療を学ぶことになっている。

看護専門学校の講義は一般的には学生に教科書を読ませて、その項の専門用語や重要なポイント、実践に必要な知識を教え込む方法が多い。座学形式の講義である。

少し教育熱心な先生はスライドやビデオなどを供覧させて講義にメリハリをつけて、学生に印象のある講義をしている。柏原は講義の中で実習形式を若干取り入れて、学生に興味を集中させて印象に残る講義を実践した。

例えば、教室にギプスを持ち込み、ある学生を模擬骨折患者とみたてて、橈骨《とうこつ》遠位端骨折に対しては前腕にギプス包帯をして、実際のギプス包帯を観察させた。併せて

ギプス包帯後に起こる偶発合併症（神経の圧迫麻痺、末梢《まっしょう》循環障害、褥瘡《じょくそう》など）について説明した。模擬患者としてギプスを巻かれた学生は「ウワー、凄い」と叫び、二重、三重の輪になって取り囲んだ学生たちは巻かれたギプスを凝視していた。

「ギプスを前腕の全周に巻かずに、前腕から手掌の掌側のみに当てるギプスシーネという方法もあります」

と柏原が言うと、学生の一人が、「先生、どのような時にギプスシーネにするのですか」と質問した。

「それは良い質問ですね。教科書に書いてあるので各自読んで下さい。これは試験に出しても良いね」

柏原は解答を言わずに、各自で勉強する方が印象に残ると考えていた。

「ギプスの合併症も大切なことですよ。ところで、整形外科では良肢位《りょうしい》という専門用語を講義で習いましたよね。知っている人は手を挙げてね」

約半数の学生が挙手した。

「半分の学生では少ないね。これも試験に出すことにしよう」と優しい視線で学生の顔を見た。

柏原は講義形式としての座学はインパクトが少ないと思った。今日のような講義形式こそ重要ではないだろうかと思った。

ギプス実習講義をしている時には運動器系疾患看護学の担当専任教員も出席していた。国田は各科の新人講師に対しては専任教員に約一年間、自分の担当する看護学と関連のある専門基礎分野の科目の講義にできるだけ出席するように勧めている。こうすることによって講義のチェックを学生にさせていることとは別に、学外講師による教育が十分になされているかどうかを専任教員にもチェックさせているのである。今日のギプス実習は高い評価をしてくれているだろうと柏原は予想している。

講義では学生の印象に残る話が良い。臨床講義を面白く話しても良いが、実話をもとにインパクトのある話を進めると、一つの物語のようになる。その物語では物事の始まり、広がり、結びの構成の起承転結がはっきりしてくる。

別の講義の時間では、柏原は学生に対して、

「今日は骨粗鬆症の話をしますが、骨粗鬆症の定義は教科書に書いてあるので、各自熟読しておいて下さい。これは重要な語句なので試験に出るかもしれませんよ。骨粗鬆症の人は立位または座位の高さより転倒した時に脊椎の圧迫骨折や大腿骨近位部骨折が起きやすいと言われています。例えば尻もちをついて腰背部に激痛があり、X線検査で脊椎の圧迫骨折が認められた場合が良い例です。また、慢性の腰背部痛があり、X線高齢者では『いつの間にか骨折』と言って、軽度の痛みが持続し、X線検査で脊椎の圧迫骨折がみられることがあります。骨粗鬆症がなくて、高所からの転落事故により

脊椎の圧迫骨折が起こることがあります。これは外傷性圧迫骨折です」
と言ったところで、面白い話があるので紹介しましょうと言った。
「尾因市の山奥の集落での話です。このような場所を中山間部といいますが、四十代の男が軽四車輌で鮮魚や海産物の行商をしておりました。その男は週一回の午後に中山間部に行くと、小学生の女の子に駄菓子を与えて、お母さんに買いに来るように伝えます。『かわいい魚屋さん』のレコードを流して、母親らに鮮魚や海産物を売ってその男は生計をたてていました。ところが、子供たちと顔見知りになると、ある日、女の子に『おしっこの出るところを見せてね』と言って、パンツを脱がせたという話が広まり、母親が警察に相談しました。翌週に警察官が張り込んで、その男は現行犯逮捕されました。

大柄で恰幅のいい男は、逮捕時には素直におとなしく警察官に両手を差し出しましたが、この場にいた二人の三十代の警察官は犯人に手錠を掛けずに、腰紐を結び、パトカーの後部座席に同乗して、尾因警察署に護送することにしました。

市街地に向かって行く峠の手前の国道にカーブした大きな橋があり、ヘアピンカーブであったため、時速三十キロメートル以下に減速したところ、犯人は後部座席のドアの取っ手に手をかけて、あっという間に車から脱出し、一メートルの高さの欄干を乗り越えて飛び下り、逃走を図ろうとしました。しかし、約十五メートル下の川床に両足から落下し、尻もちをついて右足首と腰部の激痛のために動けなくなりました。約十分後に二人の警察官が川土手の小路から下りて来て再逮捕しました。歩行不能のため救急車で私が勤めていた病院に搬送されてきました。X線検査で右足関節骨折と第三腰椎に新鮮な圧迫骨折があり、このための疼痛で歩行不能状態でした。胸部・腹部・骨盤などを精査しても異常がないため整形外科に入院になりました。安静を指示し、後日、歩行ができるようにするため右足関節を固定するギプス包帯と腰椎のベーラーのギプス固定を予定して、私は午後六時頃に帰宅しました。このベーラーのギプス固定は脊椎の圧迫骨折の治療をするために脊椎を伸展位《しんてんい》で固定するギプスですが、後で詳しく説明をします。

ところが、私が午後七時半頃夕食を食べようとしていた時に病院から電話があり、犯人が脱走を試みて、階段の踊り場で激痛のため動くことができず、『どうしましょうか』とのことでした。『すぐに警察署に犯人が脱走を試みたと電話して、警察官に来てもらって下さい。私もすぐに行くから』と言って電話を切りました。

新鮮な脊椎の圧迫骨折には確かに激痛があります。もし、脱走したかったら痛みを軽くする方法があります。

皆さん、わかりますか。

教えてあげようね。圧迫骨折は一般には脊椎骨の椎体の前縁が潰れます。したがって、ゆっくりと脊椎を伸展位に維持して矯正すると痛みが軽減されます。最大伸展位のままの私の姿勢のようにしてゆっくり動けば歩けます。犯人は多分、手で腰を支えた姿勢で廊下は何とか我慢して歩けたものの、階段を下りるとなると階段の下方を見るため屈曲位になり、さらに激痛が起こり、踊り場に転落したらしい。バカな脱走犯ですね。

ところで、脊椎の圧迫骨折の治療で先程言ったベーラーのギプス固定がありますよね。教科書の百五頁にその図があるのでよく見て下さい。最大伸展位でギプスを巻く方法が書いてありますね。これも重要な保存的治療法の一つですよ。このギプスをすれば神経麻痺がなければすぐにゆっくりと歩けるようになります。後で硬性コルセットにすれば自分で着脱が可能になります。硬性コルセットは七十二頁に記載されていますので見て下さいね。

午後八時半頃に警察官三人が来院しました。本署の課長さんと逮捕した時の二人の警察官です。腰紐のみで犯人の逃走を許した警察官は犯人が病院に迷惑をかけたことで怒り心頭に発して言葉も荒々しくなり、犯人を○○と呼び捨て、

『○○、バカなまねをするな、おんどりゃー、わかったか、脱走したら罰も重いぞー』

『○○のバカヤロー！　みんなお前のために一生懸命治療してくれているのに、脱走

するとはなにごとか』

それ以後、病院での犯人は非常に温和しくなり、看護師に対しても子猫のように従順となり、一転して模範患者となりました。翌日、右足関節ギプス包帯とベーラーのギプス固定をして、数日間歩行訓練をして退院することになり、パトカーで本署に護送され、数日後に福山市の妻子のいる自宅に帰るという話でした。

犯人が脱走を試みた時に罵声を浴びせた警察官は警部補で、私に小声で、

『手錠を掛けずに護送するという、私のミスで皆様にご迷惑を掛けました。私は左遷ですよ。先生、ありがとうございました』

と言って、苦笑いを見せました。この警察官はこの男を初犯だと思ったのでしょうか、手錠を掛けずに腰紐だけで連行したということは、優しい人柄だったのかもしれません」

私がこの話をしている間、学生で舟を漕ぐものは一人もいなかった。学生たちには、多分、婦女子わいせつ行為事件として強く印象に残ったことだろう。

さて、講義室に同席していた専任教員は国田教務主任にどのように講義内容を報告したのであろうか。柏原は優の評価であったと自画自賛した。

柏原は九十分講義を十四回実施したが、柏原に対しては学生も好意的な評価をしていた。講義はわかりやすく、医学用語に対しては事例を挙げて具体的に説明してくれ

るし、教科書の内容も実践を交えての説明があり、学生は理解しやすかったようである。

以前、国田と会った時に整形外科、リハビリテーション科に関する過去十年分の看護師国家試験のコピーをもらっていたが、約一年前のことであり、国田にお願いして今年度分を追加コピーしてもらった。柏原はこれらの十一年間分の看護師国家試験から整形外科やリハビリテーション科に関する医学・看護学の文言をすべて拾い上げて、重要と思われる文言を説明させる問題を作成した。二十の医学・看護学に関する文言を余白に説明させるという自由記述式の問題である。余白に小さな字で書けば百字程度は書けるが、重要なポイントのみ書けば五十字以内で説明することができる程度の余白を確保している。

例えば、単なる文言では良肢位《りょうしい》とか、病名では腰部脊柱管狭窄症や変形性股関節症など、また、ギプス包帯によって生ずる合併症についてという問題も含まれていた。以上のような問題は○×式とか四択や五択の問題と比較して点数は正確には付けにくい反面、要約した文章力の評価もできる利点がある。学生たちが将来看護師となり、看護記録を記入する時の訓練にもなり、また、種々のレポート作成の基礎となるため、記述式問題の有用性は否定できない。

二年生の後期の授業を終えて、このような記述式の試験をしてみると、最高点は百点満点で九十二点、平均点は六十五点、最低点は二十五点で点数分布はほぼ正規分布に近いものであった。五十九点以下は四十人中十人いたが、柏原は九十二点の最高点を百点とし、八点を全員に加算して下駄を履かせてやることにしたところ、四人が六十点以上となり、結局、六人が五十九点以下の赤点として再試験をすることになった。

国田からは「試験問題は学生に返却して勉強をしてもらうことにしていますので、成績一覧表とともに学校に届けて下さい」と念を押されていたので、柏原は採点後の問題を学校へ届けた。ある先生の話では、非常勤の先生の試験問題を国田がチェックしているという話である。

数日後に国田から電話があった。

「柏原先生、先日は後期試験の結果をいただきありがとうございました。今の学生は記述式問題が苦手な学生もいて、欠点者が六人となっていますが、勉強のため、素点が六十点未満の学生全員、すなわち十人に再試験を受けさせたいのですが、如何でしょうか」

「私は再試験は六人としています。八点の下駄を履かせたのは私の自由裁量ですので、その通りにして下さい。学生に勉強させたい気持ちはわかりますが、一度提出した点数通りで処理して下さい」

「はぁー、そうですか……」

「そうですよ、教務の方が勝手に変更する必要はないと思います。例えば、返却した答案には素点五十八点＋八点＝六十六点と大きく記入していますので、それでよいと思います」

「……それでは、先生の言われるようにします」

と言って、国田は電話を勝手にガチャンと切ったのであった。

国田は噂通りの強引なところがある女であり、再試験を受けさせる学生を自分で拡大させたり、電話の置き方も、医師会員の講師に対しても無礼千万である。学校運営上、医師会長兼学校長の原上が手を焼いているというが、このように点数に下駄を履かせることは学生を甘やかすことと思っているのであろうか？　いや、噂によると学生からの再試験料を横領しているということから、五百円の小額のお金も塵も積もれば山となる。国田はがめつい女だ。

学生の将来のために自由記述式問題に敢えて挑戦しているのはこちらの方であることに国田は感謝すべきではないか。また、再試験の学生の決定は講師という教える側の自由裁量の範囲であると柏原は呟いた。

国田が柏原に言った再試験の問題についても、何の遠慮もなく、医師会員の講師に対して平気で指示するような態度は赴任三年目にして権柄尽くな態度で専任教員の意見を封じて、教員を掌握しているという背景がある。さらに、学校長・副学校長に対しては面従腹背な態度をとり、学校運営基盤を盤石にしてきているため、徐々に面とむかって国田と対抗する医師会員も極少数に限られている状況になってきている。

数日後に国田から柏原に電話があった。

「柏原先生、再試験の問題をお願いします。全く同じ問題でない方が良いのですが、よろしくお願いします」

「重要な語句、キーワードは限られていますので、七割くらいは同じ問題にしたいのですが……」

「……、先生にお任せしますのでよろしく」

国田は同一問題で再試験をしてもらいたくない気持ちを、遠慮せずに露わにしたのである。ある講師は再試験は最初の試験と同一問題をさせて採点はろくにせず、再試験を受けた全員に六十点の評価を付け、学校に提出しているという。国田は同一問題では学生が勉強をあまりしないのではないかと危惧の念を持っている。柏原もそう思っているので、少しは国田に協力することにした。

柏原は実際、七割を同一問題として、残り三割を追加した問題を作成して再試験を実施してもらった。その結果、同一問題は六人全員がほぼ満点の解答をしているものの、新しい問題はほとんどできていなかった現状から判断すれば、学生は再試験については既出問題しか勉強しないのだなと思った。今回三割は新しい問題となったが、これからの再試験も既出問題を七割出して、新しい問題を三割とし、自由記述式の問題を継続してみることにした。試験問題は記述式にした方が、語句や文言を正確に理解しているか否かを把握するためには好都合である。

全学生に対して、前期と後期合わせて、六科目以上再試験を受けるような学生は留年の対象になると国田は公言しており、学生たちは試験結果に対してピリピリとしている。もし、このようなことが事実ならば、一回の試験で合格としてやりたい気持ちである。そのために何年か後には、過去問題も蓄積され、学生たちは過去問題さえしておけば初回の期末試験で合格できる学生が、徐々に増加することになる。このようにして担当講師の試験の傾向と対策が生まれることになるであろう。

ある日、柏原は重竹教員に進級判定はどのようにしているのかと、こっそり聴いてみた。

「国田教務主任が一人でしています」

「進級判定会議はないのかね」

「そんなものはありません。国田先生が最初の試験で六科目以上の欠点があった学生の中から、自分一人で決めているようです」

柏原は驚愕した。国田の独断と偏見で進級させるか否かを決めているとは、国田は独裁者である。常識では考えられない進級判定であり、他の四人の専任教員には何ら相談なく、留年者を決定しているということである。国田の独断による進級判定は、進級判定会議があるという学校の常識を逸脱している。

「欠点科目が六科目以上の人は、結局、再試験を受けて六十点以上で合格しているはずなのに最初の試験結果を最も重要視していることになりますね。講師や専任教員が温情で再試験を受けた学生を合格させていると思われても仕方がないのだね」

「そういうことですね」

重竹教員は、ワンマンの教務主任に意見を具申するようなことをすると、国田の逆鱗に触れることを恐れているようであった。しかし、重竹に国田の留年基準について詳細に聴いてみると、

「国田先生は、学外の各講師の試験結果の素点を集計し、専任教員の試験結果も考慮してできの悪い学生を留年させているらしいのですよ。ですから、どの先生の科目が欠点で留年したかということが学生にはわからないようにしているのです」

とのことだった。

「要するに再試験を沢山受ける学生は留年するということですね」

「そうですよ、その基準が六科目の時も七科目以上の時もあってね」

「国田先生が独断でその時に決定しているのですね」

「そうですが、留年者に対しては、まだ続きがあるのです。毎年、留年した各学年の

学生全員を放課後に図書室に集めて、お茶とケーキを各人に用意して国田先生は『貴女たちは運悪く留年してしまいましたが、紙一重の差で六十点に達していなかった科目があって、そのようになったの。もう少し勉強すれば保健師、助産師専門学校に入学できる実力を皆さんは持っていると思うのよ。留年をバネに勉強しましょうね。全員進学して他の人をアッと言わせましょうよ。私も応援しますからね。さぁ、ケーキを食べて皆で雑談しましょうよ。所属医療機関のこと、仕事のこと何でもいいですよ』と言って、国田先生はこのような場をつくり、学生からの情報収集の目的として、また、留年生を慰め、勉強意欲の高揚を目指して、自分がお茶とケーキを奢っているかのようにして、実はそのお金は再試験料やコピー代金などで学生さんから巻き上げたものですよ。自分が留年させた学生に奢ったふりして、学生には勉強をしっかりしましょうと励ますのですよ」

「そうですか、うちに所属している学生は教務主任は恐ろしい、厳しい先生と言っているが、本当らしいですね。今の話を学校長も副学校長も知っているのでしょうか？」

「多分、私以外に喋る人がいないので知らないでしょう」

柏原はこのような極秘情報を知り、自分が口外したら由々しき問題となるかもしれないと思った。よく、学校の恥部を喋ってくれたものだと次第に重竹教員に感謝する気持ちになった。これらの話から柏原は国田がすでに学校では生殺与奪の権を握る独裁者として君臨しているように思うようになった。

　以上のことを知った柏原は今後の学科試験では学生にはできるだけ下駄を履かせて好成績で進級させてやりたい親心を持つようになった。


　国田が昭和六十三年四月に赴任して以来、平成二年二月に行われた看護師国家試験を第一期生三十二人が受験し全員合格した勢いで、平成三年二月の看護師国家試験を受験した二期生三十六人も全員合格したのである。学校長をはじめ学校創設に尽力した村山前学校長は、国田の快挙に随喜の涙をこぼしたという。

　国田は私が教育した努力で成就したものだと医師会の役員たちに誇らしげに語る一方で、専任教員には貴女たちのお陰で全員合格したと労を犒《ねぎら》ったのである。平成三年三月下旬の全員合格の吉報を広島市の中国・四国厚生労働省医務局の掲示板を見た大本事務員からの電話報告を聴いて、国田は正午に四人の専任教員を集合させて次のように言った。

「皆さんのお陰で、第二期生三十六人が全員合格しました。今日、四年生が午後一時に集合しますので、全員で合格をお祝いしましょう。先程、学生三十六人分と貴女たち職員全員の六人分のケーキとお茶を注文し、午後十二時四十分までに講堂に届けてもらうことにしています。全員で講堂で祝賀会をしますので、これから机と椅子を準備して下さい」

国田は顎がはずれるかのような笑みを浮かべて、勝ち誇ったような顔付きとなった。そして学校長と副学校長に電話を入れた。

「第二期生全員が看護師国家試験に合格しました。午後一時から四年生の祝賀会をしますので、是非出席して下さるようお願いします」

国田にとっては内心、祝賀会に出席されようが、欠席されようが関係はなく、原上学校長、久船副学校長には形式上連絡したまでのことである。ただ、自分の教育上の力を誇示するために、この連絡は必要である。

因みに第二期生の進路状況は広島県内に二十一人でそのうち尾因市内の病医院に六人、大阪府に四人、兵庫県に二人、他府県に三人、進学が六人であった。進学者六人のうち二人は留年者であったことから、以前国田がケーキとお茶を用意した留年者を慰める会で、皆さんは紙一重で留年したが、頑張って進学を目指しましょうの言葉が功を奏した結果が如実に出たことになった。学校長、副学校長にしてみれば地元に僅かに六人しか就職しなかったことが悔やまれるのである。

一方、国田は第二期生の学生を自分の思うようにコントロールができたことが万感の思いであった。大阪の民間病院の大田院長からは、就職を斡旋したことの多額の謝礼を受け取ったことは秘匿していた。国田が公務員ならば収賄罪になるであろうが、尾因市医師会立の民間の専門学校であるが故にそうはならないと思っている。

祝賀会は第一期生の時と同様に全員が看護師国家試験合格の興奮の坩堝と化して狂喜乱舞したのである。学校長、副学校長は国田の突然の参加案内であったので、二人とも遅れて講堂に到着したが、国田は学生の興奮状態を沈静化させ、二人には挨拶をさせてくれた。原上学校長と久船副学校長は簡単なお祝いの挨拶をしたのみで、会場を後にして階段を下りて学校長室に入り、

「国田が尾因市に卒業生が残らないように学生指導しているという噂を心配しているのですが、久船先生は知っていますか？」

「そうらしいですね。貴女たちは卒業したら、都会に出て行きなさいよと言っているらしいですね」

「医師会がこの学校を創立したのは、尾因市の看護師不足を解消するためなのに、我々の建学理念・精神を踏みにじっているとしか思えない。困った教務主任だね」

「学生は国田を崇拝しなければ留年させられるので、国田に対してピリピリしているらしいですよ」

「また、医師会内部から文句が出ていないが、この先には必ず誰かが文句を言ってくるかもしれないね」

「そうかもしれません」

学校長室での二人は、学生が国田を崇拝していることは良いにしても、今年の就職状況、進学者の増加などからして国田は学校の建学理念・精神に逆らっていることは許せないと思っている。

国田は留年者全員を慰めるために茶話会を開いてケーキを食べさせて、留年決定は国田の独断でしたにもかかわらず、専任教員による進級判定会議で決定したと嘘をつき、自分は常に全学生の味方の振りをしている。実際に専任教員によるキチンとした進級判定会議は一度も開かれていない。

各学年の前期・後期の成績一覧表は国田が一元管理しているのである。国田は勉強のできる・できないにかかわらず、全学生には進学して、もう一ランク上の資格、すなわち、保健師、助産師または養護教諭の資格を取りましょうと叱咤激励している。

平成五年のある日、国田は大阪の守口会病院長の大田靖に電話した。

「当校の学生をできるだけ保健師、助産師専門学校に進学させたいのですが、全員合格できるとは限りませんので、不合格者の受け入れについて相談したいのです」

「その意味はよくわかります。具体的にどうするかですが、一度、大阪で相談しましょうね。事前に本院も受験して就職内定をしておくか、別の学生が不合格になってから小論文と面接試験をするかなど、方法はいくらかありますが、私一人で決めるわけにはいきませんので、一度、大阪においで下さい。それまでに具体的試験の対策を考えておきます」

「そうですか、夏休み中に一度お伺いしましょうか」

「それがよろしいですね」

大田院長も民間病院に移ってからは公的病院長と異なって、院長の自由裁量がある程度可能であることから、国田の電話の内容は看護師不足の時勢から見れば、大田には渡りに船である。新卒の看護師十人を採用すれば時々、一人ぐらいは就職を辞退する者もいることから、その穴埋めに一人入れれば良いと考えている。こうすれば国田は進学予定者に対して、もし試験に落ちても就職先は保障してあげるから頑張りなさいと言える状態にしておくことができる。

尾因市医師会立看護専門学校の夏休みは平成五年は七月二十六日（月曜日）～八月二十一日（土曜日）である。国田はこの期間の盆休みを除いた土曜日が都合が良いと電話したところ、大田は七月三十一日の土曜日午後五時に新神戸駅を指定してきた。国田は自分の希望通りの時間であったので直ちに承諾した。夫には看護学校関係の就職会議に出席するため、遅くなったら大阪で宿泊するかもしれないので、その時は電話をすると言い残して家を後にした。

国田は第四期生までの卒業生をすでに送り出し、進学者は、第一期生三十二人中一人、第二期生三十六人中六人、第三期生三十八人中十人、第四期生三十八人中十二人であったことから、国田の画策通り、学生たちは進学するようにマインドコントロールされ、進学者は急増した。この実績は尾因市医師会にとっては市内就職者の減少を意味しており、また、大阪府への就職者は第一期生は一人、第二期生四人、第三期生四人、第四期生三人であり、第一期生~第四期生で大阪府の高等学校を卒業した者はゼロであるにもかかわらず大阪府への就職者が多数いることは、国田が大阪地方へ就職を誘導しているのである。これらの事実に気付いている医師会役員もおり、看護専門学校の就職動向は間違った方向に向かっていると言う人もいる。

国田は大阪の大田の力を借りて、進学することができなかった学生を大田院長の民間病院に送り込みたいと考えている。勿論、その見返りを期待している。大田は以前は公立病院長をしており、看護師募集をすれば何も努力せずに希望者は定員オーバーし、採用試験を実施して優秀な人員を確保することができた。しかし、現在は民間病院のため定員割れか定員スレスレの状態である。国田から都合の良い情報を得て、願ってもないチャンスが訪れようとしているのである。

国田は新幹線の中で大田への依頼についてどう言えばうまくいくかを考えている。すなわち、進学予定者が希望する保健師、助産師専門学校に不合格となった場合には、私が責任を持って都会の病院に就職させてあげるからと言っておきたいのである。

　国田は進学予定者には、進学一本で勉強させてできるだけ多くの学生を進学させたい気持ちである。国田の本音は卒業生で優秀な者は保健師、助産師専門学校へ進学させ、一方、就職希望者に対しては、大阪方面にできるだけ就職させたいのである。これは尾因市医師会立看護専門学校への国田の恣意的背信行為である。大田は国田が自分に接近する目的の大凡《おおよそ》の見当はついている。新卒者の人材紹介とその見返りであることは誰にでも察知できる。

　まもなく、電車は新神戸駅に着いた。国田は早足で改札口に向かった。新神戸駅は北側は六甲山であり、在来線との接続はなく改札口は南側の一カ所しかない。出迎える者にとっては改札口を間違えることもなく、再会は容易である。改札口近くにいた大柄な大田は目立ち、国田はすぐに大田のもとに行き、

「先生、お久しぶりですね。お元気そうですね」と馴れ馴れしく言った。

「まぁ～ね。貴女もご立派になられて、私も助かっています。私の病院は結核病棟を廃止してリハビリテーション科を新設することになりましてね。看護師もいつもより多く募集をする予定ですが、なかなか民間病院は公立のようにいきませんよ」

　大田は改札口近くの通路で立ち話を続けるわけにはいかないので、国田に目で合図して、タクシー乗り場の方へ誘導した。タクシー乗り場近くで修学旅行らしき女子高

校生の団体と擦れ違った。ワイワイ、ガヤガヤと時にキーキー、キャーキャーの声が二人の耳に入り、お互いに顔を見合わせた。

「若い子はいいですね。国田さんもこのような学生の延長線上のギャルといつも一緒で、看護専門学校というところは良いですね」

「いいえ、高校生と違って、勤労学生は半分学生で半分社会人ですので。一年生から四年生までのうち半数は二十歳以上なので、いろいろな問題が起こりますのよ。例えば……」

学生の恋愛、妊娠中絶、交通事故など、どの具体例から話そうかと国田が迷っていたら、タクシーが来た。

「さぁ、タクシーに乗りましょう」と大田は手招きして国田が先に乗り、大田が次に乗り込んだ。

「三ノ宮駅近くのトラフィック会館へ」

大田は運転手に告げてすぐに「支払いはこれで」と言ってタクシーチケットを手渡した。

大田はこの会館の六階にあるイタリアンレストランを予約しており、最近、大胆に行動して接近してくる国田の本心を知りたかったのである。大田は六十八歳であり、まだ男としての仕事の手腕がある。国田の独身時代からの知り合いではあるが、国田はプライドが高く、キリッとした顔つきは大田好みではない。入れ揚げる程の女ではないので、冷静に国田を観察することが可能である。今晩の酒の席で国田の本心を知ることができるかもしれないと思った。

一方の国田は過去に交際した男から得た経験から、淡い誘惑の言葉や仕草で大田に寄り添ってみて、腕や手が触れた時に大田がどのような反応を示すかを試してみたいと思っている。狐と狸の騙し合いの様相である。

「神戸はよく来られますか」

車窓から神戸の街路樹や街並みを見ていた国田に、大田が声をかけた。

「学生の施設見学として神戸市立こども病院に学生を引率して来たことがあります」

「そうですか。神戸ではお宅の学生さんもさっきの女子高校生のように、キーキーキャーキャーしていましたか」

「高校生のようではないですが、四年生はみんな二十歳以上の女子ですので大人ですが声は似ていますよ」

「貴女は今の仕事に燃えているようですね。仕事を楽しんでいるようですね」

「そうですか。どうしてわかるの？」

「いや、会うたびに看護教育に対しての目の輝きが増してきていますね。いつも若いし、色気も少しね。ワッハッハ」

「ご冗談はおっしゃらないで下さい」

「いや、これは失礼」

国田は口ではこのように言っているが、内心は若く見てもらって、少しは嬉しかったに違いない。若い女は素直なところもあるが、アラフォーはそうではない。大田は病院という女の世界の職場で働いており、冗談が理解できない女はセクハラだのパワハラなどと言って社会問題化することもある。大田と国田の関係はそのようなことに発展しないし、ビジネスの関係に近い状態である。

大田は国田との会話が弾めばタクシーの運転手に二人の関係や素性がばれるので、お客の会話が運転手に筒抜けになる日本のようなタクシーより、英国のタクシーのようにお客のプライバシーを守るために運転席と客席がプラスチック板で遮蔽されて、料金の支払い口の小さい窓でしか運転手と会話ができないようなタクシーが良いなぁーと呟いた。日本のタクシーのベテラン運転手は大人の男女二人が乗車したら、数分の会話で二人の素性は夫婦か愛人か訳ありの人かなどを推定することができるという。

トラフィック会館前にタクシーは到着した。大田は「さっきのチケットで頼むよ」と言ってタクシーを降り、続いて国田も降りた。午後五時三十分頃の時間帯はまだ明るいが、夕凪のためか丁度風は全くなく蒸し暑いため、大田は額から脂汗を流している。国田に「早くビールを飲みたい気分だね」と言ってエレベーターに乗り、六階で降りた。

アマルフィーというレストランに入り、窓側の予約席に案内された。大田は大阪のレストランに出入りすると時々、知人に会うことがあるが、神戸ではその頻度は二流レストランともなれば非常に希である。国田から何の相談があるか想像しがたいが、大田は若い頃からの知人である国田の性格を熟知しており、以前よりも計算高い女になっていると踏んでいる。

店に着くなり、

「料理は予約した通りで良いよ。ビールを二本くれ、次にいつものシャルドネをね」

とウェイトレスに言って、フーと大きな息を吐いた。国田は大田の今日の態度を見てここの常連客と思った。

「ところで国田さん、今日のご用件は何ですかねぇー。アッ、ビールが来たね。乾杯しよう」

大田の声は太く大きな声だが、この声を気にしているのは国田だけである。

「そうですね。乾杯しましょう」

国田は蚊の鳴くような小さな声で言った。

大田は国田の持つビールグラスに強く当てて、ガチッと音のしたところでお互いに、

「乾杯！」

と言ってビールを飲んだ。大田は破顔となり、

「貴女のご相談で私のできることなら、何でもしますよ」

と言って右目でウインクして見せた。これは国田への誘いの合図である。

「まぁ、先生、今日は真面目なお話をしに来ましたのよ」

国田はわざと硬い態度を見せた。

「ほぉー、どんな真面目な話ですか」

「うちの学校では保健師、助産師の専門学校や大学の養護教諭特別別科などに進学を薦めているのですが、希に不合格となる子がいますが、女子ですので浪人するわけにはいきません。そのような場合、何とか大阪の大病院に就職させたいと思っても三月のことですから、公的病院は新卒採用者は決定しており、相手にされませんので、民間の大病院が対象になります。とにかく、コネのある大病院が必要なのです」

「この前のことですね。進学できなかった学生の就職を、うちの病院でしたいということですか？」

「はい、そうです」

「何人もということではないでしょう。一人や二人なら私が院長だから何とかできますよ。民間病院は看護師不足の時代だよ、そのぐらいは簡単だよ」

「謝礼は要りませんので、どうぞよろしくお願いします」

国田はわざわざ謝礼は不要と申し出たのであるが、謝礼は絶対に受け取りませんとは言っていない。大田の病院の新卒者募集に応募して合格した場合には大田は応分の謝礼を国田に手渡していることから、これも同様に謝礼を用意しなければならないことぐらいはすぐに国田の気持ちを察知した。

大田は国田との会食を国田が教務主任になってからすでに数回しているが、大田の洞察では国田は金に汚い欲望の持ち主と評している。「謝礼は要らない」と言っているのは口先だけで本心は「謝礼も用意してね」と言っているのと同じと大田は解釈している。「これが大人の世界だ」と国田も思っている。とにかく金を差し出しさえすれば、国田は大満足であることは確かである。これで二人の間では暗黙のうちに金銭の授受が了解された。

ソムリエらしき若い男がシャルドネのワインを持って来た。鯛のカルパッチョに似合いのワインである。国田は弾んだ声で「白のシャルドネね」と言ったが、すぐに大田は

「白は言わなくて良いよ。決まっているんだから」

と小声で注意して、

「国田さん、ワインテイスティングしてみてよ」

と笑顔で促したところ、ソムリエらしき男が氷水の中からシャルドネを取り出し、徐《おもむ》ろに瓶に付着した水滴をナプキンで拭き取り、コルク栓をポンと音をたてて抜いた。国田のワイングラスに少量を注いでくれた。国田はゆっくりグラスをまわしてみて、ほんのりとしたフルーティーな香りを覚え、一口だけ飲み、すぐに頸を縦に振り小声で「これでよいです」と告げた。二人の白ワイン用のグラスにシャルドネを注いでくれたところで、再び乾杯をした。

「ワインは果実酒で、日本酒やビールよりも体に合っており、少々飲んでも酔わないような気がするから、どうぞ好きなだけ飲んで下さいよ」

「そうですね、私は日本酒よりワインの方が好きー」

と言って二口続けて飲んだところを見て、

「国田さん、いけますねー、今夜はごゆっくりして下さいよ」

大田が国田を二次会へ行こうと誘っているかのようである。カルパッチョを食べ終えたところで、次の料理が届いた。

「肉料理が出る頃にはシャルドネを空にしよう」

と言って、大田は二人のグラスの半分以上に達するまでワインをさらに注ぎ込み、ゴクリ、ゴクリと飲んで見せた。

「国田さんもどうぞ」

と促して、

「アルコール分は十二％ぐらいだからね、日本酒より軽いですよ」

と付け加えた。国田は大田の言動を吟味しながら、徐々に自分がわざと大胆になってみせたら、大田はどんな行動に出るだろうかと予想してみた。自分の予想結果と同じであれば、適当に逃げて、後日の楽しみにしてやろうかと男を手玉に取る悪女のような顔付きになりかけていた。

一方の大田は国田を冷静に洞察して、酔った振りをしても、決して女には手を出さず紳士でいる決心をしている。大田は若い頃に、ある僧侶から「男女の恋愛では、お互いに見返りが必要であり、どちらかにそれが欠けたならば恋愛は成就しない」と聴いたことを思い出した。国田の大阪在住時の言動や行動や恋愛経験などから、強請《ゆす》りのような予想できない見返りを求めてくる可能性も否定できず、国田は魑魅魍魎《ちみもうりょう》に似た女の一人かもしれないので、これ以上の交際はご免だと決心している。

二人は少し酔って、午後七時頃にレストランを出て、エレベーターに乗った。二人だけの密室となった。国田は大田に近づいて自分の右腕で大田の左腕を大胆に組んで見せた。

大田は懐柔策を考えていなかったので、「すまん、私は今晩、医師会の会合があるので、午後八時までに大阪に帰らねばならないんだ。この次にしよう。すまん」と誑《たぶら》かした。

大田の予想通りの展開である。大田はこの次にしようと言ったが、何もこの次も国田に応じる気はない。まもなくエレベータが一階に到着した。

「時間がないので、このまま三ノ宮からタクシーで八時の会合に間に合うように大阪に帰るので、国田さんは別のタクシーで新神戸駅まで行ってくれよ」

と大田は言って、トラフィック会館前に停車したタクシーに一人で乗り込んだ。国田が手を振る間もなく、大田のタクシーは発車した。国田は独りぼっちになり、置いてきぼりをくらったのであった。

この度、国田が夫に家を出る時に「場合によったら、最終の新幹線かまたは大阪に宿泊するかもしれない」と言った理由は、次のような企みがあった。すなわち、大田の腕を組み国田が誘惑の素振りをみせたら、大田はどこかの飲み屋へ行こうと言うだろうし、二人で二次会をしていたら、大田はホテルに誘うであろう。一流ホテルならば良いと同意して、ホテルに着いたところで、「私は酔っているけれど、こういうのは嫌です」と言ってみる。大田の反応を見て、微笑を浮かべて、「やはり帰らせて下さい」と言ってみる。大田がしつこく求めてきて、謝礼を数倍にするからと言っても、うーん、うーんと迷った振りをして、「この次にしてね」と言って振り切って倉敷に帰ることにするか又は大田に抱かれるかである。

もし、話がこじれて、時間が長くなり、下りの新幹線に乗り遅れるようなことがあれば、一人でどこかのビジネスホテルか二流ホテルに宿泊する覚悟もしていた。

以上のことを頭の中に入れていたところ、この度は食事の後に大田に寄り添ってみても「次にしてくれ」と言われ、国田の期待は見事に外れて女としての恥辱を受けた。国田の本当の目的は大田との恋愛や浮気ではなく、謝礼としての金の増額を目的とした金欲しさの行動であることを大田はすでに見抜いている。大田は大阪にいた頃の国田の素性を知悉しており、男にとって危険な女に化ける可能性もあるため、上手に逃げることにしている。大田の本心に国田はまだ気付いていない。自惚れ女の悲しい性《さが》である。

国田は結局、大田と別れて新神戸駅へはタクシーで向かい、すぐに下りの新幹線に乗った。午後十時頃に自宅に着いた。三ノ宮で大田からご馳走になりワインも美味しかった。ほろ酔い気分で自分への謝礼要求を受け入れてもらったため、進学希望者が専門学校を不合格になっても三月に大田の病院への就職を斡旋すれば、謝礼を手に入れることができるので、この度の出張には満足している。

数日後に大田から国田に封書の手紙が届いた。開封して見ると、大田の勤める病院の渉外顧問になってほしいとの内容である。同意書と返信用封筒が同封されていた。『守口会病院の渉外顧問に同意します』、氏名と印、生年月日と現在の勤務先の役職名、銀行振込先の記入欄があった。国田はすぐにそれに記入し、捺印をして返送した。

「謝礼は要りません、と言ったのに流石に大田先生ね」と呟き、自分の予想通りになったので莞爾《かんじ》と笑った。大田と会って以後、国田は学校ではいつも上機嫌だった。

数日後、大田からの書類は記入後に返送したことと顧問料の金額について知りたいので、大田に電話を入れた。

「この前は国田さんと最後まで付き合えず、失礼をしました。すみません」

「いいえ、どういたしまして。私も早く岡山へ帰ることができて、丁度良かったのです」

国田は本心を語らず、淡々と喋ったところ、

「就職受け入れについては、国田さんの希望と私の希望が一致したので良かったと思います。一人につき三十を予定しています。いいですね」

三十とは三十万円のことである。国田はすぐに直感で理解して、

「まぁー、そんなに多くは要りませんのよ。お気持ちだけで結構でございますのよ」

国田は口先では真逆のことを平気で言っているが、これも天性の外交辞令である。お互いに大人の会話と思っている。

平素の国田は午前中は軽度の鬱状態のことがあるが、最近、朝から機嫌が良いのは就職斡旋の件で金銭授受が成立しているため、軽度の躁状態になっている。これは国

田の感情の起伏の激しさに伴う症状と言ってよい。

国田は大田と会って謝礼が定期的に送られてくるだろうと、捕らぬ狸の皮算用であるにも関わらず、上機嫌で破顔状態が持続している。


八月の下旬に国田は学校で原上と会った。

「先生、四年生の研修旅行も無事に終わりましたのよ。先生が学校長として、一度は研修旅行に参加してほしかったのですが……」

原上はいつも眉間に皺を寄せているが、その皺は一層深くなり、国田の嫌味ったらしい言動に対してやや大きな声で返した。

「何を言っているのですか。私はねぇー、産婦人科医だから医院を留守にするわけにはいかないのだよ。お産は待ってくれないのだからね。無茶なことを言わないでくれよ」

原上は不機嫌な顔をして射抜くような視線で国田を睨みつけた。

「あー、そうでした。ご無理なことを口走って、ごめんなさい」

国田は表向きには素直に謝り、話題を変えた。

「先生はお忙しくても近場のご旅行はなさいますよね」

と機嫌を取るように笑顔で言った。

「六時間以内に尾因市に帰れるところなら何処でも行くよ。早産というものもあるからね」

「そうですよね、産婦人科の先生は大変ですよね」

それどころか、国田はこの件で原上に同調した振りをして貸しをつくったと思っている。

四年生の研修旅行の同伴を再び原上に依頼してみて、原上の反応は厳しいものであったが、予想通りの返事だったことに対して国田は全く気にしていない。

「原上先生、先生は油絵をお描きになるとお聴きしております。時には絵をお描きになられますか？」

「昔は少しは描いていましたが、今は忙しくてほとんどしていませんよ」

「そうですよねー。先生はお忙しいから描けないですよね。美術館に行って絵を鑑賞することがありますか？」

「ところで、国田さんは絵に詳しいが、貴女も描くのですか」

「いいえ、鑑賞するだけです」

「国田さん、今日はどうしたのかねぇー。絵画のような高尚な趣味の話をして、何か良いことでもあったのですか」

「いいえ、別に、ウッフフ」と微笑んで見せた。

国田は大阪の守口会病院の渉外顧問となり、就職斡旋で卒業生一人につき三十万円もの報酬を契約したようなもので、上機嫌であった。このことは口が裂けても誰にも言わないことにしているので、黒い噂にはならなかったが、すでに黒い看護教員になっていた。

尾因市内で昭和六十三年一月に開院した根高《ねだか》病院があるが、前身は元医師会長の根高勝の内科診療所である。新規開院した病院であるため、人手不足が顕著であり、看護助手としての学生雇用が不可欠であった。看護専門学校も准看護学院も同時に学生アルバイトとしての看護助手の雇用を開始することになった。

以来、根高病院から新入生四人の受け入れの申し込みがあった。以後、毎年四人の申し込みがあり、もし、四人が四年生まで根高病院に在籍していたら、四年目には十六人になる。学校在籍者の約十％にあたる学生がその病院に所属することになる。ところが、その病院では過去六年間で約半数が二年終了時に退職し、三年目の週二日の実習が始まると夏休み頃に残りの三年生が退職するという状態が続いていた。従って、その病院に就職した学生はいなかった。

病院は苦肉の策として、二年前から奨学金を月に三万円支給して自院への就職支援をしているという。ところが、学生たちの話によると、根高病院は三年生になっても、当直や日直が多く勤務がハードだから、辞めるように国田が指導しているという噂である。しかし、このようなことは学校長も副学校長にも相談することなく、国田が勝手に学生に指導をしているため、医師会幹部は誰一人として知る由もない。

国田の独断と偏見による専横な振る舞いを専任教員すら知らない。学生を大切にしないような病院には就職させることはできないという考えが、国田に徐々に醸成された。根高病院だけでなく、三年生、四年生になった全学生に「できるだけ所属医療機関から離脱して、勉強に集中してないと看護師国家試験に落ちるわよ」と檄を飛ばしているという。このような施策は医師会員には内緒にして、国田のポリシーとして貫こうとしている。医師会側にとっては、全く隅に置けない教務主任である。

国田が嫌悪感を抱く根高病院の女子寮で、由々しき問題が発生した。根高病院に所属する学生の話では、寮内で、ある夜に起きた出来事である。

平成七年の夏の暑い日であったので、一階の窓は半開きで、二人の女子学生が就寝していた時であった。窓から一人の男が侵入し、二人並んで寝ていた一人の女子学生に「声を出すな」と言って抱きついたところ、その学生が反射的に「キャー」と大声を発した。隣に寝ていた女子学生も男の姿を見て、大声で「キャー」と叫んだ。この「キャー、キャー」と続けての大声で周囲の部屋の看護師や女子学生が一斉に目覚め、各部屋は点灯され、多数の職員がドヤドヤと、男が侵入した部屋に雪崩れ込んだため、多勢に無勢で男は動転して窓から退散したという。

この話が、翌日に国田の耳に入り、国田は寮の管理に問題があるということで、直ちに原上学校長に電話して、重要な相談があるので、是非とも来校してほしいと懇願した。学校長が来校するや否や、学生相談室に原上学校長を案内して、先程の件を詳らかに説明した。

「先生、このように学生にとって危険な寮を持っている病院に学生を預けることはできません。すぐに全員の所属をフリーにして下さい。放置しておくと次は大事件が起きるかもしれません。原上先生すぐに実行するようにお願いします」

国田は興奮状態でヒステリックな甲高い声で、顔面を紅潮させ、呼吸は頻数となり、鼓動も速くなり、大きな目をして口角泡を飛ばした。

「国田さん、今の話は事実ですか」

「はい、間違いありません」

原上は冷静を装い、

「被害がなかったので、警察に届ける必要はないねー」

「………」

「とにかく、近日中に根高病院に事実関係を確認しましょう。今のところは学生に特に被害はなく、運良く未然に防ぐことができたということならば、すぐに学生を引き揚げさせるということは如何なものかと思うがね」

「私はあのような病院は大嫌いです」

国田は私情を込めて再び甲高い声になった。明らかに根高病院に対する個人攻撃である。

「まぁまぁ、国田さんそんなに興奮しないで下さい。体に悪いですよ。血圧も上昇して、脳血管が破れて、コロッとあの世に逝っても困ります。これからは少し落ち着いて下さいね」

国田はやっと自分が興奮状態にあったことに気付いた。フーと深呼吸をして、

「とにかく、先生にお願いしますよ。このままでは学生が可哀相です。寮で安心して生活できませんし、私はすぐに転居させたい気持ちです」

今にも泣きそうになった国田を見ながら、

「国田さんの言うとおりです。早急に根高病院長と話をして解決するようにしますので、私に任せて下さい」

と言った。この問題を自分の力で解決しようとして、根高病院長と直接対決するという表舞台に国田が出てくれれば、国田の気性からして大混乱となるのが予想されることを原上は恐れていた。

原上は学生から被害届がなかったこと、警察には届けていないことから、寮の改修

などのセキュリティーの問題の解決を要求することにした。

午後七時に原上は根高病院長に電話を入れて、このような改善を要求したところ、国田の言う事実を認めた上で、今後、建設会社と相談して、寮を改修してこの問題を解決するという回答を得た。

この事件から四カ月が経過した。根高病院長から原上に電話があった。

「あの事件から、二カ月半の期間をかけて、一階の寮の各部屋の窓はすべて格子窓に改修し、二階の寮の各部屋の窓には鋼製の忍者返しという柵を設置しました。各ドアはオートロック式に取り替えました」

「そうですか、これで安心ですね。国田に改修工事をしたことを伝えておきます」

「ところがですね、オートロックにしたら、職員や学生が小石や木片でロックしないように工夫している奴等がいて困っています。被害に遭ったら自己責任だと言っても聞く耳を持たない奴等でねぇー」

「その件は国田に言って注意させましょう。学生は国田の言うことは何でも従うよ。ワッハハハ」

「とにかく、改修しましたのでよろしくお願いします」

数日後に原上は国田と会って、電話の内容を伝えた。

「国田さん、オートロックの機能を無視して小石や木片でドアを開けたままにしている学生には、厳重に注意して下さいよ」

「注意はしますけど……」

「せっかくお金をかけて寮を改修してくれたのだから、確認しに行ったら良いと思うが……私と一緒に確認に行きましょうか」

原上は眉間にいつものように皺を縦に寄せて言っているが、一方の国田は変な顔をして眉をひそめている。そもそも、国田はあの病院が学生の待遇が悪いので嫌いである。感情の高ぶりもあり、少し不機嫌な状態となっている。

「いいえ、私は行きません」

国田は強い口調となった。口をへの字に閉じて、寮の工事の確認は学校長が行けば良いでしょうという顔付きになっていた。国田は原上から目を逸らし、横顔を見せた。二人はこの些細な一件で対峙することになった。業務命令だと言って、二人で口論になったら大変だと思い、原上は口を閉ざした。学校長の原上は教務主任の国田をコントロールできなくなったので、下克上の時代となった。

原上は平成元年に医師会長に就任し、現在五期目で十年目を迎えている。産婦人科医が本業で医師会長という要職を持ち、さらに医師会立看護専門学校、准看護学院の学校長を兼任し、相当な激務をこなしている。年齢は七十歳を越え、息子に医院を承継させる準備をしていると噂されている。

　看護助手として学生を預かっている医師会員は、必然的に看護専門学校や准看護学院と共に深い関係を持つことになるが、国田への評判は悪い。例えば初めて講義を受け持った医師会員と初対面の場合、愛想がないためである。笑顔もなければ、愛想笑いもない。事務的な説明に終始し、学校事務室に入室すると、正面に座している教務主任の机から国田は上から目線で「授業開始のチャイムが鳴ったらすぐに講義をお願いします」と言って、威圧感を与えている。終始、国田の態度は人工的で無味乾燥であった。周囲の専任教員たちも無口でシーンとしているので、裁判所内に入った時のような雰囲気だという医師会員もいる。

　原上は温厚な人柄で、学校に不満がある医師会員には、

「まぁ、まぁ、そう言わずにねー。国田へは注意をしておりますので、私の気持ちを察していただいて……、なんとか良い方向にしますので……」

　と優しい言葉で往なすのが上手な人である。

　国田の理不尽な強い要求に対しても同様に往なして、喧嘩をすることなく、何とか急場をしのいできたのである。相手にとっては暖簾に腕押しである。九十年の歴史を有する尾因市医師会において、一人の医師が五期十年の永きに渡って、会長をすることは珍しいことである。

その原上が次期会長を、現副会長で内科医の速沢勝彦《はやざわかつひこ》に譲ろうとしている。速沢も原上同様に温厚篤実で会員からの信頼も厚い。何ら問題なく速沢は医師会長に推挙され、平成十一年二月の医師会総会において、新医師会長に就任した。総会での会長就任時の挨拶では「身に余る大役で身の引き締まる思いです」と述べている。大役とは、看護専門学校を創立時の建学理念・精神に回帰させることが第一の使命であることを示している。医師会長が学校長を兼務することから、必然的に学校長は原上から速沢に交代した。

国田は狡猾な本性を隠すことはしない女であるので、学校長が交代するやいなや、三月の下旬には「速沢先生、ちょっとお話があるのですが……」と電話で面会を申し入れた。

一般の医療機関の院長に対して、職員が「先生、ちょっと話があるのですが……」と言うと、その職員が退職を申し出ることが多く、その確率は、ほぼ百%である。速沢はこのことを思い出し、国田が退職を申し出るのではないかと恐怖心を抱き心拍数が急騰した。電話があった翌日に、速沢は恐る恐る国田に会った。

「先生、私は昭和六十三年にここに来てもう十二年目になります。看護師国家試験合格率百%を十年間（平成二年に一期生が百%合格、以来平成十一年三月まで百%合格で十回）も続けることができたのは大変嬉しいことですのよ」

「そうですね、貴女のお陰で、医師会も助かっています。感謝しています。私がこれから新学校長になりますが、久船先生は留任となりましたので、よろしくお願いします」

「あぁ、そうですか、こちらこそよろしくお願いします。私は学校のために、身を粉にして頑張ってきましたのに、ちょっと言いにくいのですが、お給料が少し安いと思っていますのよ。どうにかなりませんか」

速沢は国田の突然の給料増額の要求に対して、鼓動が大きくなるのを感じた。確かに国田は看護師国家試験合格率を百%にしてくれた。しかし、卒業生には尾因市内の病院への就職を薦めず、大阪方面の都会へと就職を斡旋しているのではないか。また、学校会計は赤字なのに絶対に必要と思われない備品を購入して浪費もしている。このように縦横無尽に振る舞っている国田に対して、貴女の要求は受け入れられないと言えば、すぐに「私は辞めさせていただきます」と伝家の宝刀を抜くであろう。本当は辞める意思はないのに。

速沢は国田へは正攻法を選択した。

「国田さん、貴女の給与の基準は広島県庁職員の等級表を用いています。それ以上の給与を出すとなると、学校は慢性的な赤字を計上していることから、会長の私と言えども、私の一存で返事する訳にはいきません。理事会の承認を得なければなりません。

特別に給与を上げなければならない根拠を私は説明することができないので、何とか貴女に我慢していただきたいのですが……」

「あら、そうですか。そう言われると思っていましたわ。先生、お給料のことは気になさらないで下さい。ちょっと、言ってみただけですのよ」

国田は「ウフッフ」と小悪魔のように笑い、偽善に満ちた笑顔を見せた。国田は速沢の回答を見透かしていたのであった。

「先生、もう一つお願いがありますが、聞いていただけますか」

「はい、何ですか。どうぞ」

「私のお給料は今のままでいいのですが、これからはこの学校で専任教員を育てなければなりません。新しい教員が働き甲斐のある環境にしてあげなければなりませんので、その人たちのお給料を上げていただくわけにはいきませんか？」

「う〜ん、先程、言ったでしょう。私は無理だと思いますが……」

「そこをなんとか先生のお力添えで昇給していただきたいのですが……O教員の退職については私が慰留していますけど、このままでしたら、どうなるかわかりませんので……」

国田が辞めるという脅かしは医師会に対しての常套手段であることは、前医師会長の原上からよく聴かされていたが、それと同じように、専任教員の辞意を撤回してもらうために昇給を要求してくる国田の強かさが速沢の身に染み、恐怖感を覚えた。部下の特別昇給を要求することは自分も昇給してくれと言っていることであり、詭弁を弄していると思い、「今日のことは次の理事会で検討します」と丁寧に告げて速沢は退室した。

その夜、速沢は副学校長の久船に電話を入れ、今日の国田の要求は無理難題であると説明したところ、次の理事会でこの件を俎上《そじょう》に載せて、一応理事の意見を聴いて否認すればよいと意見が一致した。

国田の意見をいつまでも放置したり、理事会が特別昇給を認めなかったら、さらなる恫喝をしてくる可能性が高く、速沢を悩ませることになる。この原因は十年以上の間、国田を甘やかしてきた結果だから、医師会としては止むを得ない。今の状態を改善するということは、国田というどら猫の首に鈴をつけるに等しい。次の理事会ではこの件については、予想通り特別昇給はしないことになった。

理事会の翌日、速沢は国田に会って、特別昇給は見送られたと告げると、予想された回答と思ったのか、国田の表情に何ら変化はなかった。

そこで国田は話は変わりますがと前置きをした。

「四年生の研修旅行の件ですが、原上先生は産婦人科医だからと言って、頑なに長い間、断り続けてこられましたのよ。先生は産婦人科医ではないので四年生の良き思い出として、是非とも参加して下さるわけには参りませんか」と懇願するように言った。

速沢に造り笑顔で誘いの言葉を入れたのである。

「うーん……。北海道旅行……。何泊しますか」

「北海道一周ですので、五泊六日です」

「私は内科医だが、一人の開業医なので……。考えておくけれど……」

開業医が多忙であることを知っているにもかかわらず、何かにつけて学校長に学校の仕事をさせようと企んでいるのではないかと思い、速沢は言葉を濁して、即答は避けた。

「先生、ご無理をなさらなくて結構ですのよ。今まで第一期生の時に村山先生が行かれた以外に、学校長は研修旅行に行っていませんのよ。その時は三泊四日でしたが……」

そう言いながら微笑む国田の不気味な顔を見たので、これから、速沢は国田に四年生の研修旅行に行くと言って下さいと幾度となく脅され、その都度に恐怖感を体験するかもしれないと感じた。一方、国田は今日の話は学校長への貸しを作ったと思っている。速沢は「国田は辞表が懐にある女ですよ」との事務長の言葉が蘇ったが、「研修旅行に行くか否かの話で、私の要求を受け入れて下さらないのならば、辞めさせてもらいます」と言うはずはない。速沢は心の中で今後は国田のこの恫喝と思える言葉だけは聞きたくないと思うようになった。「今日は忙しいのでまた、用事があれば何時でも電話して下さい」と速沢は言って、自宅に帰った。

速沢は自宅の書斎で瞑想に耽《ふけ》った。国田は私が新学校長になったので、次々と何かを要求してくるかもしれない。小悪魔っぽい表情の国田の顔が、脳裏に浮かんでは消えた。

医師会長にとって、自分の学校長時代にこの学校を潰すことはできないので、原上が雑収入を伏せてきたように臭いものに蓋をしておこうと速沢はすぐに決心した。そうすれば、国田から辞表が出るということはないであろう。速沢には国田と戦う意思もないし、エネルギーもない。

最近、原上から、ある専任教員のOが辞めたいと申し出たが、国田の力で慰留しているということを聴いたことがある。国田の給料を上げてくれの要求は本意なのか、駄目元で言っているだけで、速沢の顔色を見たかっただけなのか、見当がつかない。考えれば考える程、本心を隠した恐ろしい女である。この女を相手に看護専門学校の改革ができるであろうかと不安になった。

速沢が新副会長に指名した関口一郎は東都大学出身の優秀な内科医である。速沢は彼の英知を借りて、また、他に十人もいる理事たちの知恵を結集して上手に交渉してみれば、今の国田の考え方に医師会側に同調する心の変化が起きるかもしれない。国田と戦うには、それなりの覚悟とエネルギーがいる。今の速沢は医師会長として、いや、学校長として学校の諸問題解決を模索しているが、心の中では逃避しようとしている面もある。速沢の心は揺れ動いている。

速沢は四年生の北海道への研修旅行に参加するか否かの国田への返事に悩んでいた。八月に五泊六日の旅行に参加すれば、この期間は休診せざるを得ない。患者さんにも迷惑をかける上に医業収入も減少することになるが、医師会長兼学校長という役職柄、国田に少しでも協力して心証を良くした方が得策と考えて抵抗することは避けて、旅行に同行しようかと自分の心がその方向に傾斜していた。

このような考え方は一般的には上司に対して部下が考えることであるが、学校長と教務主任との主従の立場が逆転していること自体が奇異であり、原上と同様に速沢も国田を正常にコントロールできない状態と言っても過言ではない。旅行同伴の依頼があって、速沢は返事を保留していたが、四月上旬になってから国田と会った。

「国田先生、学生と一緒に北海道旅行に行くことにしたよ」

「あーら、そうですか、学生たちも喜びますわ」

国田は我が意を得たりとばかりに自分も笑顔となり、内心はしめしめ、上手く行ったぞと思った。

一方の速沢は学生たちは全員女子、教員も女子で黒一点の自分が本当に喜ばれるのか疑問に思った。

「本当に学生の研修旅行に行って良いのですね」

国田は半信半疑で再確認した。

「勿論、良いですよ」

速沢はこれで国田に協力した証拠になり、これからの学校運営もスムーズにいくと考えていたところ、水を差すように国田は、

「実は、先生にちょっとご相談があるのですが……」

速沢は国田から相談があると言われるといつも心拍数が増加した。

「それは何ですか」

「四月の新入生四十二人のうち、所属先が決まっていない学生がいるのです。二人ですがその理由《わけ》は、二人が内定していた市内の施設が先日キャンセルしてきたので、どこかの施設に無理を言ってお願いしてもらいたいのです」

「二人ですね。尾因市外の施設でも良いですかね」

「よろしいです。前学校長の原上先生の時は、他の医師会の先生にご自分で個人的にお願いされたこともあります。一人の時はご自分で引き受けてくれたこともあります」

「そうですか。原上先生は産婦人科で人手が必要な科ですから、一人ぐらいなら増え

ても良いので引き受けたのでしょう。福山市には個人病院が多くありますので、お願いをしてみましょうかね」

「それはありがたいです」

その後、速沢が所属先の決まっていない二人の学生を福山市の私立の某病院長に紹介したところ、午前中の看護助手としての時給が八百円で準夜勤は時給を割り増し、職員寮に住まわせて貰い、学校までの交通費も支給してくれるなど、こちらの要望通りのことが、電話で簡単に決まった。速沢は医師会同士の誼《よしみ》で好条件の雇用をしてもらったことに感謝した。

速沢は福山市の病院だがと言って国田に伝えたところ、「あら、そんなに良い条件なの」と微笑んだ。国田に雑収入のお金のことを問い正したり、予算の節約などを要求すると、突然厳しい顔になるが、学生に関する相談について医師会側が協力すれば少し融和な顔になる。それは国田の学生第一主義によるものである。学生の不満や意見をよく聴いてあげているので、学生を雇用している医療機関と小さな衝突は必然的に起こることを知っている。このことは原上学校長時代から引き続いていることであり、原上から速沢に「国田と上手にやってくれよ」と言われていることからも推定できる。国田は気にくわないことがあれば、「私はいつでも辞めさせてもらいます」と言うことも原上から速沢は何回も聞かされている。

速沢に紹介されて福山市の病院から電車通学する一年生の二人の学生は、余裕を持って十二時半頃に登校している。時々、国田が遅く出勤する時の電車に二人の学生と乗り合わせることがある。その時、国田は学生に近寄り、声をかけて雑談をすることにしている。二人の学生と何回も会う度ごとに雑談をしながら、他の一年生の情報をできるだけ訊き出すことにしている。貴女からの情報だと絶対に口外しないからと言って、他学生のプライバシーに関すること、学校や所属医療機関への不満など何でも訊き出すことに成功している。

福山市から通学する学生は、国田にとって貴重な情報源となったのである。この二人の学生は広島県外の田舎の高校から入学してきているため、人口四十五万人の福山市は都会であり、非常に気に入っていることも国田は知ったのである。

時々電車で会う二人の学生との会話では、国田はいつも聞き上手になっている。この二人の学生のプライバシーに関することはあまり訊かずに、看護助手としての仕事に関することを上手に訊きだし、病院長や職員のプライバシーまで知ることになったのである。病院から歓楽街が近いことを国田は知り、勉強と仕事だけを一生懸命するように諭していた。これは教務主任として当然のことである。

ところが、二人が二年生になった七月のある日の夕方に、病院の看護師から一緒に食事に行こうと誘われた。

「学生さん、今晩は私たち二人が奢るよ。安いお店だけど、いいね？」

二人は喜んで笑顔で「ハーイ」と答えた。こうして四人は歓楽街へ向かった。

四人が入ったのは炉端焼きの店で、二人の学生は新鮮な魚や野菜を客の目の前で焼いたり、煮たりして出してくれるのを初めて見たらしく、ウワッと小さな歓声を上げた。二人の学生は四月生まれと六月生まれで二十歳になっていた。二人とも、お酒が飲めるかもと思い少しワクワクしていた。

大柄な看護師が、

「こんな炉端焼きに来たことはないよね。貴女たち二人とも二十歳よね。二十歳ならお酒が飲めるわよ」

と言ってビールを注文した。二人の学生はビールを口にした。少し苦い味がしたが、少しずつ飲むと口が慣れて口喝も手伝ってコップ一杯まで飲めた。七月の暑い日であったので、ビールの冷たさが喉を潤して気分も良かった。

「ビールは初めてなの？　どんな味だった？」

「少し苦いけど美味しい」

「本当に美味しいの？　美味しく感じられればこれから相当飲めるよ。酔ってしまって、私たちが悪いと言われたら困るので、今日はコップ一杯だけよ」

大柄で体重が七十キログラム以上あるような看護師がビールはこれまでと命じて、

炉端焼きの食事を勧めた。二人の学生はビールを飲んだためか、少し顔面に朱が差してきた。

二人の学生の行動は一緒のことが多い。通学は勿論のこと、街を散歩する時、食料品や日用品などの買い物や、最近知った炉端焼きの店も二人一緒に行っている。この店には月に二回程出入りするようになった。

二人の学生は数カ月後にはこの店の顔馴染みとなり、ある晩にイケメン男性と知り合った。この店に週一回は来るというその男は独身で、某俳優の若い頃の顔に似たイケメンであった。二人の学生に出会う時はいつも肉じゃがを二皿ご馳走してくれ、世間話などをして二人の学生と談笑することが多くなった。

二人に対して特に交際を求めてくることはないが、二人の学生のうち的場《まとば》という学生の方がその男に好意を持ちつつあった。大内《おおうち》というイケメンの男性は丸顔の的場と目が合った時の的場の表情から、気持ちを汲み取っていた。大内は二人が看護学生ということを、二回目に会った時に聞き出していた。自分の仕事は自動車販売店に勤めていることのみ話し、会社名は明かしていない。

やがて的場と大内はデートをするようになり、このようなことから、もう一人の学生と的場は二人一緒の行動が徐々に少なくなってきたが、通学だけは同じ電車で続けていた。的場と大内は数回のデートをした。

ある日の夕刻に福山駅南口で落ち合った。的場は大内に現金自動支払機（ATM）で現金を引き出してほしいと頼まれた。

「実はこのキャッシュカードは俺の伯母のもので、名前が南逸子《みなみいつこ》となっているので、男の俺より女性がATMを操作した方が良いと思うので頼むよ」

実は二日前に大内はこのキャッシュカードを路上で拾った。悪知恵が働き、名前が南ならば暗証番号は三七三が付くだろうと推測して、昨日ショッピングセンターのATMで暗証番号を「一三七三」と入力したところ、偶然にも番号が一致し二十万円の出金に成功したのである。大内が嘘をついていることを的場は知らず、伯母のキャッシュカードと言われ、何の疑いも持たなかった。

「伯母は先日、足を骨折して動けないのでねぇー」

と大内が付け加えたところ、的場は、

「足の骨って、どこの骨？」

と首をかしげた。

「太ももの付け根だよ」

「それは大腿骨の頸部というところよね。どこに入院しているの？」

「市内の病院さ」

大内は的場から伯母の骨折について事細かに訊かれると困るし、嘘を言っていることがばれているかもしれないので、顔から血の気が少し引き、唇が少し震えてきた。

「伯母が可哀想だから、もうその話は訊かないでくれ」

と大内が少し大きな声で言ったところ、的場は何となく、大内は優しさのない怖い人に思えたが、大内の伯母さんが骨折して入院しているのだから、手助けと思って的場は協力することにした。

「それで、いくら出したらいいの」

「二十万円、ＡＴＭでね。あそこの備州銀行の前まで一緒に行こう」

「備州銀行ね、私の給料はここの銀行に振り込まれているのよ」

的場もここのＡＴＭを利用して出金しており、一週間前には自分のお金を引き出していた。

福山駅南口は福山市の玄関口で百貨店や都銀、地銀、証券会社のビルが建ち並んでいる。二人は備州銀行前まで行き、的場はＡＴＭから二十万円を引き出して大内に手渡した。

大内は笑顔で「ありがとう」と普通の声で言い、「コーヒーを奢るよ」と言って、銀行の裏通りの喫茶店に入った。その喫茶店は三つのテーブル席とカウンターに七席がある小さな喫茶店で、夕刻の時間帯はいつも八割以上の席が埋まっていた。入口の近くのカウンター席が丁度二つ空いていたので大内と的場はそこに座った。

　的場は大内の素性を少しでも知りたかったが、遠慮して自分から訊くことはなかった。今日で二人のデートは五回目だが、まだ、プラトニックラブが芽生えた程度の男女の友達という関係であった。デートはいつも大内から携帯電話で誘いの電話が入っていた。的場は自分から大内にデートしてほしいと電話することはなかったが、兄のように慕いたい気持ちになっていた。

　数日後に、大内から的場に電話があった。「午後五時に福山駅で会いたい」と言われたが、学校の授業は四時二十分に終了するので、尾因駅から福山駅へは午後五時半になる旨を伝えると、午後五時半に落ち合うことになった。

　福山駅南口で待っていた大内は的場の教科書の入ったバッグが重そうに感じたので、代わりに持ってあげようと申し出て、大内がそれを持つことになった。内心、的場は大内のこのような仕草を見て、この前会った時とは違って一転して優しい男だと思った。

「これは少し重いねぇ」

「そうよ、看護学校の教科書が数冊入っているからね」

「その本は専門書だね。だから重いんだね。夕食はまだだよね。今日はラーメンを食べようよ。いいね」

「はーい」

大内が的場に奢ってくれるのは、いつも庶民的なメニューのある店が多かった。高級レストランに一緒に入ったこともなかった。今日でデートは六回目なのに、まだお互いの素性を話すことはなかった。的場はもうそろそろ、二人の間で身の上話でなくても、学歴や職業などの話があっても良いのにと思っているが、もっと仲良くなれば、いずれ素性の話も出るだろうと考えている。近くのラーメン店に入ると、大内は「叉《ちゃー》焼《しゅー》麺《めん》にしようよ」と言って有無を言わさず、勝手に注文した。

「ここの叉焼麺のタレはコクがあって旨いんだ、ラーメンのタレもね。まぁ、食べてみればわかるよ。これらの汁は本当はタレなのだから、全部飲むんじゃないよ」

この店の客はそんなに多くないのに本当に美味しいのかなと的場は思った。客層は仕事帰り風の男女や学生風の人が多いが、席の半分は空席であった。叉焼麺を食べ始めると、流石にコクがあって旨かったので、次は学校の友達を連れて来ようと的場は思った。大内は自分で二人分を支払ってくれた。ラーメン店を出ると大内はすぐに、

「今日もお願いがあるんだが……」と言って少し困ったような顔をして見せた。

「何のこと？」

「伯母が手術をしたので、またお金を二十万円出してきてほしいんだけど……」

「いいよ、簡単なことだから」

と言いながら、大内からカードを受け取って、この前も利用した備州銀行のＡＴＭに行った。カードを入れると、「このカードは利用できません」と表示された。的場はその表示を見てハッとした。心臓の鼓動が大きくなり、呼吸も荒くなった。その時、全身に熱感がして指先が震えてきた。大内が何故、伯母さんのカードでの現金の引き出しを自分にさせているのか不思議だと思っていた。もしかしたら、自分を出し子にしているのかもしれない。返却されたカードを持って小走りで大内のところへ行った。

「このカードは使用できなくなっていたよ。返すわよ。このカードで何か悪いことをしているんでしょう」

と大声で言うと、的場は大きな目をして怒った顔になり、教科書の入った重いバッグを取り返して病院の寮の方向に走って逃げた。

「待て」と大内は大声で叫んだが、的場を追ってはこなかった。

その時、大内はカードの持ち主は銀行に相談してから警察に届けたなと思った。

的場は自分の勤める病院の方向に走ったつもりが、動転していて逆方向になっていた。途中で気付いたが、大内がいると思われるところから大回りして約四十分かけて歩いて寮に帰った。

寮の自室に帰ってから、大内は何か悪いことをしているかも、窃盗かも、そうだとしたら、自分は犯罪に加担したことになるかもと不安になり、的場の頭の中が混乱してきて、自然に悲しくなり流涙した。

それからは、的場は悪夢の夜を迎えることになり、不眠が続いた。的場は福山駅近くのATMで大内が不正に入手したキャッシュカードを使い、二十万円の現金を引き出してしまったことを後悔する姿の夢を見たことがあった。大内は横領の罪になるであろうが、的場は不正に入手したキャッシュカードであることを知らずに大内から伯母のキャッシュカードだと騙されてATMから現金を引き出しただけでも共犯になるという囁《ささや》きが夢の中で聞こえてきて、ハッと目を覚ましたこともあった。

キャッシュカードの持主は銀行に紛失届けを出して、通帳の残高を確認したらATMから現金四十万円が不正に引き出され、窃盗被害に遭っていることがわかり、福山中央警察署に届け出た。警察は備州銀行ATMの防犯カメラの画像から、顔の割り出しをしていた。顔認識による確認で的場が浮上した。

数日後、大内との共犯に脅える的場が勤務している病院のナースステーションの電話が鳴り、看護師長が応対した。

「院長だが、今ここに福山中央警察署員が学生の的場を訪ねて来ている。的場に面会したいと言っているが、そこにいるかね？」

「はい、いますよ」

「それでは、一階の診察室に下りて来てもらおうかな」

看護師長は警察署員の面会なら、何かの落し物でも届けに来てくれたのかなと勝手に想像し、安易に考えて、

「的場さん、一階の診察室に警察の人が会いに来ているわよ」

と他の人にも聞こえるような声で言った。

看護師長の声を聞いて、的場は顔面蒼白となり、「キャー」と大声を出して廊下に走り出て、最大の力を両脚に入れて、無我夢中で管理棟の階段を極限の速度で一足飛びで最上階まで駆け昇った。的場の悪夢が現実となり、頭の中が真っ白になり、冷静さを失なっていた。最上階の廊下を走って突き当たりの院長室に逃げ込んだ。院長は不在であった。

的場は院長室の奥の片隅に逃げ込み、助かったと思い座り込んだところ、茫然自失の体となり失禁した。絨毯を濡らした円形の尿は徐々に大きくなり、自分の両足を越えて行くのが見えた。数分後に院長や警察署員らが来て、片隅に座り込んでいた的場は任意同行を求められ、福山中央警察署で事情聴取を受けた。

的場はすぐにすべてを白状し、大内の携帯番号が明らかになり、当日の夕刻には主犯の大内は逮捕された。大内の逮捕後、的場は二日間拘留されたが、証拠隠滅がないため釈放された。

院長の配慮により心身の疲労回復のために保護者を呼び、的場を帰省させた。院長

は的場と大内とのキャッシュカード事件の顚末を、教務主任の国田に電話で報告した。国田は絶句した。

数日後、的場の父親から次のような電話が国田にあった。

「この度は、娘が大きな過ちを犯しまして大変申し訳ございませんでした。新聞記事にもなったことですので、娘は共犯者として書類送検されると思います。このような事態となりまして、娘は学校で勉強を続ける気力もなくなっておりますので、退学させたいと思っております」

「そうですか。もし、無罪となっても退学されるのですか。休学ということもできますので、今すぐ退学なさらない方が良いかもしれませんが……」

「娘も学校の友人に会わす顔がないと言って、日夜泣いております。退学届を出せば本人もけじめをつけることができると思っております。私共は娘には犯意がなかったということで、不起訴処分になることを望んでおりますが……。先のことはわかりません。これ以上、学校にご迷惑をかけることはできませんので、誠に勝手なお願いですが、退学届の書類を送って下さるようお願いいたします」

「私たちも的場さんが不起訴になることを望んでいます。お父様もお力を落とさずに頑張って下さるようお願いします。近日中に書類を郵送でお届けするようにしますが休学も選択肢の一つですので、よくお考えになってよろしくお願いします」

国田は受話器を置いて、「フー」と溜め息をついた。学生たちには事細かに説明をする必要はないが、速沢学校長には的場本人も保護者も退学を希望されていることを簡単に電話で連絡した。この報告をした後に国田は所属のなかった二人に福山の病院を紹介してくれたのは速沢学校長であったことを思い出し、このようになったのは何の因果であろうかと不思議に思った。

数カ月後に福山中央警察署から電話があり、的場が不起訴となったことを国田は知らされた。

話は変わるが、看護専門学校と准看護学院の決算書の雑収入金額に数十万円の差がある。ある年度では准看護学院の雑収入は約三十五万円あるのに、看護専門学校は一万円である。二つの学校の雑収入の差は前学校長の原上と久船副学校長、河田事務長、会計担当理事の経験者二人を含めて五人は数年前から察知しており、女中の大きな摘み食いに匹敵するが、一年間に横領した金額が定かでないことから、放置されてきた経緯がある。原上は医師会長を交代した速沢に対して、もう看過できない時期にきていると私見を伝えている。つまり、原上は自分で国田の摘み食いを放置し、先送りしたのである。

速沢には横領事件として国田を摘発する妙案が浮かんでこない。医師会内部に調査委員会を立ち上げて看護専門学校の雑収入管理体制をオープンにさせる案が浮上したが、そのようなことをしたら、国田が「私は辞めさせていただきます」と言って、他の専任教員を引き連れて集団退職する可能性がある。国田は重要な学校管理業務、例えば県庁への報告書の作成、その他の届出書などの書類の作成は大本節子事務員の協力を得て一人で作成している。他の専任教員は教育実務の仕事のみをしており、管理業務をさせていない。これも国田の方針で、自分一人で学校を管理している状態である。

速沢は国田が上司に抵抗する黄金のカードとしていつも発する言葉、すなわち「辞めさせていただきます」は本当の気持ちなのか疑問を持っている。いつも脅かしの言葉を乱発するが、本心は辞める気は一切ないかもしれない。その国田の本当の気持ちを見越して喧嘩を買っても、勝利することができるか疑問であることから、国田の不正を知る五人の医師会役員の中で、誰一人として火中の栗を拾う人はいない。そこまで医師会は国田に隷属しているのである。

速沢は赤字が続いている看護専門学校を身売りできないものかとも考えた。その一つの案が、尾因市立大学へ看護学科の増設を依頼し、学校を身売りすることであるが、官と民の関係のためそう簡単に話が進むことはない。速沢は一人書斎であらゆる仮定上の案を自分の頭に浮かべては消してを反復した。

以前の河田事務長の話では看護専門学校事務室にはいつも少なくとも二十万円以上の金があると思われ、その証拠に物品購入代金では最近十万円近い立て替え払いが二回もあったという。看護教員の分際で自分の財布にいつも二十万円以上の現金を入れているとは到底考えることができないのは当然である。

国田が横領しているのは間違いないので、速沢は思い切って尋ねてみることを想定してみた。一つの案が速沢の頭に浮かんできた。医師会の会計担当理事と監事との立ち会いのもとで、抜き打ち監査をすると国田に告げて、国田自身により机の引き出しの鍵を開けさせて、現金を確認して、これは何の金かと尋ねてみればなんと答えるであろうか。

速沢がこの監査を実施したならば、国田は自分から横領を認め、直ちに退職するであろうし、退職を慰留していたO教員も同時に辞めるであろう。三人の子飼いの部下の去就も注目されるであろう。となれば、学校の混乱を招くことになり、学生は動揺し、学校外に事件が漏洩すればマスコミの餌食《えじき》となり、学校存続の可否も問題となるであろう。速沢の立場は不利になる可能性もある。

速沢はいろいろと考えたが、一転してたかが女中の摘み食いとして、臭い物に蓋をする方が、無難であると考えるようになってきた。速沢は前学校長の原上、久船副学校長、会計担当理事経験者の二人の計四人と密談し、女中の摘み食いとして摘発せずに注視していくことで了解を得た。結局、国田の横領は隠蔽され続けることになり、速沢は前轍《ぜんてつ》を踏んだのである。

尾因市医師会は看護専門学校と准看護学院の二つの専門学校を運営しているが、准看護学院には看護専門学校のように異常な性格の教務主任がいるわけではないが、全国的に大学、短大の看護学科や看護専門学校の増設により准看護学院への受験志願者の減少が続き、入学者の定員割れの状態が続いている。

速沢は理事会に対して准看護学院の存続についての議論を開始することを提案して、准看護学院の将来についての理事の意見を集約することにした。理事や医師会員からなる准看護学院運営・財務委員会を立ち上げて、五回の会議を開催しての結論は、准看護学院存続のためには全日制看護師進学コースが必要であるということになった。

尾因市に対して市立看護専門学校（全日制進学コース）設立を要請することになった。全日制進学コースとは准看護師資格を有する者が、看護師国家試験の受験資格取得のための専門学校で全日制二年課程である。全日制進学コース設立に関して、医師会長の速沢と看護専門学校副学校長の久船の二人が尾因市長に面会し、口頭で全日制進学コース設立の要請をすることになった。

しかしながら、三十分の僅かな時間の面会ではこの学校制度を市長に理解してもらうことは困難であった。市長は多岐に渡る看護師養成コースについては全くの素人である。厚生労働省管轄の看護師養成所はほとんどが全日制三年課程で、この他に数校の定時制がある。尾因市医師会立看護専門学校は定時制であり、全日制の三年課程を四年間で修了することになっている。

一方、准看護師が看護師国家試験の受験資格を取得できる進学コースにも全日制と定時制があり、二年課程であるので、全日制は二年間、定時制は三年間で修了することになっている。以上のことを素人の市長に理解してもらって、前向きに検討していただくためには、それ相当の勉強をしてもらい理解をしてもらうことが必要である。速沢と久船は進学コース設立のために三カ月の間、情報を収集して、理事会の意見を再び集約して次のような内容の要請文を作成した。

『謹啓　残暑の候　ますますご清勝のこととお慶び申し上げます。

さて、以前よりご相談申し上げております看護学校設立の件ですが、広島市、福山市、には准看護師の資格取得後に看護師になるための進学コースの看護学校（定時制）があります。尾因市にはこの種の学校がないために、残念なことに尾因准看護学院の卒業生は他市の学校へ進学しなければなりません。若者の市外への流出を防ぎ、また市外から若者が流入するという観点から、是非とも尾因市に進学コース看護学校二年課程（全日制）の設立を医療関係者一同は切望しております。

進学コース二年課程（全日制）の先進地区は兵庫県相生市であります。相生市では平成二年に創設し、平成四年より卒業生を送り出しております。校舎は廃校になった小学校を改築利用し、最低の資金で設立しています。相生市の学校は定員三十人ですが、もし、尾因市にそのような学校を創設するならば定員四十人が認可されます。したがって、二学年の総定員数は八十人となります。尾因市近隣には進学コース二年課程（全日制）の学校はないので、市外より多数の受験生が集まることが確実であります。

相生市の例を含めて看護学校設立に関する資料を同封しておりますので、ご一読よろしくお願いいたします。仮に尾因市に看護学校設立準備室を作っても、開校までに二年を要します。したがって、可及的に速やかに関係者による看護学校設立準備委員会（仮称）を設置していただければ幸甚に存じます。敬具』

その後、二カ月経ても、市長からの返事はなく、某市議会議員を介して再度、この件について要望したところ、次のような回答が届いた。

「『看護師不足は深刻である。看護師不足の解消策として准看から進学できる二年課程全日制の看護学校を創れ』に対する回答。

社会の急速な高齢化と医学・医療の高度化、専門化等、保険医療を取り巻く社会環境は大きく変化しつつあり看護師不足が叫ばれ、その確保の重要性は十分認識いたしております。これらの要員確保にあたっては、医療水準の向上に見合った資質の高い看護職員の養成という観点から看護師三年課程の強化（定員増）が計られており、国、県、および看護師団体は准看護師養成制度は将来的に見直しの方向を打ち出している状況にあります。

したがって、ご要望の准看からの進学コースは時代のニーズに応えきれないものと思料されております。

しかしながら、本市域内における看護師不足は、逐年深刻な問題となりつつあり、市立市民病院の拡充整備と並行して検討するテーマと考えております」

尾因市医師会と市側に、このような一連の事象があったにもかかわらず、それ以後、市側は学校設立に何ら前向きの検討をすることもなく無視を続けたため、速沢と久船は市側の対応に落胆した。

それから約二カ月後のことであった。速沢に市役所の秘書課から市長が来週木曜日の午後三時に面会したいとの電話があった。速沢は内科診療所を木曜日の午後を休診にしており、医師会の雑務にこの時間を充てている。重要な面会であると察して同意した。

この面会について久船も同行してはと相談したが、久船は面会は速沢を指名しており、また、全日制進学コース設立の話し合いではないと思うので遠慮することになった。この度の進学コース設立の件で久船が市側に対して極度の不信感を抱いているのは確かである。速沢は市の秘書課にどのような用件かと訊くわけにはいかず、来週の木曜日の午後三時に一人で市長に面会することになった。速沢は、市立の全日制進学コース設立は市側の回答書、また、その後の市側の情報から判断して困難と思っていたところ、市長選挙が来年あることに気付いた。これは何か良いことがあるかもしれないが、直ぐに相手の腹の内を探ることは良くないので、座して木曜日を待つことにした。

面会の日が来た。速沢は市役所の近くで内科診療所を開業しているため徒歩で訪れた。午後二時五十分に尾因市長室入り口の秘書課に名刺を出した。受付嬢は笑顔で速沢先生ですねと確認をして、そちらの長椅子でお待ち下さいと言った。

速沢は看護専門学校、准看護学院が共に赤字であることを思い出し、二つの学校に昨年度は学校運営資金や医師会一般会計から八百五十万円赤字補填をしていることを伝えなければならないと思った。また、市内の学童の健康診断料金と予防接種の手技料金が近隣の福山市や三原市と比較して僅かに安いので値上げをお願いしなければならないことも脳裏に浮かんだところで「速沢先生どうぞお入り下さい」と受付嬢の声がした。ドアの前に立ったところで受付嬢が笑顔でドアを内側に開いて、速沢を招き入れてくれた。速沢は看護専門学校の国田や事務員が市役所内でのこのような温かい対応を見習ってくれることを望んでいるが、看護専門学校の冷然たる態度と比較して雲泥の差である。市長室は広く、高級感のある椅子やソファーがあった。数メートル歩いて来客用のソファーに近づいたところで、市長は、

「ご足労をお願いいして申し訳ございません。どうぞお座り下さい」

と微笑みを浮かべて言った。速沢が座るとすぐに秘書がお盆にお茶を持ってきて静かに置いた。

「速沢先生、平素は学校行事で時々お会いしておりますが、医師会長さんは大変お忙しいご様子ですね」

「いろいろと雑用もありましてねぇ」

「そうですよね。二つの学校を運営されているので、先般のご質問に対する回答には満足されておられないかもしれませんが、新しい学校設立に関しては私どもで熟慮した結果でしたので大変失礼をいたしました」

市長は医師会への回答に対して気遣う気配をみせた。

速沢はどこの市長でも一つの大きな事業をすると決心した場合、市役所内の取り巻きの協力が必要であり、また、その事業を実施するとなると、担当職員の多大な労力と予算が必要であることから、たとえ医師会長の要請であっても市長も取り巻きも学校設立を敬遠するのは当然のことかもしれないと思った。

「いいえ、ご無理なお願いをしまして申し訳なく思っております」

速沢は恐縮した顔をして頭を下げた。

「初年度は人件費まで含めますと数億の事業となりますのでねぇ……。ところで、二つの看護学校の経営状態はいかがですか」

「どちらも赤字続きで、困っております」

「どのくらいの赤字ですか」

「昨年度の看護専門学校の赤字が約七百万円以上で、准看護学院の赤字が約百五十万円程です。どちらも学校運営資金で穴埋めをしている状態ですが、このペースで赤字が続けばあと数年で倒産ですよ。ハッハッハ」

速沢は懐の窮状を訴えて笑って見せたものの、顔の表情の険しさが多少残っていた。

「そうですか、台所事情は苦しいのですね。医師会に委ねております看護師と准看護師の養成所は、本来ならば国・県や市が援助して赤字にならないように運営していかねばなりませんが、国や県の補助金が十分でないことも存じております。たとえ赤字であっても、私どもは医師会には未来永劫に経営していただきたく思っております。市としましても、この度の学校設立の件をお断りしておりますので、何とか二つの学校に心ばかりの経済的支援をしていくことを考えております」

「本当ですか、それは大変ありがたいことです」

速沢は淡々と話している市長に対して、この話は何となく口先だけではないと感じた。もしも後で市長が再び関係者と相談し、熟慮した結果として、「あれはなかったことしてほしい」と言えば来年の市長選挙では医師会の支援を失い、落選の憂き目を見るのは確実になるであろうことから、二つの学校への補助金支給の可能性があると速沢は受け取った。

「ところで、私どもは医師会の二つの学校の直近三年分の決算書を見せていただければと思っております。後日、職員に取りに行かせますので、よろしくお願いします」

「それでは書類は早急にご用意しますので、こちらこそ、よろしくお願いします」

速沢は市から補助金が給付されそうなので会心の笑みを浮かべた。

学童の健康診断料金や予防接種手技料金の値上げの件について、この場でそれらの増額を要求して、医師会は欲深いと思われては困るので、速沢は相談しないことにした。二つの学校の決算書を見て補助金としての支給額を決めるのだろうから、その金額についても訊かないことにした。

医師会にとってこんなに重要な話が急に進展したのは、市長が選挙を意識したものであることは間違いない。速沢は、この補助金支給が実現したら、勿論、現市長を応援することにするが、市長の口から補助金を支給するとは、まだ、一言も発言していない。ただ、支援をすると繰り返し言っているに過ぎない。速沢はこれも為政者としての処世術かもしれないし、失言をしないように心得ているのではなかろうかと察した。

「ところで、速沢先生、市が二つの学校を支援するからには、医師会側からの趣意書を届けていただきたいのですが、市長宛と市議会議長宛の二通の趣意書をお願いしたいのですが……」

速沢は市長が趣意書の提出を要求したことで、二つの学校への補助金は確実に支給されると自信を深めた。

「はい、わかりました。近日中に趣意書を作成して決算書と一緒にお届けしますので、よろしくお願いします」

「そうして下さるようにお願いします」

市長は速沢に対して終始にこやかに応対していた。

速沢は「本日はありがとうございました」と言って市長に対して右手を差し出し、お互いに固い握手をした。速沢は満面の笑みを浮かべ市長室を後にした。市役所を出たところ、空は青く雲一つない快晴であった。木曜日の午後はゴルフに行く日が多かったが、市長から素晴らしい贈り物をいただくことになりそうで、今日は気分も晴れ晴れしてきた。これも副学校長の久船が看護師進学コース設立を要請した努力の賜物である。

自宅に帰りすぐに久船に今日の面会について電話を入れたところ、久船は「本当ですか」と言って半信半疑であった。

速沢は翌日の金曜日の昼休憩中に医師会事務室に行き、事務員に二つの学校の三年分の決算書のコピーをさせ、河田事務長に趣意書の作成を依頼した。

事務長は市役所からの天下りであったため、このような補助金の趣意書作成は手慣れた仕事であり、数日で可能と言われ零《こぼ》れ幸《ざいわ》いとなった。速沢は二つの学校の三年分の決算書に目を通した。看護専門学校分の赤字は平成八、九、十年は各々三百六十八万千三百四十五円、四百五十二万三千円、六百六十九万八千六百二十六円であった。これらすべては学校運営資金と医師会一般会計からの繰り入れ金で帳尻を合わせていた。一方、准看護学院の赤字の三年分の合計は看護専門学校より遙かに少なく、約四百五十万円であった。市長と担当者はこれらの決算書を閲覧して驚愕するであろう。

さぁー、赤字の何分の一を補填してくれるのであろうか、皆目わからない。しかし、ここまで補助金の話が進行したことは速沢の一連の陳情行動で僥倖《ぎょうこう》となった。数日後に速沢に事務長から「二つの学校への補助金申請書に関する趣意書ができたので、チェックをお願いします」と電話があった。

FAXをしてもらって、速沢は趣意書に目を通した。流石に市役所OBだけあって、立派な文章で、二つの学校の赤字の原因を述べ、その一部の補填をお願いするという考え方が切実な文言で表現されていた。

　速沢は市長が趣意書と決算書を職員に取りに行かせますと言ったのは外交辞令と判断し、事務長に早速その書類を秘書課に届けるように依頼した。そうする方が市長への医師会の印象が少しでも良くなるであろうと事務長も同意した。

　これで万事がうまくいきそうである。来月初旬に開催される医師会の理事会で素晴らしい報告ができると速沢は安堵の胸をなで下ろした。

　平成十一年十月上旬の理事会の数日前に市長から速沢に電話があった。担当部署と協議した結果、二つの学校へ合計四百万円を毎年支給することにし、平成十二年度予算から計上して支給するとのことであった。これは市立全日制進学コース設立を依頼した医師会への見返りであった。


　看護の担い手を育成する看護専門学校は、尾因市とその周辺地域にとっては必要不可欠である。しかし、国田教務主任が卒業生の就職を大阪へと薦めているのは如何なものであろうか。尾因市医師会員の誰もが国田の就職活動に疑問を持っている。教務主任は地域医療の基盤を支えてくれなければならないので、そのためにも卒業生を地元の尾因市に定着させる義務がある。このようなことから速沢医師会長は国田に説明を求めようとしている。

「国田先生、卒業生はどうして尾因市に就職する人が少ないのでしょうかね」

「それは卒業生の希望で就職先は決まります。結果的にそのようになっているのですから、私は知りません」

「そうですか。教育者としてそこを何とか、尾因市内の病院に就職するように学生に指導してもらいたいのですがね。当校は毎年赤字を計上して、医師会の学校運営資金から毎年数百万円の赤字を補填している状態ですので、地元にメリットがあるようにしてもらわなければね」

と言って、速沢の視線が動いて国田の目と合った。国田はすぐに目を逸らして横顔を見せたまま何も答えなかった。速沢は眉間に二本の縦皺を寄せて、

「尾因市には公的病院もあるのに、どうしてこのように卒業生が市内に就職しないのか、その理由を教えて下さい」

「尾因市内の病院に魅力がないのかしら……、若い人は都会に憧れますし……」

「ある病院では奨学金を出すまでして、就職してもらおうとしていると聴いているが、医師会で奨学基金でもつくって尾因市内に就職を促すようにする案もあるけれど、どうですか」

「私は奨学金制度は反対です。だって二年先、三年先には学生の考え方が変わるかもしれませんしね」

速沢の案に協力すれば、多くの学生が尾因市内に就職して大阪府内の病院に就職する学生が少なくなる可能性があるために国田は反対しているのである。国田は強かな女である。

速沢医師会長の提案に対して、堂々と反対しているのである。速沢は何とかして、看護専門学校を私物化している国田を少しずつ本校の建学理念・精神に基づいた公平な考え方に導きたいと思っているが、十年以上も甘やかされてきた国田には歯が立たないのも無理からぬことである。国田は自分の腕時計に視線を落として、

「私は、これから用事がございますので、よろしいですか、先生」

と言って、この場から逃れようとする態度を見せた。

「あっ、そうですか。この問題は医師会にとっても、重要なことですので、何とかお願いします」

「………」

速沢は国田に対しては常に丁寧な言葉遣いをしているが、国田をコントロールするのは一筋縄ではいかないと思った。いつ頃から医師会は国田に隷属することになったのであろうか。医師会が国田のような女の尻に敷かれてしまっては、近隣の医師会から笑われはしまいか些《いささ》か心配である。次に国田と会った時には、入学願書代、再試験料、追試験料、コピー代金などを国田が医師会の雑収入として計上していないことを

正さねばならないと思っている。前学校長の原上がこの件について一度も聴こうとはしなかったのは、国田が

「私が辞めたら、他の専任教員も一緒に辞めます」

と数度に渡り原上に辞意をちらつかせていたからである。速沢は学校長になって、まだ、この言葉を聴いたことがないが、本当に国田と教員らは常に一蓮托生の運命共同体なのか疑問を持っている。専任教員は生活がかかっているので、簡単に退職するはずはない。医師会を恫喝しているだけであろうか。学校長として国田に善悪を弁《わきま》えねばならないことを懇々と諭してやるのも当然の仕事であると思っているが、実行するにはそれなりの覚悟とエネルギーがいる。

速沢はゴルフを趣味にしており、自宅から車で二十分で行ける福山市の名門ゴルフ場の会員となって、毎週一～二回ゴルフをしている。シングルプレーヤーで、体型は長身痩軀で、筋肉質のスタイルで日焼けをしている速沢を見て、国田は、

「先生はゴルフをされるのでしょうね？」

と声をかけた。

「そうだよ、毎週プレーしているからね」

国田はいつもと違った笑顔を見せて、親しげな口調でさらに話しかけてきた。

「先生はゴルフがお上手と伺っておりますが、どちらのゴルフ場でプレーされているのですか？」

「松丘《まつおか》カントリークラブですよ。国田先生はゴルフをされるのですか」

「えー、少し、最近は全然していませんが……。父が倉田カントリークラブの会員ですので、以前はそこに連れて行ってもらっていましたのよ」

「倉田カントリークラブは名門ですね、私も何回か行ったが、難しいコースですね」

「皆さん、そうおっしゃいますが、私は下手ですので難しいかどうかわかりません」

「私のホームコースの松丘カントリークラブも難しいと言う人がいますが、バンカーが多いけれど、慣れればそうでもないと思いますよ」

　速沢はそう言いながら、国田に上手に接近するためにゴルフを一緒にプレーすれば、医師会との確執は少しずつ解消されるかもしれないと閃いた。「そうだゴルフに誘おう」と呟いた。

「国田先生、いつか松丘カントリークラブでプレーしましょう。理事の誰かを一人加えて、三人でどうでしょうか」

「それもよいですね、ウフッフッフッフ」

　国田は目尻を下げ、破顔一笑となった。その後、ゴルフの話がトントン拍子に進み、速沢の提案で平成十一年十月二十四日の第四日曜日に松丘カントリークラブでのプレーと決まった。看護専門学校の担当理事で副学校長の久船を加えて三人で行くことになり、久船の自家用車で速沢を自宅まで迎えに行き、新尾因駅南口で倉敷から来た国田を乗せ、松丘カントリークラブに直行した。日曜日の午前九時のスタートとあって、ゴルフ場は多少混雑していたが、晴天で絶好のゴルフ日和であった。

速沢は久船に「今日は学校関係の話はこちらから一切国田にしないように」と言っておいたので、プレー中に学校に関する話は一切しなかった。国田が速沢と久船に対して学校関係の話を切り出してくることもなかったので、結局三人はゴルフに集中できた。スコアは速沢が84、久船が98、国田が106であった。国田は「私はあまりゴルフをしていないので、いくら叩くかわかりません」と言いながら松丘カントリークラブでの初めてのプレーを見て、国田は筋が良いと思ったので、速沢が、

「国田先生の球筋は良いので、少し練習したら、ハンディキャップ18にすぐになれますよ」

とお世辞を言うと、

「そうですか、私は嬉しいわ。しかし、このコースのバンカーは難しかったので困ったわ」

とバンカーさえなければスコアはもっと良かったと言い訳をした。国田は学校でも、医療機関とのトラブルあった時には言い訳ばかりしていたことを速沢は思い出し、国

田は素直な女ではないと再認識した。いつも素直になってくれれば良いのにと思った。

「今日は私が奢るよ」と言って、速沢は久船と国田と三人分のプレー代金を支払った。

入浴の後に帰り支度をしてから、速沢と久船は国田を新尾因駅まで送って行き、降車しようとした国田に、

「また、三人でプレーしましょう」と伝えた。

速沢と久船の二人は車から降りて、三人はお互いに握手をした。この三人の姿は看護学校の経営者トップ間の蜜月を象徴するかのような光景であった。しかし、実際は同床異夢が継続されている。

翌日に厚遇された国田は速沢に電話を入れた。

「昨日のゴルフは楽しかったですわ。本当にありがとうございました」

「いいえ、どういたしまして。また、行きましょう」

しかし、国田は久船にはお礼の電話をすることはなかった。自分の直接の上司は学校長の速沢であるが、実質上の権限は国田が掌握しており、学校長と言えども反対できないことがある程のワンマンとなっている。

ゴルフのプレーを一緒にして数日後、国田は速沢に会った時に次のようなことを言った。

「速沢先生、私は高齢の講師の先生といろいろとお話をしているうちにねー。男の人

の定年後の生活のことですが、定年即隠居の人は居ないのですよ。勤務していた医者も教員も奥様方は夫に働いてもらって年金以外の収入を求めて、主人が家に居られては困るので働いて下さいとのことで。ほとんどの男の人は再就職するか、パートで働いていますのよ。この看護専門学校の高齢の講師の先生もそのような方が多いのですよ。私は速沢先生にはお手数を掛けないように、このような先生方には講師を継続していただいていますのよ」

国田は内心、自分の力によって講師の確保をしているかのように恩着せがましい態度を速沢に見せた。何のために国田がこのようなことを言っているのか速沢は疑問を感じて、黙っていた。

「先生は何もご存じないかもしれませんが、看護師を養成していますと、私にはいろいろと情報が入ってきます。就職に関しても、私に一任する学生もいますが、本人の希望を十分に取り入れていますので、それはそれで良いと思いますが、私は私なりに苦労しています。学生の就職の件は私に任せて下さればよいのですが……」

国田は同意して欲しそうな顔をして軽く頭を下げた。

この時、速沢は国田の言わんとするところは就職に関しては口出しをされては困ると言うことと感じた。国田は医師会長、即ち学校長の意見を如何にして、封じ込めるかを念頭に置いて話をしているのである。うまくいけば自分のペースで進めて、都合が悪ければ「あら、そうでしたかしら」と言って、しらばくれれば何とかなると考えている。

その証拠に、某医師会員で学生を看護助手として預かっている先生から、「入学試験の手伝いのために学校に行くので仕事を休ませて下さいと申し出があったのですが、この件は本当ですか」と学校に電話があった。この電話を受けた学校事務員が「はい、そうです」と答えたため、その医師会員は「そのようなことは事前に連絡してほしい」と医師会長、即ち学校長に申し入れた。

国田教務主任は以前にも同様の問い合わせがあった時に、「そのようなことは一切していません」と答えていたため、再び「そのようなことはしていません」と学校長の速沢に回答していた。国田は平気で嘘をつき、後でどんな問題が生じても、学生を預かっている医療機関とのトラブルを恣意《しい》的に発生させて、学生には「医療機関から早く離脱して、看護師国家試験の合格のために頑張りなさい」と指導しているのである。すなわち、医療機関と学生のトラブル発生を歓迎しており、トラブルとなれば必然的に所属医療機関を離れて、その学生の就職先は所属をしていた医療機関とは無関係となる。そこが国田のねらいで、学生を大阪の病院へ送り込んで謝礼を受けようとする、強かな悪徳教務主任である。

以上のようなことが事実であったとしても、経営を司る医師会側の管理者は、いつも辞表を懐に入れている国田を腫れ物に触るような扱いをして、国田に隷属している。

速沢が医師会長に就任して約一年が過ぎた平成十二年三月末に、根高《ねだか》病院において学生蒸発事件が勃発した。卒業まで四年間雇用していた二人の学生が、看護師国家試験合格後に行方不明となった。

根高病院長の説明によると、准看護学院の学生は自分の病院に就職してくれるが、看護専門学校の学生は三、四年生になると学業に専念すると言って病院から離脱して、卒業後は他の病院へ就職するので、苦肉の策として奨学金制度を創設した。卒業後は当院に就職するという約束で奨学金を最初に給付した二人の学生が看護師国家試験に合格して良かった良かったと、これからは当院で学校で習得したことを看護師として活かしてほしいと二人にお願いし、あと数日で仕事開始という時に急に連絡が取れなくなったという。寮に行ってみると夜逃げをしたようで、私物は一切なくなっていたという。根高病院長は激昂して、教務主任の国田が関与していると察して、四月五日（水曜日）の病院の昼休憩中にアポも取らずに突然国田のもとを訪れた。

「うちの病院の二人の卒業生が夜逃げをして行方不明になった。夜逃げを指示したのはお前か？　これはどういうことか」

興奮して頬を紅潮させた根高病院長は声を荒げて、大きな目をして国田の机の前で国田を睨み据えた。根高病院長の額から脂汗が滲み、怒り心頭に発した病院長の頭からは湯煙が立っていた。国田は初対面の病院長と机を挟んで対峙した。国田は事前に二人の学生から就職の相談を受けていたため、二人の一部始終を熟知しており、興奮状態の病院長に対して平常を装った。

「それはですねぇー、二人の学生はそちらの病院には就職したくないと言って来ました。奨学金の話を聞きましたが、お宅の奨学金は給与明細に組み込まれており、受け取った奨学金にも課税されていたので給与ですよ。ですから、就職したくない二人を無理矢理就職させるわけにはいかないでしょう。こうなったのは、そちらの病院が悪いからですよ。無理に病院に残れと強制するから逃げ出したまでよ。そちらの責任ですよ」

国田も徐々に興奮して甲高い声となり、近くにいた学校事務員は二人を注視し、不安そうに事態の成り行きを見守っている。

「奨学金について、最初に学校に相談したら、お前が給料と一緒に支給して良いと言ったではないか。それが今となって奨学金は給料だとは何事か」

国田は確かにそう答えていたので言い訳はできず、しばらく沈黙した。さらに興奮した根高病院長は「奴らを何処に隠しているのか言え」と口角泡を飛ばして、怒鳴った。

「………」

国田は根高病院長が学生を奴らと呼んだことに対して、学生も看護助手としてスタッフの一員なのに奴らとは言語道断な振る舞いだと感じ取り、根高病院長に対してますます嫌悪感を抱いた。この事件の真相は三月二十日に二人の学生から根高病院への就職拒否の相談を受けた国田が二人の夜逃げを促し、二十九日に荷物は学校に持ってくるように指示し、学校内にある台所付きの和室十二畳の学生休養室に取りあえず二人を匿った。そしてすぐに自分が顧問をしている大阪の守口会病院の大田院長に電話で二人の就職を依頼したのである。大田は喉から手が出る程欲しい新卒の看護師が就職してくれるということになり、突然の話に大変感激したのであった。三月三十一日に大阪の守口会病院に荷物を送り出してから二人は直ちに大阪へ向った。

さらに根高病院長は、

「このようなことを何故、事前に当院に相談しなかったのか」

「………」

「お前の独断と偏見で、すべて決めたことだろうが、それで良いと思うのか。学校長や医師会の理事にお前のしたことを言ってやるからな」

「………」

沈黙を守った国田は、喧嘩は負けるが勝ちと思ったのか、勝手にどうぞと言わんばかりの態度に出た。

「もう一度言うが、奴らは何処にいるのか」

「私は知りません」

と国田は平然としらを切った。二人が大阪の民間病院に就職したことは、国田、二人の学生と保護者、大田病院長しか知らないことである。また、大田病院長に新卒者の就職を斡旋した謝礼については、国田と大田しか知らないことである。この度の事件について、もし、国田の方が悪いと言われれば、「私が辞めれば良いのでしょ。私が辞めたら同時に他の専任教員も辞めますよ」と学校長や医師会員を恫喝してやれば良いと企んでいる強かな女であることは周知の事実である。

根高病院長が帰った後のしばらくの間、国田には興奮の余韻が残っていた。自分の独断で二人の学生の夜逃げを幇助《ほうじょ》したこと、学校に二日間も宿泊させた後に二人を大阪の病院に就職させたことなど、すべてを告白して速沢に相談して良いものかどうか、心の中では迷っている。この件を放置していると大変なことになるかもしれないと思い、自分なりの考えを整理してから速沢に連絡することにした。国田は次の内容のみを速沢に報告した。
①二人の学生は卒業後は根高病院に勤務すると約束して奨学金月三万円を二年間受

け取っていたが、この奨学金と称するものは毎月の給与の中に組み込まれて奨学手当金として支給されていることから、貸付金ではなく給与として課税されていた。然るに返済する必要はないので、二人の学生が根高病院に勤めたくなければ、他の施設への就職は可能である。このようになったのは二人の学生が根高病院に魅力を感じなくなったためであり、病院側の責任である。

②根高病院に就職しなければ三月末までに寮を出なければならないので、二人の学生を助けるために学校の学生休養室に二日間宿泊させた。

これらは国田にとって自分に都合の良いことのみの説明であったと思われ、速沢は、

「後日、根高病院側にトラブルの内容を確認することにしても良いかね？」

と言うと、

「事実ですので、どうぞ」

と甲高い声に変わった。

「ところで、その二人は何処へ就職させるのですか？」

「もう、二人は帰郷したので知りません」

国田は二人を大阪へ送り込んだことを内緒にし、速沢にも平然と嘘をついた。嘘を言ったため国田の鼓動は速くなり、吐息も荒くなってきた。速沢は電話口での国田の生理的変化を察知し、心に動揺がある時こそ、何でも問い質すことにした。

「このような大事なことを何故もっと早く私に相談しなかったのか」

「………」

「この件についての学生からの最初の相談はいつ頃あったのか」

「さぁ、一週間くらい前の三月二十九日でした」

実際は三月二十日に二人の学生から根高病院に就職したくないと相談を受けたにもかかわらず、三月二十九日と嘘を言った。

「その時にどうしてすぐに私に相談しなかったのか」

速沢が同じ質問をしたところ、国田は再び沈黙した。

「今回のことは、事が大きくなる前に話し合わないから大変な事態になってしまったな。私がこの問題を解決しなければならないが、二人の学生がもういないので事情を聴くわけにはいかないし、困ったことだ。ところで国田先生はどのように解決しようと思っているのですか」

「今日、最初に話している通りですので、これで良いと思っています。私は学生のために間違ったことはしておりません」

電話口の国田は、このトラブルでは自分が勝ち誇っているような口調になっていた。

「自分は悪くない。病院側が悪いのだ」と心の中で呟いた。

一方の速沢は、国田が独断でとんでもないことを仕出かしてしまったので、この問題の仲裁は一筋縄ではいかないと思った。速沢の脳裏に国田の一連の行為は医師会員の分断作戦ではないかと不吉な予感が浮かんできた。

速沢は国田が独断で二人の卒業生を逃亡させた罪が大きいことを認識し、このまま放置していると根高病院長やその他の医師会員と看護専門学校との間に軋轢が生じる結果になりはしないか危惧している。国田は根高病院に対して自分が悪いことをしても、学生に対しては良いことをしたと思っている。医師会側と教務主任との間に大きなギャップが生じているということは、医師会員を分断する作戦と思われてもしかたない。

速沢は国田の行為について、根高病院長や医師会員にどのように説明したら良いか思案している。妙案は浮かんでこない。久船副学校長に電話を入れてこの件を話したところ、国田から久船への電話は一本もなく、逃亡事件を全く知らなかったことが判明した。国田はこのような重要な事件を速沢学校長のみに報告して、それだけで解決したと思っている。結果的には久船副学校長を無視していることが理解できる。速沢は久船に、国田から聴いたことをすべて話して久船の意見を求めたところ、久船は「大変難しいことなので、速沢先生にお任せします」とのことであった。

仲裁しようとして喧嘩両成敗とすれば、双方から恨まれることになる。このような結果になることを国田は予想しているのであろうか。速沢は国田が事前に学校長に相談せずに卒業生を逃亡させたことは確かにミスであると判断し、根高病院長に謝罪する方が得策と考えるようになった。その理由は、この度の件を経時的に全容を明らかにし、検証するとしたならば、学校側の非が明らかなのは明白である気がするからである。速沢はいつもより冷静になった。

現在の根高病院長は二代目で、国田と面会して喧嘩をしたのはこの若い病院長である。病院の理事長はその父親であり、速沢と同じく大正生まれで元尾因市医師会長であったことから、懇意にしている間柄である。国田とのこのような無理難題に直面しているのであれば、学校に怒鳴り込んだ病院長よりもその父親である理事長に謝罪する方が良いと思った。

速沢は根高理事長に電話を入れた。

「根高先生、この度は国田教務主任の独断と偏見で事件を起こしてしまい、大変申し訳ございません。お宅の病院の卒業生が蒸発した件で、ご子息の病院長が激昂されて大変なご迷惑をおかけしまして、お詫びを申し上げたい気持ちでございます。すでにその卒業生の二人は帰郷しているらしく、連れ戻すことは困難でどうすることもできないようです」

と言うとすぐに、根高理事長は「分かっている」と返した。

「息子からその話は聴いているが、こうなってしまったことを元に戻すことはできないが、せめて、国田を辞めさせるわけにはいかないのかなぁー」

根高理事長は少し大きな声であったが、速沢がまだ、謝罪の言葉を言い尽くしていないのに、国田を辞めさせてくれと自分の意見を述べ出したので、これでもう許してやると言う意味と解釈した。息子の病院長と同様に激怒するのではないかと思っていたが、意外な対応に速沢は驚いた。

「私もそう思っていますが、教務主任という職種の適任者は県内に何人いるかわからない程の希少価値のある人材で、簡単に辞めさせるわけにはいかないですし、後釜は多分いないでしょう。国田が辞めれば他の専任教員も引き連れて辞めるといつも言っていますので、医師会は弱い立場になっている状態でございます」

「そうか、本気で探す気になれば適任者がいないことはないと思うがねぇ」

根高理事長は意外に冷静になり、速沢を叱責することなく、速沢の説明に半分納得したように思った。

「教務主任がこの度のようなことを勝手にしてもらっては困るし、うちの病院側も大変迷惑だが、医師会側から厳重に注意することぐらいはできるだろう。まぁ、会長も大変な仕事と思うが、いいようにしてくれよ」

根高理事長は速沢医師会長の三代前の元医師会長であったので、現在は七十代後半の年齢にもかかわらず、矍鑠《かくしゃく》とした理事長職を全うしているので、医師会長の苦労は理解できる男である。

「そうですね、私から国田には注意しておきますが……」

「ところで、学校内に副教務主任のポストをつくって、これからの教務主任を育てる方法はどうかね」

「あー、良い案ですね。理事会で相談してみましょう」

速沢は副教務主任のポストは妙案かもしれないが、国田は独裁者としての立場上、大反対するであろうと思った。

「とにかく頑張れよ、速沢先生」

根高理事長は速沢を激励したのであった。これも意外な結果であった。速沢は息子の根高病院長に直接謝罪しなくても良かったと思った。

「わかりました。それでは今後ともよろしく」

と言って、速沢の方から受話器を置いた。

根高理事長がこの度の件で国田と会った病院長のように激昂するのではないかと速沢は危惧していたが、意外にも協力的であったことに改めて驚いた。もうこれで、国田の医師会員分断作戦と思ったことは速沢にとっては杞憂であった。速沢は根高理事長との電話で思いもよらない良い結果を得て安堵の胸をなで下ろした。これで国田の起こしたトラブルは一件落着した。

しかし、国田が独断で二人の卒業生の逃亡の手助けをしたことは、学校にとっては大きなミスをしたことには変わりはない。速沢は国田を叱責し、厳重に注意しなければならないが、根高理事長がこの件を理解してくれたので、これで幕引きとしたいと思うようになった。久船副学校長に相談してみても、「学校長にお任せします」というのもの返事であった。

国田と喧嘩をすれば国田が辞表を懐から出して、部下を引き連れて退職すると言われれば、医師会側の負けは明らかである。教務主任とか専任教員は募集してみても過去の経験から一朝一夕には採用できることはない。とにかく、教員資格を有する絶対数が少ないからである。国田と対峙して、国田が辞めるならば「どうぞ」と言って辞表を受け取れば自ら火中の栗を拾うことになるので、速沢も久船も自然と逃げ腰になるのは当然の結果である。

副教務主任のポスト新設については国田は保身のために絶対反対するであろうから、提案することはできないであろう。結局、速沢は国田に対しては因循姑息を踏襲し、学校へ怒鳴り込んだ根高病院長の怒りを残したまま幕を引いたのであった。

この度の事件については、「学生蒸発事件」という呼称で根高病院長は看護専門学校教務主任に強い不満を持っていた。一方、その病院長の父親の理事長は速沢学校長に対して懐が深い人で、速沢はこの件はすでに解決したと思っていたところ、根高病院長が教務主任が独断でした行為を激しく非難して、医師会理事たちに不満を漏らしていた。遂に医師会の某理事に相談して、理事会で問題にしてくれとお願いした。速沢は根高理事長との電話で解決済みと思っていたが、そうではなかった。

五月上旬に開かれた尾因市医師会理事会で根高病院長から相談を受けた某理事が学生蒸発事件の顛末が報告され、病院長に同情する発言があり、この問題を放置すれば他の医療機関も影響が免れないので、教務主任に厳重に注意してほしいとのことであった。一部の他の理事もこの意見に同調したため、速沢の判断が注目された。速沢が全理事に向かって、

「皆様のおっしゃることは良くわかっております。国田に厳重に注意しますので、私に一任して下さい」

と言うと、某理事が、

「根高病院長にもその報告をしてもらえますか」

と返した。

「勿論、説明しますのでお任せ下さい」

速沢は全理事に対して、この事件を丸くおさめることを伝えた。

速沢は今日の理事会の意見を踏まえて国田に説明して、口頭でこの事件のようなことを再びしないように、何でも事前に学校長に相談してほしいと申し入れた。国田は

無言で頷いたのみであった。国田はこの件に関して反省の弁をすることなく、ただ、聞き流しているのみで、何の反応もなかった。国田は自分の浅慮で医師会側に迷惑をかけたとは微塵にも思っていない。この態度は上司と部下との関係の一般常識と乖離しており、国田が上司を上司とも思っていない証拠である。

速沢は国田に対して世間一般の常識を説明しているに過ぎないが、一般社会でこのような大きなミスを犯したら、厳重な処罰を受けるのが当然である。このような人を処罰することすらできない看護専門学校の体質は非常に哀れである。国田という隠然たる勢力に医師会が支配されている証拠でもある。

速沢は新医師会長として就任して、看護専門学校長を兼任しているが、医師会長としての雑務は非常に多い。その上に看護専門学校の諸問題の解決のために常に頭を悩ますことが多い。特に国田教務主任からの相談は無理難題に近いものが多い。速沢の年齢は六十五歳であり、まだ男として活力があり、ゴルフもシングルの腕前を維持しているので疲労困憊しているわけではない。

速沢は国田を医師会寄りの思考の持ち主に変えることは困難だと悟り、次の若い世代の会長に委ねてみようかと思うようになった。すなわち、副会長の関口一郎ならば、人望のある人だから問題はない。彼ならば、国田と戦う覚悟とエネルギーを持っているはずだと感じている。

ある日、速沢は副会長の関口に電話をした。

「看護専門学校の備品購入の件で、学内の学生実習で各科の手術器具を毎年一セット購入しているが、すべて新品を購入しているようで、僅か一年に一回、学生に見せて説明するだけの備品は中古にしてもらえないかという久船副学校長の意見だが。看護専門学校の赤字は昨年度は約七百万円になっていますのでね」

関口はこの件は以前から久船から言われていたので、知っていた。

「先生のおっしゃる通りです。今後は中古でどうかと言って医療器具販売会社に新品と中古の両方の見積もりを取ってみようと思っていますが、誰が国田を説得するかが問題です」

「それが問題ですが、二つの学校の赤字の件だが、今年度から看護専門学校を准看護学院と合わせて、尾因市から補助金四百万円が出るが、仮に二百万円ずつ分配したところで、看護専門学校の昨年度は七百万円の赤字で焼け石に水でどうにもならないので、経費節減の協力を国田にしてもらう予定にしているよ」

「国田が簡単に応じるかどうか、疑問ですが……」

速沢は、関口に早く自分の気持ちを打ち明けておく方が得策と考え、

「私は会長になって、看護専門学校の諸々の問題で、国田に翻弄されているのが現状

で、非常に困惑している。次の会長に関口先生を推薦するから、この問題を解決するために若い行動力のある理事を採用して頑張ってほしいね」

「えっ、先生は来年二月に会長を辞めるのですか。嘘でしょう」

「いや、いや、本当だよ。関口先生よろしく頼むよ」

速沢は学生の諸問題の解決や研修旅行にも付き合わされ、学校長に時々反抗する国田に扱き使われ、心労のあまり疲れも出ていた。こうして、最近は不整脈や眩暈《めまい》もあり健康に不安を感じて、関口には早めに跡継ぎになってもらうことを表明したのである。

看護専門学校の国田体制を尾因市医師会立としての建学理念・精神を基盤とした創立時の組織に復帰させることを速沢は諦めかけており、これは医者が匙を投げたに等しい。国田を退職させて医師会立看護専門学校に理解のある有能な教務主任を招聘して、現在の体制を一新することは医師会の現体制では不可能と判断したのであろうか。

ある日、現在の看護専門学校の赤字体質について、重竹教員が次のようなことを言ったことに対して、速沢は心底驚いた。

「国田先生は、年度末になると専任教員に対して、備品として何か購入したいものがありますかと言って不必要なものでも何でも購入しているようですよ。『医者は泡銭を持っているので、看護専門学校にいくらでもお金を出させればいいのよ』と言って、学校祭で使うマジックでも数百本単位で購入しています」

速沢はこのような教務主任の態度は言語道断であり、いつも辞表をちらつかせて医師会を恫喝するならば、我々に「辞めさせていただきます」と言った時が医師会側はチャンスとみて早急に対処すれば教務主任の交代を可能にすることができるのではないかと思うようになった。今までの言動は医師会の事務長や部下の専任教員などに「自分はいつでも辞めても良い」と言って、本心はそうではないかもしれないのに、国田は辞めるということを周囲に拡散させている。

このように、国田の傍若無人な態度を許してきた歴代の医師会長、すなわち、学校長にも責任の一端はあると速沢は反省している。現在も国田は縦横無尽に暴れているが、明らかな証拠のある犯罪行為が露見することなく、速沢が国田を免職させたとすれば国田は不当解雇だと騒ぎ出し、地位保全を求めて訴訟するであろう。内紛が表沙汰になり、教務主任の後釜もいないのに、国田と戦争をすることは得策でないことは明らかである。医師会側の足下を見て行動している国田の姿を見れば見るほど、国田を知る医師会員は言語道断の窮状に陥っている。しかし、国田というどら猫の首に鈴をつけようとする医師会員は皆無である。

第四章　追放への道

速沢が平成十一年二月に尾因市医師会長に就任して二年近くになるが、准看護学院においては、医師会と職員との関係は良好で看護専門学校と比較して赤字額も少ない。一方、看護専門学校では平成十年度と十一年度との決算では看護専門学校運営資金からの繰入金は四百八十万万円、六百六十万円であり、この数字こそが実質赤字である。財政の立て直しと国田のような反医師会的な考え方を持つ教務主任を追放することが急務であるのは明らかである。速沢が次期会長として関口一郎副会長を元医師会長経験者数名の同意を得て正式に推薦したのが平成十三年一月上旬であった。

尾因市医師会長は尾因市医師会の定款では選挙で決めることになっているが、過去の資料では投票による選挙は一度たりとも実施されたことはなかった。速沢はすぐに関口から内諾を得たため、理事の人選について、関口と二人で協議することになった。夜の飲食店で協議するわけにもいかず、事務員が帰宅した後の夜間の医師会館で主に新理事の人選と看護専門学校の諸問題について協議した。

副会長と新理事については看護専門学校担当理事の久船を新たに副会長として加えて、会計、庶務などの重要ポストの理事は留任とすることになった。注目の看護専門学校担当理事は新人で、行動力のある若手の医師会員から選ぶこととし、速沢の提案で一週間後にお互いに一人を推薦することにした。速沢の腹の中では、自分の大学の後輩で二十歳も若い柏原を推薦することにしているが、唐突に関口副会長に提案しても即答に困るだろうと考えて関口に一週間の時間を与えたのである。関口と柏原はお互いの子供が私立中学校で同級生ということもあり、また、医師会の親睦を目的とした廿日会という毎月一回の会合を通しての飲み友達でもあった。

以上のことから双方の推薦する看護専門学校担当の若手の医師会員は柏原で一致していたので、一週間後の二人の打ち合わせですぐに内定した。新会長以下の理事は十四人で副会長には久船が昇格し、この度より副会長は二人制になった。他の理事では二人が退任して、柏原を含めて四人が新理事となり、二人増員となった。

早速、速沢は柏原に電話で「関口会長誕生で理事になるかもしれないので、協力をしてほしい」と連絡をしたが、担当は看護専門学校だと言うと断られたら困るので、速沢は担当理事分野については触れなかった。これも速沢の作戦であった。

尾因市医師会の会長選出方法は社団法人尾因市医師会定款施行細則によると、第一条に本会の役員、監事、議長、副議長及び裁定委員の選出方法は、総会出席会員の投票によるものとする。ただし、「総会の議決を経て他の方法によることができる」と記載されている。また、第二条以下には、立候補者は選挙の期日七日前までに会長に届け出をしなければならないし、第五条には立候補者を推薦しようとする者は前条の期間内に推薦届けを提出しなければならない。これらすべての届け出は文書でなされなければならないので、期日前に立候補者のいない場合は、複数の推薦人によって役員候補者の一覧表が届けられて総会で承認されて新役員が決定される。

尾因市医師会創立九十周年を迎えた医師会総会において、現在に至るまで自ら医師会長立候補者として届け出た医師会員は皆無で、推薦者によって書類が提出されて、役員選挙は経験したことがない。これも尾因市医師会は発足以来、一枚岩であった証であろう。このようなことも尾因市医師会の文化である。こうして、平成十三年二月に関口一郎は速沢の後継者として新医師会長に就任したのである。

看護専門学校の年度は四月から翌年三月までであるため、柏原が副学校長になっても三月末までは前任者と一緒に業務を遂行し、その間に引き継ぎをすることになっている。したがって、三月の卒業式は久船が担当した。柏原は四月からの行事はすべて自分が担当することになるので、三月の卒業式での久船の司会を真剣な面持ちで見学した。副学校長見習い期間は三月末で終了し、四月になると国田は柏原に会った時に、

「柏原先生、うちの学校に学生寮があれば、学生にとっては非常に良いことかと思うのですが……。寮がない医療機関では学生は自分で借家に住んでいるので、アルバイトの給料では生活できずに親元からの仕送りをしてもらっている学生もいると聞いていますのよ。いつか学校長に相談していただけませんか」

と同意を求めて懇願するような顔をして柏原に優しい眼差しをしてみせた。

「学生寮をつくるということは大変なことですよ。それは莫大な予算が必要で絶対無理ですよ」

「私は新しく建てて下さいとお願いしているのではありません。有床診療所を無床診療所にされた施設には病室、トイレ、浴室などが残っていると聞いています。そのようなところをお借りすれば、学生寮ができると思いますのよ。有床診療所も使用していないと荒れ果てて廃屋になりますし、学生寮として活用してもらえば一石二鳥ではないかと思っているのですが……。先生はどう思われますか」

国田が学生からの情報でこのような医療施設が二、三カ所あることを知った上で、柏原に相談をしていることは、柏原が本気で看護専門学校のために打ち込んでくれるか否か、難題を与えて試しているのである。

「私の一存では即答はできないので、関口学校長に相談してみましょう」

「そうして下されば助かります」

「学生寮として施設の一部を借りるとしても大変なことです。とにかく学校長に相談しますが……」

柏原は国田から与えられた初仕事が学生寮をつくってほしいということを聴いて、その目的は学生のためであることは確かであるが、何故に学生寮が今頃になって必要なのか理由ははっきりしていない。関口医師会長兼学校長は、そのようなことは学校が大赤字であるため断れと言うかもしれない。柏原自身もそう思っている。

柏原は関口に電話を入れた。国田の学生寮の件を説明したところ、関口は、

「そうか、国田がそんなことを言っているのか。現在使用していない有床診療所の施設を看護専門学校の学生寮にするといろいろな問題が必ず起こるので、その施設の先生に相談しても必ず断られると思うよ。こちらも協力している態度を見せるために、対象となる施設に相談してみても良いよ。柏原よ、よく考えてみると、自分の施設を学生寮としたところで、多くの収入を期待することはできないし、若い女学生を多く下宿させているのと同じで、いろいろと人間関係や男女の問題も起こるかもしれないよ。誰もすぐに『うん』と言って協力する者はいないと思うよ」

「そうですね。駄目元で一施設だけ当たってみましょうか」

「うん、そうしてくれ。多分、断られるよ」

柏原も施設側は多分断ってくるだろうと思っている。医師会の新役員が就任するとすぐに国田がこのような無理難題を要求をしてくるのは何故か、柏原は国田の真意を理解することはできなかったが、関口から「国田は根高病院の学生のようにトラブルになった者の駆け込み寺にしようと思っている」のだと聞かされ、関口の洞察力に驚いた。

柏原は有床の整形外科医院を経営していることから、もし、自分が有床診療所を無

床化したからと言って、学生寮にして賃貸するにしても何も手を加えずに学生寮にすることは不可能であると考えていた。

まず、病室には大小あり、大部屋を食堂兼リビングとし、個室と二人部屋を学生寮としたならば十人ぐらいは収容できるかもしれない。病室のドアには鍵がないので、新しく鍵を取り付けなければならない。厨房を共同の炊事場として使用するとしても、人手のことを考えれば大変である。人を雇用しないとすれば自炊となるが、厨房は広いので共同管理となるが、当番制にしてもうまくいくであろうか。火事でも発生すれば大損害である。改装までして学生寮として賃貸してくれる先生はいるのであろうか。

柏原は新執行部としての医師会は国田に協力するという姿勢を見せる必要もあることから、学生寮を探してみることにした。尾因市の対岸に向島《むかいしま》がある。この島の人口は約一万五千人で尾因市と数百メートルの水道を橋または渡船で渡った街で、造船業の盛んなところである。その島に広田産婦人科医院があったが、約十年前に院長が脳梗塞で倒れ、現在は休院中である。広田院長は熱心にリハビリをして、現在は後遺症はほとんどなく、悠々自適な生活をしている。柏原は広田院長に白羽の矢を立てた振りをして、その先生と交渉して良いか否かを関口学校長に電話で相談し、了解を得たところで、「広田院長との交渉は国田を含めて関口先生も参加された方が良いと思いますが……」と伝えた。

関口学校長は「私も一緒に行くよ」と快く引き受けてくれた。

「それが一番良いかと思いますので。私がアポを取りますが、次の木曜日の午後にして良いですか」

「良いですよ。国田もいつも木曜日の午後は開業医が休診していることを知っているので、いろいろな相談を木曜日の午後にしているというから、大丈夫と思うが、国田に出張があったら困るので事前に確認をしておいてくれよな」

「はい、わかりました」

柏原が広田にアポをとったところ、面会の希望時間通り快く引き受けてくれた。約束の木曜日の午後二時半に関口、柏原、国田の三人は柏原の外車の自家用車で広田宅を訪れることにした。

国田はこの車は高価なものだと直感し、柏原は金を持っているのではないかと嫉妬心を持った。国田の出自で明らかなことではあるが、嫉妬心の強い性格は中流以上の家庭に育っても、アラフォーになってからも変わらない。

今日、これから三人で出向いて行くところに、もし学生寮ができれば、時々顔を出し寮長に指示して学生の管理が国田の思い通りにできることになる。うまくいけば、教務主任と寮生は母娘の関係以上に緊密な関係になり、強い絆を持って寮生をさらにコントロールすることができるし、駆け込み寺にもなると大きな期待を持ったのである。

柏原の車は尾因大橋を渡り、間もなく広田宅に着いた。広田の自宅は医院とは別棟で山吹色の瀟洒《しょうしゃ》な洋館である。柏原が玄関のドアフォンを押した。奥様が玄関を開けて、「どうぞ皆様お上がり下さい」と言って、笑顔で迎えてくれた。玄関に入ると広田は脳梗塞の後遺症が若干あるのか、玄関から廊下の隅まで手すりが至るところに設置されていた。広田が玄関近くまで三人を出迎えてくれ、にっこりとして「どうぞ、どうぞ、こちらに」と言って、応接間に招き入れてくれた。

国田は少し緊張した面持ちとなっている。関口学校長は「柏原が先日、学生寮のご相談をしました件でお伺いしましたが、ご無理とは承知で参りました。こちらは看護専門学校教務主任の国田です。よろしくお願いします」

「いや、いや、うちの医院はもう十年も空き家同然で廃屋のようになっておりますが、そちら様のご希望を叶えられるようにお応えしたいと思っています。昔のことですが、私が産婦人科医であった頃は、看護専門学校の学生には大変お世話になりまして、感謝している次第です。私が脳梗塞で倒れて診療ができなくなってから、学生さんを三人も預かっておりまして。当時、学生が入学した時に四年間は私のところでお預かりして看護助手として働いてもらう約束でございましたので、親御さんとの約束を破るわけにはいきません。私が倒れてからは、家内には学生が看護助手としての仕事はしていなくとも、三人が卒業するまで給料を出して面倒をみるように言って、三人を無事に卒業させることができました。その後は看護専門学校とのご縁は切れましたが……」

広田先生の闘病期間中、学生が広田産婦人科医院で看護助手の仕事を一切していないにもかかわらず、寮に住み、食事の支給と給料を支払っていたということは原上元学校長、速沢前学校長や久船副学校長からも三人は聴かされており、医師会員の美談として周知の事実である。「その節は誠にありがとうございました。三人の学生は今は立派な看護師として働いているとのことですので、ご安心下さい。広田先生、早速ですが、看護専門学校には学生寮がないので、国田教務主任が学生寮がほしいということで、本日、ご相談に三人で参りましたところですが……」

と柏原が言ったところで、関口が「柏原の説明でおわかりのことと思いますが、先生の施設をお借りして学生寮にすることはご無理と存じますが、如何でしょうか」とたずねた。

関口は「無理です」との返事を期待していたところ、広田は、

「このままでしたら私のところの病室は荒れ果ててしまいますので、丁度良い機会と思っていますし、学生寮として活用することに家内も賛成しております」とにこやかに返した。

関口と柏原は予期せぬ回答に目を白黒させた。国田を除いて二人は動揺した。

一方の国田は、期待していた通りに話が進展しだしたので、我が意を得たりとばかりに頷いた。国田は話が自分の思う方向に動いたと感じ、「広田先生、勝手なお願いですが、ここの病室やお部屋を見学させていただけませんでしょうか」と言った。

「そうですね。こちらからどうぞ。同じ建物ですので、どうぞこの先の廊下を渡ったところです」

関口と柏原はこんなに学生寮の話がトントン拍子に進むとは予想していなかったことから、病棟の見学はせずに話題を変えたい気持ちになった。しかし、妙案はない。しかたなく、国田のペースに巻き込まれてしまった。柏原と関口は病室を見学することになり、三人が広田の案内で病室を見学していたところ、

「学生寮を早くつくってあげたいので、私のよく知っている大工さんに相談してみましょうか？」と広田は学生寮の相談を前向きに検討する気持ちになってきたので、本気で出入りの大工に相談しようと思った。

柏原は、広田のこの言葉に驚いた。

「先生それは少し待っていただけませんか。こちらとしてはまだ、学生寮についての案が理事会で正式決定されていませんので、少し時間をいただければと思っています。先生が学生寮について前向きなお考えであることは理解できましたので、今日のとこ

ろは、ここまでの話としたいのですが……」

すかさず関口が、「広田先生の学生寮への思いに感謝しております。病室も沢山ありますので学生寮にすることも可能ですが、先生のご意向を踏まえて、今後、検討してみることにしますので、よろしくお願いします」

「あーそうですか、今後のことが決まりましたらまた、ご連絡下さい」

「ご無理なお願いを承知の上でお伺いしたのですが、一応、了解が得られましたので理事会で検討の上、また相談に伺いますのでよろしくお願いします」と柏原が言うと、

「広田先生、今後ともよろしくお願いいたします」と国田は微笑を浮かべて言った。

国田は学生寮が現実味を帯びてきた感触を持った。国田の医師会側に対するいつもの冷たい視線が現在は消失していた。帰り際に広田の前で、再び笑みを見せて、改めて深い一礼をした。三人は玄関を出て柏原の車に乗る前に揃って一礼をし、柏原は「後日、また相談に伺います」と言って、車のエンジンを始動させた。三人は柏原の車で帰路に就いた。

車は尾因大橋を渡り本土側の尾因市内に入り、看護専門学校前で国田が降りた。間もなくしてJR尾因駅北口で開業している関口内科医院前に着いた時に柏原は「国田は本気で学生寮をつくってほしいと思っているのかなぁ」と言った。

「寮をつくる気があるか試していると思うよ。学校は常時赤字だし、借家でも学生寮

をつくるには資金が必要だから、赤字の学校が学生寮をつくれるはずがないことぐらい国田は知っているはずなのに、無理をしてでもつくらそうとしているのだ」

「私もそう思いますが、返事はどうしますか」

「少し時間をおいて、次の理事会で今日のことを議題として数分間で良いから理事に相談してみましょう」

「二、三週間先になりますが……」

「それで良いよ」

関口はそう言って下車した。

柏原は自宅に帰り、書斎の机に向かって、瞑想した。久船から副学校長の仕事の内容を以前に聴かされたが、国田のもとで各学校行事で司会などをして指揮を執り、その他の学校運営に協力することや学生の諸問題の解決のための助言などがある。しかし、学校長や副学校長を含めた進級や卒業判定のための会議はないという。

判定会議がないということは、国田が独断で判断し学生たちの進級、卒業を決定しているということになる。このことは国田が赴任してからなされてきたことであり、村山、原上、速沢の元学校長らは、進級、卒業判定結果は事後報告で了解してきたのである。以上のことから、教務主任の国田のワンマン体制が理解できる。

これは学校管理体制としては由々しき問題である。それは柏原としては絶対に看過することはできない。これらの状況からして、国田が学生の進級や卒業判定に関してば学校長も副学校長も上司とは思っていないことは確かだ。柏原は約十年以上に渡り、運動器科学（整形外科学）の講義をしており、学校の講師控室にいる時の国田の様子や会話の状況、久船の発言内容などを考慮すれば、国田は部下の教員は自分より能力が劣っている専任教員であり、同じ医師会立の准看護学院の専任教員と同等程度と思っており、彼女らに対しては蔑視し、明らかに優越感を持っているようだった。

柏原は国田を以上のように評価しているが、関口も他の理事たちも一致した意見と思われる。そうならば、このような学校の体質というか体制を少しずつ是正しなければならない。このことを次に関口に会った時に相談せねばならないと柏原は思った。

尾因市医師会理事会での学生寮に関する説明内容について、柏原は関口学校長に「国田は何故に学生寮が必要なのか」電話で相談した。

国田の表向きの理由は学生の経済的救済というけれど、国田の言う通りにすれば学生から徴収する寮費は一般の借家と比較して安くする必要があり、広田院長が格安で賃貸してくれると言っても、改修工事代金を回収する必要性もある。学生寮に手を出せば、今後は学校側に経済的諸問題が発生して身動きがとれない状態になるかもしれないと、柏原は危惧の念を持っている。

以上のようなことを関口に説明したところ、

「私も同感だ。柏原よ、よく考えてみると根高病院の学生蒸発事件があったので、国田は似たような事件を回避するために学生寮が欲しいと言っているので、将来は駆け込み寺になる恐れがあり、学生寮は必要ない。新医師会長が誕生すると会長を兼任する学校長に対して無理難題を医師会側へ要求してくるのは国田の常套手段だよ。決して相手にするなよ。理事会ではこの経緯を説明してくれ、キッパリ断ったと報告してくれれば、それで良いよ。また、広田先生にも丁寧に説明をして、お詫びをして下さい」

「はい　わかりました」

以上のことから、医療機関でトラブルを起こした学生の駆け込み寺にしようと考えているのが国田の本心であることがますます確実になった。学生寮があればトラブルを起こした学生を収容して、学生と医療機関との関係を断絶し、その学生の就職を国田は意のままに操ることができ、学生寮は鬼に金棒となるのである。

柏原は副学校長に就任して、医師会員の間で噂されているように、国田が狡猾な企みを持つ強かな女であることを改めて認識した。柏原は理事会で、国田から学生寮設立の要求があったこと、休院中の広田産婦人科医院を関口、国田と三人で訪問したこと、国田の本心は学生の駆け込み寺が欲しかったことなどを淡々と理事に説明した。副学校長としての担当理事報告として留めていたので、議事録には記載されない案件となった。

午後九時頃に理事会は終了した。国田への学生寮についての説明をどのようにするかについて、関口と協議することになり、二人は応接室に入った。

柏原は国田への説明については「学生寮を広田先生にお願いすることになったら、学校が昨年度は六百万円以上の赤字のため、さらに学生寮に投資することは不可能であり、学生寮をつくるわけにはいかない、と言えば良いですね」

「そうだな。国田は学校が赤字であることを知っており、学生寮は最初から無理と知っていて、こちらに相談しているので、その説明で良いよ。事情を知った上で国田は駄目元で学生寮が欲しいと言ってどんな返事をするか私たちを試してみただけのことさ」

「私もそう思います。まぁ、この件については適当に説明しておきます。こちらから電話で一方的に言う方が良いですね」

「国田の顔が見えない電話の方が良いよ」

「そうですね。後日、国田へ電話してみます。これとは別の話ですが、私の所属している慈善団体で静岡県伊豆のゴルフ場のホテルに一泊するゴルフ大会があるのですが、その団体のゴルフ大会に先生と国田と私の三人の組で参加して、一度は国田の機嫌を取っておいた方が良いかと思います。前の速沢学校長も、近隣のゴルフ場で国田を一年間に数回程接待しており、某理事が運転手としてお供をさせられたことがあったし、また、四年生の研修旅行にも参加されたと聴いております。私らには長期の休診は絶対にできないので、研修旅行のお供ではなくゴルフに招待しておけば国田が少しは医師会側の意見を聴く耳を持つことを期待したいところですが……また、私たちに研修旅行に帯同してほしいと言わせないためにも」

と言うと、関口は数秒間の沈黙の後に、

「うーん……、学生寮の件を頓挫させるので。よし、私が国田の費用を出して連れて行ってやるかなぁー」

「先生、費用は一人十万円程と聴いていますが、本当によろしいのですか」

「まぁ、医師会長になればこのくらいのことはしてやらないと、国田は医師会の言うことをますます聴かない女になるからね」

「代金を私と折半にしたら、良いと思いますが……」

「いや、いや、柏原にはこれからも頑張ってもらわないとと私は思っているので、いいよ。お前は私の懐刀と思っているので私に任せなさい」

「そんなに私を買い被っては困ります。速沢前学校長の話では、国田はいつも医師会員に敵愾心《てきがいしん》を持っているとのことですが、これで少しは温和しくなるかどうかは疑問が残りますが。ところで、彼女が看護団体の役員をしているというのは本当ですか」

「その件について、ある人に調べてもらったら、役員ではないということだよ。基本的な考え方がその団体に近いということだけらしい。要するに准看護師は看護師に値しないレベルなので、准看護学校の廃止論者なのだよ。役員をする程の大物ではないよ。柏原よ、医師会にとって看護専門学校は大きな荷物のようなものだよ。早く何とか手を打って国田を改心させたいが、妙案はあるかね」

「十年以上も国田を甘やかしてきたのだから、そう簡単にはいかないでしょう。いつか三人で学校の将来について話し合いをしてみてはどうでしょうか」

「それはダメだよ、水と油だからダメだよ。もし話し合いをしたならば、国田はさらなる要求事項を集めて、喋りまくるよ」

「噂によると、大阪へ卒業生を送り込んでお金をもらっているというが、どのくらい懐に入れているのかなぁ。某理事が私に聴いてきたので……」

「私立病院なら一人につきウン十万円だろう。しかし、確証はないよ」

「施設見学は第三期生からずっと大阪の病院見学に行っていることから、学生を雇用している施設の先生から誰が大阪に行くことを決めているのかと聴かれて私は返答のしようがなかったので……。これからは国田が勝手に決めていると言って良いですか」

「事実だから、そのように答えれば良いよ。施設見学の予定は事前に報告してくれるらしく、歴代の学校長は一度も反対したことはないらしいよ。柏原、これからはどうしようかなあー」

「反対すれば喧嘩になりますか」

「一度反対してみないとわからないが……」

「広島や岡山など近場の施設にしなさいと言ってやるか。学生たちの積立金で施設見学や研修旅行に行っているのでダメかもしれませんね」

「そうだよ、自前で計画しているので、これらの行き先決定権は国田と学生が握っているということだよ」

　関口の説明を聴いて、柏原はこの件に関しては諦めざるを得なかった。しかし、国田が学校の雑収入を横領していることについて、学校長はどの程度知っているのか、この機会に確認したい気持ちになった。

「関口先生、国田が学校会計に入るべき雑収入を横領していることをご存じですか」

「うん、知っているよ。この件については速沢先生から聴いているよ。速沢先生は以前から横領していることは知っていたので、それとなく聴いてみると、平然としてそのお金は学校や学生のために使っていると説明したので、それ以上のことは聴かなかったとのことらしい。この件を追求したら、すぐに他の教員を引き連れて辞表を提出するので、放置するしかないと言っていたよ。私も学校長になった時に柏原に相談しようと思ったが、臭い物に蓋をする方が得策と考えることにした。その理由は、横領を告発したら、警察がその証拠を得るために再試験、追試験を受けたことのある一部の学生に事情聴取をすることになると学校の信用は失墜し、マスコミに報道され、国田らは直ちに辞表を提出して学校は潰れることになるだろう。そうなると、全責任は学校長の私にあるので……、柏原も同罪だよ」

「そうですね。正義を優先したら、混乱を招いて自滅することになりますね」

柏原はこの学校の副学校長を引き受けたことを後悔したが、後の祭りである。しかし、悪人はいつかは滅びるであろうし、神様は許さないであろうと思った。医師会全体のことを考えれば、正義を無視した関口の苦汁の決断は当然のことであり、現在の状態は国田に敗北していることを意味するものかもしれないが、悪事を施す奴はいずれ、尻尾を出すであろう。その時に、こちらは尻尾を摑まえるチャンスがある。柏原は国田のような狡猾で権謀術数に優れた女と、いつかは衝突するであろうと予感がしたのである。

「関口先生、国田は辞表を懐に入れて交渉していると事務長が言っているので、いつか実行するかもしれない。尻尾を出したその時がチャンスで受けて立ちましょうよ。虎の尾を踏んだつもりでやりましょうよ」

「そうだと良いが、その時は国田の後任人事で未曾有の覚悟とエネルギーがいるよ」

「とにかく現状の看護専門学校ではダメなのは確かですので、もし、チャンスが到来すれば不退転の決意をもってやりましょう」

　関口は、もしそうなれば、先が全く読めず一抹の不安があった。

　翌日、柏原は広田に電話を入れた。

「広田先生、先日、ご相談しました学生寮の件ですが、誠に申し訳ございませんが、改築には素人が考えても少なくとも一千万円以上必要かと思います。赤字の学校には予算がないので、この件はなかったことにしていただきたいのですが、如何でしょうか」

「そうですね。私も改築費のことを心配しておりました。学校は赤字で大変ですね。ただ、学校に少しでも協力しようと思っただけのことですので、私はそれで良いですよ」

「いろいろとご迷惑をお掛けしました」

「いいえ、どういたしまして。先生は大変ですね」

「このようなことが、私の仕事ですので……」

「まぁ、頑張って下さい。わざわざ連絡して下さってありがとうございます」

　ということで、電話は切れた。

　続いて柏原は国田に電話する前に、一度深呼吸した。広田産婦人科医院の学生寮の件については、こちらの方針のみを伝えて、国田から質問があろうものならば遮断し、問答無用とすることにした。国田が電話に出た。

「国田先生にお伝えしたいことがあります。それは学生寮の件ですが、もし、学生寮をつくろうとすると改築費には一千万円以上の費用が必要かもしれませんので、学校の経営上、絶対に無理と判断し、断念することになりました。理事会でも了承を得ましたので、学生寮の話はなかったものとして下さい。お金がかかることなので無理とわかるでしょう。いいですね。忙しいので電話を切りますよ」

受話器を置く音が「ガチャン」として柏原は一方的に電話を切った。柏原は狡知にたけた国田に勝ったと思い一件落着した。これで良しと大きな溜め息をついた。


数日後、柏原が学生寮の件は解決したかと思っていたところ、国田が柏原の診療所の昼休憩中に電話を寄越した。

「実は、三年生の学生が臨地実習を欠席したので、問い質したら、病気だったという理由でした。それならば診断書を持って来るようにと言ったら、筆跡が変な診断書なので、筆跡を調べたところ、本人の筆跡でした。本人に確認したところ、それを認めています」

翌日、柏原はこのニセ診断書の件で国田と会った。

国田の目は少し大きくなり、何故か憤怒の形相であった。国田は「病院の診断書の管理が悪いから、学生がこのようなことをしてしまうのです。先生、どう思いますか」と少し大きな声を発した。

「診断書の管理？　どこの医療機関でも手書きの診断書は診察室に置いてあり、医師の認め印も机の上か引き出しに置いていますよね。朱肉の容器にも印鑑を立てる穴があるぐらいでね。医師の机の上にあるものは、誰でも手の届くところに置いているのが普通でね。私のところも同じ管理方法ですが……」

「そのような環境だから困るのですよ。キチンと管理されていないから、このようなことが起こるのですよ」と国田の声はさらに甲高くヒステリックになり、学生の所属医療機関での些細なことを辛辣に言っている。国田はまだ学生が間違ったことをしたという認識はない。いつになったら国田の口から「学生が悪いことをしました。申し訳ございません」と言うのであろうか。数十秒の沈黙の後に、柏原は国田に言った。

「学生も、貴女も間違っているよ。いいですか、学生は自分の手で公文書を偽造したのですよ。しかも、自分で病院長の印鑑を勝手に捺印したことは盗印ですよ。もし、学生本人の筆跡であることが確定すれば、診断書という用紙を窃盗し、公文書を偽造という立派な犯罪を犯したことになるのだよ。貴女は学生が可愛いから、学生の味方になって、病院の管理責任を追及しているが、貴女はこの問題を本末転倒している。学生の親御さんにこのことを話してみなさい。親は娘を大声で犯罪者として叱責するでしょう」

「あのー、私はこの診断書を書いた学生にはこのようなことをしてはいけませんと注意はしましたが……」

国田は柏原に小さな声で言った。ということは国田はこの学生を叱責していないらしい。

「今、私が言ったこと、すなわち、窃盗と公文書偽造という罪についてを厳しくその学生に伝えて、このようなことをする人は看護師になる資格はないと言って、厳重に注意して始末書を書かせなさい！」

「あのー」

「あのーも、このーもない」

柏原は国田の発言をすぐに遮り、語気を荒げて鋭く言った。国田は何か言いたいような顔をしていたが、柏原は「もうすぐ診療時間になるので、この件の終始末は貴女にまかせるからね。また、関口学校長にも必ず詳細を報告して下さいよ」と言って席を蹴って立った。

柏原は今日の診断書の件については正論を言ったまでのことである。何故に今まで国田に対して正論を言える人が少なかったのか不思議でならない。

柏原はこの度のニセ診断書事件の件で、強かな国田の意見に巻き込まれる前に正攻法で論破して溜飲が下がる思いであった。スカッとした気分であったが、これで看護専門学校の旧弊を打破したことにはならない。

約一カ月後の土曜日の午後のことである。

静岡県で関口、柏原、国田の三人がゴルフをすることになった。関口、柏原は新尾因駅より乗車し、二人は岡山駅発十五時二十三分のひかり号に乗り換え、国田は倉敷から在来線に乗り、岡山駅で同じひかり号に乗車し、三人が揃った。

関口が医師会長になったのが、三月であった。その後、学生の診断書偽造事件で揉め事のようなことがあったが、これは三人にとっては些細な出来事に過ぎなかったので、その話を蒸し返すこともなかった。しかし、それ以前の根高病院の学生蒸発事件については、関口と柏原は国田の行為は学校に明らかな汚点を残したと認識している。また、国田が学生寮をつくってくれと言って、医療機関とトラブルのあった学生の駆け込み寺にしようとする発想は、医師会側にとっては危険極まりないことであると思っている。

このように学校運営に関して医師会側と国田という水と油の関係のものが、親睦を兼ねてゴルフをしようとしている。新幹線で三人が同席し、呉越同舟していることは学校の内情を熟知している医師会員は奇異に感ずるであろう。関口は身銭を切って国田と仲良くしようとしているが、国田から表向きの同意を得ることができるのは接待を受けている今日と明日の二日間のみだと柏原は推測している。

ひかり号が岡山を発車したが、岡山駅始発であったため、空席が目立っていた。柏原の隣の座席が空席のようで、柏原は座席を回転させて三人で会話できるようにした。三人は学校とは無関係で差し障りのない世間話をしていたが、新大阪駅に着いたころに関口が「国田先生、前任地の大阪での看護専門学校はどんな学校でしたか」と話題を変えた。

「私のいた大阪の学校は全日制三年課程でしたので、今の定時制の学校とは異なり学生の質も良く、勉強の環境も比較にならないので……」

国田は現在の尾因市医師会立看護専門学校を若干卑下しているかのような口調になっていた。柏原はこのように、学生のレベルが低いと平然として話す国田の顔を見て、少し不愉快になったので、どこがどのように違うのか訊いてみたかったが、話が面白くない方向に進むかもしれないので、

「とは言っても国田先生の指導が良いので、当校の看護師国家試験合格率百%が十年以上も続いていることは誠に立派なことですよ。そう思いませんか?」と国田を褒めた。

関口も「そうですよ。国田先生のお陰で、我が校も立派と思っていますよ」と追《つい》

従《しょう》を言うと、「まぁ、そうですが……」国田は微笑した。

柏原は国田と教育の話をしても、国田と打ち解けそうもないので、再び他愛もない世間話をすることにした。

「国田先生、今もパチンコをしていますか？」

国田はパチンコを趣味としていることを少し恥じらい、二人から視線を逸らし一瞬どのように答えたら良いか迷っていることが読み取れた。

「はい、時々ね」

柏原は「勝ちますか？」と尋ねた。

「時々ね」

「何処でしているのですか？　倉敷市ですか？」

「尾因市でもしていますよ。ウッフッフ」

柏原は国田の表情から、もう訊いてくれるなと察した。

「そうですか。私は学生時代には授業をサボってパチンコをしたことがあるけれど、昔は手打ちでしたが、卒業する頃には電動となり、チューリップの数も多くなり、パチンコ台の中央には時々板状の大きな口が開いてランプが点滅してフィーバーするようになったねー。私は最近のパチンコ屋に入ったことはないけれどパチンコ台はデジタル化されて射幸性が高くなったというが、本当ですか？」

「本当ですよ」

国田はいよいよパチンコの話は止めてほしいという顔付きになっていると感じて、柏原は「そうですか」と言って、「ストレス解消にはいいですね」と付け加えて、話題をゴルフに変えた。

「国田先生、最近はよくゴルフをされていますか？」

「いいえ、私は最近は全々やっていませんのよ」

「以前、速沢先生から松丘カントリークラブで国田先生と数回プレーしたことがあると聞いていますが、あのコースはバンカーが多くて難コースですよね。スコアはどうでしたか？」

「沢山、叩いたので、よく覚えていませんのよ。今度もいくつ叩くか予想もつかない程です」

国田はそういうものの、この度のゴルフへ行くために練習場で数回練習したことは口外しなかった。

柏原はゴルフは最近は上《のぼ》り調子であったが、自らはゴルフのスコアについては沈黙していた。自分でゴルフの調子が良いと言ってからプレーすると今までの経験からして力むことが多く、予想に反してスコアが良くないことが多いからである。

関口は「この度は遊びのゴルフですから、スコアはどうでもいいですから、楽しくプレーをしましょう」と言って、和やかな雰囲気にしようとした。

しかし、国田の表情は和やかにはならず、他人行儀な会話が続いた。このような応対ではやはり、国田は医師会員から嫌われるはずだと関口も柏原も思った。

岡山駅から約二時間を経た十七時三十分に名古屋駅に着くと、丁度車内販売のワゴンサービスが来たので関口は三人分の弁当と缶ビールを購入し、柏原と国田に夕食を奢った。学校長としての気配りで、二人は遠慮なく弁当とビールを受け取って車内での夕食となった。熱海駅には十九時二分に到着予定で丁度良い夕食時間である。三人は東海道新幹線熱海駅で下車し、JR伊東線に乗り換え伊東駅からタクシーで約二十分で予定通りの時間にホテルに着いた。各自チェックインをして、入浴、就寝の予定である。各自のゴルフクラブは三日前に宅配便でホテルに発送しており、明日はプレーするのみである。

このゴルフコースには富士コースと大島コースの二つの十八ホールのコースがある。尾因市の慈善団体の会員は二泊三日組と一泊二日組があり、ゴルフ好きなグループは前者を、仕事の関係で二泊もできないグループは後者を選択していた。関口、柏原、国田組は後者で、土曜日にホテルで一泊し、日曜日にこの団体の最終組に入れてもらった。

当日は快晴で絶好のゴルフ日和の微風で、天候については申し分なかった。三人のプレーは大島コースで、ほとんどのティーグランドから太平洋を望むことができる素晴らしいコースである。この大島コースはO氏設計の格調あるコースでこのゴルフ場の歴史はここから始まったとパンフレットに記載されているが、関口、柏原、国田の三人はO氏については何も知らないし、聞いたこともない。三人はその程度のビギナーゴルファーであり、スコアもグロスで100前後の腕前である。柏原はこの団体のゴルフコンペに参加していたので、練習にも熱を入れていた。それでも柏原のスコアは94で関口は103、国田は112であった。三人は心地よい汗を流してストレスを解消した気分になり、入浴後にはこの団体の懇親会に参加させてもらって、酒や夕食をいただいた。

関口は医師会長をする程の人望のある先生なので、この団体の多数の会員と顔見知りである。国田は関口と柏原を除いて面識のある人はいないが、このような人々の前でも物怖じしない女である。

帰路の車中ではここの皆さんと同席するので、誰の愛人かと疑われては困るので、関口と柏原は夕食中にゴルフの幹事には国田の職名を看護専門学校の教務主任と伝えた。二人は今日の国田への接待で、看護専門学校運営において医師会寄りに改心してくれることを願っているが、速沢前学校長は、度々、国田をゴルフに接待しても、医師会に対する国田の考え方は変わらなかったと言う。二人は国田へ期待しても報いられることはないだろうと予測している反面、このような接待をしたので、国田が少しでも医師会へ理解を示してくれるだろうと一縷の望みを持っている。

ゴルフ旅行から数カ月が過ぎた。

看護専門学校の学校長、副学校長の仕事は意外と多い。開業医としての診察を毎日の仕事にしている者にとって、木曜日の午後を休診として学校の諸々の雑務を処理し、年間の学校行事をこなしていかなければならない。

年間の主な学校行事は四月には始業式、入学式、新入生の合宿研修、五月には全学年のバイク通学者のためのバイク講習会、入学試験のための学校説明会、六月にはオープンスクール、七月には公開授業、八月には施設見学（三年生）、研修旅行（四年生）、九月には防災訓練、十月には学校祭、十一月には戴帽式、一月には卒業研究発表会、二月には学内研究発表会、次年度入試と面接試験、新入生召集・施設長会議と所属先見学、制服採寸、三月には卒業式、送別会、合宿研修（三年生）などがある。

入学式、戴帽式、卒業式の三大行事ともなれば、来賓の方々の出席があり、主催者側はその準備段階から式次第や対象学生の名簿作成などで神経を尖らせていた。これらの三大行事は学校長式辞があり、副学校長は司会進行の任務があり多忙である。その他の年間行事では学校長、副学校長の出席が望ましく、止むを得ない場合であっても、学校長または副学校長のいずれかは出席しなければならないため、二人とも国田教務主任に協力して学校運営をしている状態である。

三大行事の他に一般の方々を対象とした対外的行事として、オープンスクールと公開授業がある。オープンスクールは毎年六月第四土曜日の午前九時三十分から十二時まで、今年の内容は、「看護体験（採血、フィジカルアセスメント、手洗いとガウンテクニック）・妊婦体験・胎児モデル・おもちゃ作り・高齢者疑似体験・介護食の試食・在宅介護用品の展示」と盛り沢山であった。また、高校生に対しては入試説明会や進路相談コーナーもあった。毎年参加人数は約百人である。

一方、公開授業は毎年七月の第四水曜日と木曜日の二日間実施され、近隣の高校の夏休み入りの時期に行った。その内容は、水曜日は一年生担当の共通看護技術、二年生の注射法、三年生の災害看護であり、木曜日は二年生担当の疾病を持つ人の生活調整、三年生の緩和ケアであった。今年の参加人数は二日間で約六十人であった。

以上のように、行事の当日は学校長、副学校長の二人ともが出席しなければならないし、その準備段階での打ち合わせがあり、学校関係行事には多忙極まるものがあって肉体的にも精神的にも疲労が蓄積しやすい。国田は、もし学校行事に粗相があれば、自分の責任となる可能性があり、それを回避するためにも何でもかんでも学校長、副学校長の二人に相談し、二人に行事への出席を強要しているのである。いつも保身を頭の中に入れてのことである。

関口、柏原の新体制になって、九月までの学校行事をこなしてきた時に、二人は国田に「三大行事以外は国田に一任するので、不必要と思われる学校行事の挨拶はできるだけ少なくしてほしい」と申し入れたら、国田は血相を変えて、

「何をおっしゃるのですか。学校管理者が学校行事でそんなに学生に対しての挨拶をなしにしたら、教育上好ましくありません。先生方が診察に忙しいのはよくわかりますが、どうしても譲るわけにはいきません」

関口が「いや、いや三大行事以外の全部の行事での挨拶を除いてくれとは言っていないので、できるだけ少なくしてほしいと言っているだけで、例えば……」と言っている最中に関口の話を遮って「行事については今まで通りにやって下さい。お願いします」と国田の視線は鋭くなり、二人を圧倒するような威圧的眼差しとなり、一歩も譲ろうとしない雰囲気になってきた。

柏原が「三大行事以外で二人ともその行事に出席できない時は、一人だけで良いことにしておきたいのですが……」と懇願するように丁寧に言ったところ、

「そのようなことは今まであったことなので、改めて確認する必要はないでしょう。先生たちは学生のためを思ってそんなことを言っているのですか。先生たちは自分勝手ですよ」

国田は二人の上司を威嚇するような視線となり、声は甲高くなり、女がキンキンと喋っているのが周囲に響いていた。

関口が「私は医師会長の仕事も多くあり、忙しいのでね」と言った。

「それはわかっています。そのために副学校長がいるのではないですか」

「私は有床診療所で入院患者もおりますし、手術もしなければならないので、多忙ですよ」

国田は柏原の言葉は単なる言い訳と解釈した。

「それならば、副学校長になんかならなければ良いのに……」

国田のこの言葉は上司の柏原に対する誠に失礼な愚弄した発言である。柏原はこんな小人と喧嘩しても得るものはないので、怒りを抑えて、

「いや、誰かがやらねばならないので、引き受けましたが、貴女にこそ医師会立の看護専門学校と協力してうまくやって下されば良いのですが……」

柏原は冷静になって、ここで興奮してはならないと思って言った。

医師会に敵愾心《てきがい》を持つ国田は二人を一瞥した。

「何を協力するのですか」

「すべてですよ。いろいろな雑務もされているようですが、赤字の縮小や学生の地元への就職など医師会側の方針に従って欲しいだけです」

柏原は金銭管理にも言及したかったが、ここで柏原が学校の雑収入管理の正しいやり方の話をすると、国田の横領を暴露することになるかもしれないので、すぐに関口が、

「今日のところは医師会側の希望を伝えたことにして終わりにしましょう。国田さん協力して下さいよ」と笑顔をつくった。

「ハーイ」

と関口に対しては少し従順なところを国田は見せた。しかし、柏原に対しては徐々に敵意を見せてくるようになってきた。先日の架台付中型オートクレーブのことが尾を引いているらしい。それは、国田が中型オートクレーブを購入して欲しいと申し入れたところ、柏原が高額な物品であり、一年に一回の実習で使用するだけなので、中古品を薦めたが、お互いに譲歩せずに、物別れになったとのことである。この女はやはり小人だと柏原は思った。

関口と柏原は各々の自家用車で来校したので、学校の駐車場まで歩いている途中、関口が口を開いた。

「今晩、学校のことで飲みながら相談しよう。柏原に先約があれば別の日にするが、いいかな?」

と言って、柏原と胸襟を開いて国田の対策について相談する気持ちになっていた。

「ああ、いいですよ。午後七時にしましょうか」

「尾因駅前の京楽《きょうらく》にしよう。予約しておくからね」

「承知しました」

柏原が副学校長になってから、関口と二人だけでの会食は二回目である。一回目の時は副学校長に就任して間もなくの四月下旬であった。その時は看護専門学校の赤字対策と学生の地元への就職率向上などについての医師会長としての個人的相談であったようなことを柏原は思い出した。

柏原は京楽では何度か個人的にも会食したことがある。二階には廊下を挟んで両側に個室があるのみで、店主は関口のような医師会長兼学校長が個室を予約し、それが先約であった時にはもう一つの個室にはお客を入れない配慮をするような男で、何でもかんでもお客を入れ、銭儲けをしようとすることはしない。また、一見の客は絶対に二階へは通さない。ということで二階の部屋は空いていることが多いので、柏原は多分二階の部屋で会食になると予測していた。

午後七時十分前に柏原はタクシーで京楽に着いた。店主が「どうぞ、お二階へ、関口先生はまだです」と言って階段へ手招きをした。柏原の予想通り二階の個室には他の客はいなかった。この場所で柏原は胸襟を開いて、学校の将来についてそろそろ関口に意見を具申する方が良いと感じた。二人の話し合いの目的は同じであった。

丁度、午後七時に関口が急ぎ足で階段を上ってくる足音がした。

関口は店主から「十分前に柏原先生が来ています」と聞いていたので、

「やあー、柏原、少し待たせたなぁー」と言った。

「いや、一寸だけね」

関口の後を付いてきた女将にすぐに「生ビール二つ」と言うと、関口は二階の常連客なので店主が気を利かせて、二人が揃った時点でリフトには前菜が用意されており、生ビールを二つ追加したリフトが到着する音がしたかと思うと、前菜も生ビールも同時に届いた。二人はビールジョッキを持ち上げてお互いに「お疲れ様」と言って乾杯した。

「柏原、今日の国田の言動をどう思うか？」と関口は国田の話をした。

「国田はいつも私の意見に反対する女でね、賛成したことはあまりないですね。先生は学校長ですから、一目置いているようですが、私は学校の用務員ぐらいにしか思っていないようです」

「柏原、そんなに僻《ひが》むなよ」

「僻んでなんかいませんよ。久船副学校長の時代と同じですよ。国田はいつも私にはあれしてくれ、これしてくれと言ってお願いの口調で言っていますよ。久船先生はよく耐えたと思いますよ。私は先輩の速沢先生から、この度、副学校長になった時に国田は学校の雑収入を摘み食いをしていると聞いています。学校会計報告書を見ても約十年間は雑収入は祝儀の一～二万円のみですよ。准看護学院は学生数は看護専門学校の約半分なのに雑収入は四十万円前後あります。この金額をベースにすれば推定八十万円の使途不明金があると思います。どこに消えているのですかね？」

国田の横領についての話を京楽の二階でしても、密室と同様でこの秘密が他人に漏洩することはない。

柏原はビールをグイグイ飲みながら、強い口調で国田の横領という学校の不正の核心に触れた。関口も速沢からこの問題を何とかしてくれと言われているので、別に驚かなかったが、この問題を解決するために、すぐには突破口がなく、攻めあぐんでいる状態である。穏便に済ますことは簡単ではない。

速沢の学校長時代に接待ゴルフの昼食中に雑収入について「あのお金はどうしているの」と訊いたら、「事務連絡用の切手を買ったりして、学校のために使っています。赴任した時から村山先生がそうして良いと言っていましたので」とさらりと言ってのけたので、速沢は次の言葉を失ってしまい、そのままになったという経緯があったことを関口も柏原も知っている。ここまで問題解決のために情報を共有しているにもかかわらず、医師会の新体制になっても、一歩も進展していない。

関口も生ビールを飲み干していたので、テーブルの呼び鈴を押して女将に生ビールの追加を注文すると同時に次の刺身料理が届いた。関口が料理を注文していないにもかかわらず、続いて料理が届くことから、柏原は今日は京楽のお任せ料理と勘付いた。多分、次には穴子や海老料理が出ると期待した。

「意外なことだが、国田の横領を村山先生は知らないだろう。柏原よ、国田に代わる教務主任がいればこの不正の牙城を陥落させるには正攻法で簡単なことだが、国田がいつ辞めさせてくれと言うか予想がつかないので、その対策がすぐに打てるようにしていなければならない。柏原よ、その妙案はあるか」

「第一に教務主任になれるような器の人は非常に少ないのでね」

「そうだろう、私もそう思うよ」

次の料理として大きい車海老の塩焼きが出てきた。生け簀の活魚で美味しかったので、二人は舌鼓を打った。

関口はビールを飲んでいたが、徐々に腹部に膨満感を覚えるようになってきたので、日本酒にしようと柏原に言って女将に広島県の酒都である東広島市の地酒を持ってこさせた。関口はこの日本酒が好きで冷酒のままでお猪口で二、三杯飲んだところで、ますます冗舌になってきた。

「原上会長の時代から国田の傍若無人な態度は顕著になってきたし、次の速沢会長はこの状態を正そうとしたが、国田は辞表を懐に入れ、これをちらつかせた恫喝に怯えて、匙を投げて、早く若い者に医師会長兼学校長にバトンタッチして、解決してくれと言ってきたのだ」

と関口は速沢の気持ちを代弁した。

「みんな、国田の恫喝と言っているが、国田は辞める気もないのに、我々を欺瞞《ぎまん》しているのだと思います。私に国田というどら猫の首に鈴をつけろと言うのですね。それならば国田が辞めると言った時に鈴をつければ良いと思います」

「まぁ、そうだね。今まで誰もなす術なく傍観しているだけだった。他に妙案はないかな?」

「すぐには、ありませんよ。しかし、一つ方法があるかもしれません。それは、医師会側が国田に対していつも強い姿勢に出ることです。今までの学校長、副学校長とは違うところをいつも見せておくことです」

「ほうー。それはどんなこと?」

「例えば、国田の意見に対して正鵠《せいこく》を射た正論を述べて正攻法で論破することです。今までは国田を怒らせたら、学校が潰れるという恐怖感を医師会側が持っているために、何でも反対することなく医師会が国田に隷属しているからダメなんですよ。医師会側は正論を述べて、いつか国田を激昂させれば良いのです」

柏原の言う通りで関口は同感であった。

「横領という不正は柏原の言う通り確かなので、一般の会社では、国田のような奴がいたら、社内には後釜が多数いるので、即刻、免職させることができるが、看護専門学校の教務主任という人材はすぐにはいない。会社という組織と看護専門学校という特殊な組織とは全く違うのだよ。それだけ特殊な資格を有する専任教員の世界で、その中での教務主任という器の人は希少価値のある人材なのだ」

「そうだから、国田はいつも強い姿勢でいられるのですね。しかも、ナンバーツーを養成していないことも国田の策略ですよね。その策略に勝つためには、我々を恫喝するためにいつか国田が自分で辞めると言うのをやはり待つしかないと思います。そのためにに医師会側が強くならないとダメだと思います。私ら二人は国田に対して強くなりましょうよ」

「ようし、私も腹をくって国田に対処しようと思う」

「関口先生がそのような決心をして下されば、私も遣り甲斐のある仕事になります。二人でやりましょう。不退転の決意をお互いに持ってね」

「柏原がその気持ちなら、やろうじゃないか」

「そうですよ。やりましょう」

二人は新たな決意に燃えていた。柏原は医師会の某理事から聞いたことを思い出して、関口へ尋ねるようにして言った。

「関口先生、某理事が言うには国田は十三年間、三年生の施設見学として大阪方面に日帰りで就職のための病院見学をしています。原口学校長から速沢学校長の時代に大阪以外の施設見学は一度は神戸があったかもしれないが、いつも大阪ですよ。入学生には大阪の高校出身者は皆無なのに毎年一割以上の卒業生が大阪方面の病院に就職していることは、某病院からそれ相当の収賄をしているという噂ですよ。某理事によると就職者一人に対してウン十万円だそうですが、関口先生は知っていますか」

関口は再び腕組みをして少し間を置いて、

「うーん、その話は某理事ではなく根高病院の理事長からも聞いたことがあるよ。噂なのか、本当なのか真偽の程はわからないが……」

「私は本当だと思いますよ。ある専任教員が言うには、大阪の某病院長から時々国田に電話がかかってくるという話ですよ」

「証拠が掴めないことだからね。電話があっただけならば証拠にならないしね。収賄を摘発するのは難しいよ」

関口の理路騒然とした話に柏原は感服し、国田の攻略には一筋縄ではいかないと感じた。

関口と柏原は生ビールを地酒の日本酒に切り換えて、ビールによる満腹感を防いで、次々と出されてきた瀬戸内海産の魚料理を堪能した。

柏原は国田が根高病院に敵意を持っていることに対しての融和策として根高病院長や副院長に講義をしてもらう案を以前より考えていたので、この際、関口に相談してみようと思った。

「根高病院の先生に看護専門学校の講義をしてもらうようにしたら、国田は良い返事をするでしょうか」

「いや、無理だ。以前の卒業生蒸発事件のことがあるから、国田は根高病院長の顔も見たくないと言うだろう」

「やはりそうですね、根高と聞いただけでアレルギー反応を起こすかも知れません。代案ですが卒業生が毎年一人は就職している梅本《うめもと》病院の先生はどうでしょうか」

「うーん。それは良いかもしれないが、講師を辞めたいという先生が出た時に、梅本先生が講義ができそうな科目ならば、その時に、こちらから提案してみるのも良いかもしれないね。しかし、国田はできるだけ尾因市内の施設に卒業生を就職させたくない気持ちらしいので、拒否するかもしれないね。医師会にとっては梅本病院のように学生が残ってくれるのがベストだが、国田は学生が市内の民間病院に就職するというと、それに反対して、都会の大病院に就職するように薦めるという噂があるのを柏原は知っているか」

「知っていますよ。学生が地元の公立病院に就職を希望して、成績証明書を発行してほしいと言うと、すぐに発行せずに書類の締め切り日に間に合わず、その病院の事務長から私にすぐに発行してやってくれと電話があり、国田にその旨を言うと、『発行しましたよ』としらばっくれる始末で、平気で嘘をつく女なので、私はムカッとしたことがあります。国田はこのようにじわりと嫌がらせをする女ですよ」

「似たような話は速沢先生からも聞いているよ。今の教務主任の国田を何とかしないといけないことは確かだよ」

「すぐに実行できる妙案はないので、やはり相手の出方を待つしかないなぁー」

「今後のことは柏原に任せるから、やってくれよ」

京楽に来る時に、柏原は国田の悪事を関口に伝えて、看護専門学校改革を可及的速やかに実行しようと企てたが、今晩の話し合いでは一朝一夕には進まないことを実感した。結局のところ、医師会側は国田に対峙して、何でも同意するのではなく、医師会は学校の建学理念・精神を基盤として初心に帰って毅然たる態度をとって対処することが第一に求められると柏原は痛感したのである。


十月上旬のある日、関口と柏原は講義が終わり、二人が自宅に帰るために三階から二階へ下りていた時に二階の踊り場にいた国田が、

「先生、ちょっと話があるのですが、お二人とも今よろしいですか。ここでは何なの

で学生相談室でしましょう」

　と言って、次のような話をした。

「根高病院長が以前に問題になったことで、今度は別の先生が三年生の特定の学生二人と夜に寿司屋に出入りしています。月に一～二回程度で、噂によるとその先生は二人のうち一人に好意を持っているらしいです。前回の件と同様に放置してよいものではないので、先生方に相談しているのですが、どのようにしましょうか？」

　この情報は他の学生からの国田への垂れ込みであった。このような話は過去にもよくある話だと久船前副学校長から聞いたことがあったが、スキャンダルになったことはなかった。

　柏原が「放置しておけば」と言うと、

「先生、真剣に考えて下さい。愛人関係になったらどうするのですか」

　国田は不機嫌になり、甲高い声となり、視線も鋭くなってきた。

「前にも言ったように、二人の学生も大人だから、国田先生が、二人の学生に注意すれば解決すると思うよ」

「二人の学生を誘う方が悪いと思いませんか？」

　ヒステリックに言う国田と話をしても無駄と考えて、関口が「根高病院長にもこの件について連絡しておくから」と言って二人は早々に辞去した。

その後、根高病院長も理解を示して、その先生に注意してこの問題は解決したと柏原は思っていた。

それから、一カ月後のある日、当該者の二人は夜に会食したり、歓楽街を闊歩しているという話は再び国田の耳に入り、その内科医師に対して激昂した。この話は直ちに国田から柏原に電話連絡され、解決策を要求された。

柏原は根高病院長から、その内科医師は学生に食事を奢っているだけだから心配無用と言われた。柏原は解決策としては、国田が学生に絶対に行くなと言えば解決することだと考えた。

しかし、学生が卑しいから、会食に応じているふしがある。一方の国田はその内科医師が学生を誘うことを止めれば解決すると考えており、悪いのは根高病院側であると、攻撃しているのである。私的感情を丸出しにしており、学生に厳重に注意することすら忘れているのである。

後日、柏原はこの件についても関口学校長を含めて三人で話し合いの場を持った。

関口が「どちらも大人だから、しかも一度はこのことについて注意しているのですから……。要するに学生がついて行かなければ、それで良いのですよ」

「関口先生は学生が悪いと言うのですか。もういいです。こんな学校だからダメなんです。私は辞めさせていただきます！」

国田は突然に甲高い声を発し、さらに話を飛躍して、「絶対に辞めますからね」と関口、柏原を恫喝したのである。柏原は国田の欺瞞《ぎまん》に満ちた言動と受け取った。国田は四人の専任教員を掌握しているという隠然たる勢力を医師会側にいつも見せ付けてきており、今日の発言は明らかに医師会への挑戦である。関口と柏原は狼狽の表情を浮かべた。国田は立ち上がって、紅潮した顔面で二人を睨み付けた。二人とも同時に立ち上がり、国田への言葉を失って唖然とした。

国田は無言で、ドアを開けて退室した。残された関口と柏原が顔を見合わせ、関口が

「国田は本気で言っているのか、いないのか解らないなぁー。ヒステリー発作かなぁー、柏原はどう思う?」と言って柏原と国田が私的感情で何となく敵対していることを察した。

「本気で言っているのでしょう。本気だと受け取りましょう。国田が乾坤一擲《けんこんいってき》をしたと思って、こちらはすぐに対策を考えますから少し時間を下さい。学校を潰すわけにはいきませんので……」

「国田は本気で辞めると言っていると本当に思うか。国田は今は独裁者だから、現在の地位に恋々としたいのが本心と思うよ。今日言ったことは、我々を恫喝しているだけと思うよ。もし、本気であった場合には大変なことになるので、我々はまず教務主

任を人選しなければならないね。通勤可能なエリアに教務主任としての人材がいるだろうか」

「先生の仰る通りかもしれませんが、国田のいつもの恫喝と異なる点は根高病院の蒸発した二人の学生を大阪へ送り込んだミスを挽回するために、あの病院を責めることに終始しているのだろうと思っています。そして医師会員を分断させて、自分は正しいことをしていると強調しているので、私は国田の欺瞞を受けて立つべきと思います。教務主任の人材についてはこれから、あらゆる人脈を通じて探してみなければわかりませんが……」

「柏原の言う通りかもしれないね。よーし、やろう。柏原よ、明日から忙しくなるぞー」と言って柏原の諫言を受け入れた。

柏原の頭の中に国田の甲高い声の「辞めます！」と言う言葉が響いて、脳裏から消える気配がないまま、自家用車を運転して柏原は帰った。家の玄関を入るなり、無言で書斎に向かっていたら、妻が柏原の深刻な顔を見て「何があったの、何を考えているの？」と言った。

「教務主任が辞めると言ったのさ」

「そう、それは大変ですね。資格のある職員が辞めるということは、うちの医院でも大変なのに……」

柏原は何も答えずに書斎に入った。柏原は関口という後ろ盾があり、国田の「辞めさせていただきます」の言葉を素直に受け取ることにした。医師会の周囲の先生方は全員我々を応援してくれるはずだと確信している。みんなは看護専門学校の開学当時の建学理念・精神の状態になることを期待しているし、現在、国田が辞めるのはこちらにとっては良いチャンスとして捉えなければならない。まず、県庁健康福祉局医務課看護係長に会って相談してみようと柏原の頭に閃いた。

翌朝、柏原はこの件で医務課看護係長に相談に行くことについての許可を関口から得たので、早速、電話で看護係長に簡単な経緯を説明して面会予約をしたところ、十一月の第三木曜日午後三時に決まった。しかし当日は関口は医師会長としての仕事があり、柏原一人で広島に行くことになった。柏原は木曜日午後一時三十分発の新幹線に新尾因駅で乗車し、午後二時十分に広島駅に到着予定である。看護係長に説明する手順を簡単にメモして、柏原は要約したことを短時間で淡々と説明することにした。第一期生から第十一期生までの就職先の府県名と広島県内の市町村名を記入した一覧表を提示して、

集計表には、

卒業生　　　　　　　　四百十四人

広島県内就職者　二百六十一人（うち尾因市内百三十人）
広島県外就職者　九十四人（うち阪神地方就職者四十一人）
進学　五十九人
大阪府・兵庫県内の高校からの入学者　〇人

①国田は学生には「教務主任の方針としてできるだけ進学しましょう。もし、進学できなかったら、大阪府、兵庫県の病院に就職させてあげましょう。進学試験に合格しなかったら尾因市内の病院に勤めるのは試験に不合格になったことがわかるので、市内の病院に就職するのには不利ですからね」と説明している。
②就職斡旋で大阪の某病院からリベートを受け取っているという噂もある。
③入学願書代、再試験料、学生のコピー代などの雑収入を推定で年間約八十万円着服している疑いが濃厚である。

以上のことを話の半分でもよいので、理解してほしいと、看護係長に告げることにした。

柏原はタクシーで広島県庁玄関に着いた。面会までの時間的余裕がないため、案内係に医務課のフロアーを尋ねて近くのエレベーターに乗って四階に向かった。

受付で「面会予約をしている柏原ですが」と言うと、すぐに二人用のテーブル席に案内された。数分後、看護係長が来られた。お互いに名刺交換をしたところ、名刺には看護係長大西洋子《おおにしようこ》と記載されていた。容姿の整った方で役人らしい凜とした面長で美人の顔であった。

「先日、お電話でご相談しました柏原と申します。本日はお忙しいところ、貴重なお時間を拝借して申し訳ございません」

「いいえ、どういたしまして」

「当校の開学当時は県庁のお力添えで、副学校長兼教務主任の藤本様を県庁より出向していただき、無事に開校することができたと聞いております。その後、藤本様は二年後に県庁に戻られ、その代わりに大阪から来ました国田教務主任の時代になったわけですが、この方は着任初期から、専任教員たちとの折り合いが悪く、一年後に専任教員が多数退職してしまい自分は四月までは勤めるが、あとは知りませんと言ってきたので、偉い先生方が懇願して慰留させたという話です。その後、専任教員を揃えたものの、『私が辞めたら他の専任教員も辞めます』と恫喝するようになっております。歴代の学校長はこの恫喝に脅えてきたわけで、教務主任を甘やかし過ぎて、現在は医師会側はコントロールできない状態であります。例えば、施設見学は十年以上に渡り、毎年、大阪方面に日帰りで三年生を引率して行き、就職先も大阪方面を斡旋しており、このメモに記載しておりますように全卒業生の一割以上の学生が大阪に就職しております。本校には大阪府内の高校出身者は一人も居りません。このようなことになった背景には国田教務主任は大阪の病院の看護師養成所を卒業し、その病院に五年間勤務した後にその養成所の専任教員をしていたと聞いております」

大西は淡々と述べている柏原に耳を傾けていた時に、

「国田さんは自分が辞めるなら一人で辞めれば良いのに、仲間を連れて辞めるという話は脅しに等しいですね。看護教員養成講習会を受講した看護師が非常に少ないことを知った上で、辞めることをちらつかせる人は最低ですね。これは意地の悪い女の常套手段でよく聴く話ですね」

「そうですよ。しかしながら、本当に子飼いの部下を連れて辞めてもらっては、学校存続の問題にもなり、非常に困るわけです。今日は学校長の関口と一緒にお伺いする予定でしたが、関口は医師会長としての所用で来られませんでした。関口学校長は『一大決心をして、この問題に対処したいので、よろしくお願いいたします』とのことです」

柏原はここまでは普通の声の大きさで大西と話していたが、「ちょっと大きな声では言えないことがあります」と言って、周囲を一瞥して椅子を前に出して、顔を大西の方に近付けて、やや小さな声で、

「実は看護学校に入るべき会計上の雑収入が、最近の十年間において一〜二万円と極端に少なくなっているのです。当医師会には准看護学院がありますが、その学校では、入学願書代、学生の再・追試験料、コピー代などが年間約四十万円近くあります。看護専門学校では学生の再・追試験料、コピー代が年々増加しています。国田がこれらの金銭（推定八十万円）を医師会事務局に手渡さずに、学校事務員に命令して自分で管理しているようです。使途不明金について前学校長の速沢が尋ねかけると『学校に必要な切手や文具などの必要経費に使っているので、信用して下さい。そのようなことを言うならば、私には考えがあります』、すなわち、辞めるということでした。私はこの話を直接に前学校長から聴いていたので、今の関口学校長もこの件について知っております。この度、国田が些細なことで学校を辞めると言ったので、この際、一大決心をして国田に対峙して戦うことにしました。そのためにも県庁の看護係の大西先生に後ろ盾になっていただかなければならないと考えております」

「国田さんは、横領しているということですね……」

監督官庁の職員としての大西は驚きのあまり、次の言葉を失った。

大西の困惑した顔を見て、

「私もそう思いますが、告発できない事情がありますのでね。それをもし警察に届けたならば、お金を支払った側、すなわち、学生にも調査が及び、信頼していた教務主任が横領をしていたとなれば、新聞やテレビで報道され、正義の立証というメリットよりも学校の信用失墜というデメリットの方が大であるという結論に達しております。この件につきましてはどうか大西先生の特別のご理解をお願いいたします。ところで、新しい教務主任としての適任者がおられましたら是非とも紹介して下さい」

柏原が大西に接近していた顔を元に戻したところで、大西は「はい、わかりました」と答えた。

「国田の良いところは一つだけあります。それは、現在第十一期生までの卒業生を送り出していますが、看護師国家試験は百％の合格率です。この合格率は近隣の看護専門学校では第一位だと思っております」

「そうですか、開学以来百％合格ということは学生にとっては教育に厳しい人でしょうね」

「そうですよ。お金には厳しいというより汚いですね。このようなこともあって、この度の国田の退職の申し出を素直に受けて、私たちは開学当時の建学理念・精神の原点に戻って看護専門学校を再生したく思っておりますので、よろしくお願いいたします」

「ご協力しましょう。学校長にもよろしくお伝え下さい」

大西は自分の監督すべき看護専門学校の口外できないような内情を聴かされて驚愕

したが、自分では冷静さを失わずにいたことにホッとした。一方の柏原は学校の恥部とも言うべき国田の悪行を大西に暴露したことで、溜飲が下がる思いであった。

柏原は上りの新幹線で広島駅から新尾因駅へと帰路の約四十分間、腕を組んで瞑想した。

国田が辞める時に専任教員を引き連れて辞めるということを、速沢元学校長も事務長も聞いたことがあるという。四人の専任教員のうち三人は、国田の力によって広島県庁が行う看護教員養成講習会を六カ月間受講させてもらったという恩もある。また、国田は相当なワンマンで部下の専任教員の言うことに耳を傾けることなく、諫言を受付けないと言われている。専任教員は生活がかかっているにもかかわらず、それだけで国田と一蓮托生の運命として職を賭すことができるであろうか。「私が辞めれば他の教員も辞めますから」という国田は余程の自信たっぷりなのであろうか。国田の言動を信じるならば教務主任だけでなく専任教員を招聘したり、募集したりしなければならない。いろいろな考えが交錯していると電車は新尾因駅に着いた。今日の県庁で大西係長と話したことを柏原が自宅から電話で関口に詳細に報告した。

「今日は県庁の看護係長より教務主任更迭のお墨付きを得たようなものだ。まず、教務主任経験者で現在、リタイヤしている人を探してみよう。内紛のあった看護専門学校に来てくれる可能性のある人は、このような人しかいないと思うよ」

「そうですね。それではあらゆる人脈を通じて教務主任適任者を探しましょう。私は明日から直ちに実行します」

「私も頑張るからな、柏原に全面的に協力するよ。国田は一人で辞めるような女ではないよ。必ず部下を引き連れて辞めるよ。立つ鳥跡を濁す奴だよ。医師にも医師会にも反感を持っているし、特に根高病院を標的とした今までの言動からして柏原も想像できるだろう。次の医師会の理事会で国田の退職の件について報告し、教務主任や専任教員を探してもらうように頼んでくれ」

「はい、わかりました」

柏原は教務主任を探すにあたり、内紛を隠して公募するわけにはいかないので、適任者と思われる人材には事情を説明してから、一本釣り方式で探すことにした。

翌日に柏原の大学の先輩であり、社会保険審議会委員をしている正垣昇《しょうがきのぼる》先生に国田の退職の件について相談した。柏原が現在までの国田との経緯を詳細に報告したところ、広島看護リハビリテーション大学の学長に相談してみようということになった。柏原はこのように話が進んだことから、今まで不安感のみが増幅していたのに急速に前途に光明を見い出してきたような気がした。正垣先生の話では学長とは出身大学は異なるが、二人とも外科医で年齢が同じで、同学年になるので親しい間柄という。

丁度、一週間後に学長より正垣に電話があった。その内容は広島市内の某看護専門学校の教務主任で一昨年に定年退職して故郷の三原市に帰られた方がいるとのことで、その人の氏名と電話番号を教えて下さったとのことで、本人にも再就職の話で電話があるかもしれないと伝えてあるという。

このことで、正垣から柏原に直ちに電話連絡があった。柏原は関口学校長に報告し、関口から交渉を任された。

柏原は電話で自分の所属と名前をお伝えして、

「広島看護リハビリテーション大学の学長より、先生をご紹介していただきました件ですが、私どもの学校の教務主任として是非ともお迎えしたく存じております。電話だけではお決めになるわけにはいかないと思いますので、一度、三原市でお会いしていただきたいのですが、如何でしょうか？」

「はい、はい、その件についてはいろいろと考えましたが、今は働く気がございませんので、お断りすることに決めたところです。すみませんが、他の方にお願いしていただけませんか」

学長という立派な方の紹介であったので、話がうまく運ぶのではないかと期待していただけに柏原は自分の耳を疑い反射的に次の言葉になった。

「いいえ、いいえ、お電話でご承諾のご返事をしていただけるとは思っておりませんので、是非一度お会いして私どもの話をお聞き下さればと思っております」

「申し訳ございませんが、私は働く意思は今のところございませんので……」

「そうですか、勝手なお願いをしてお騒がせしまして、申し訳ございませんでした。もしお考えが変わりましたら、学長を通じてご一報下されば幸いです。その時はよろしくお願いいたします」

柏原は受話器を置いて、大きな溜め息をついて、学長が紹介して下さったということは、教務主任として再就職として少しは脈があるかもしれないと考えるのは自分に都合の良い解釈をしていたのだと気付いた。柏原はけんもほろろに断られたことにショックを隠すことはできなかったし、これからの教務主任の招聘をすることに暗雲が立ち込めてきた予感がした。

柏原が関口学校長にこの結果を報告したところ、

「柏原よ、そう簡単には話が進まないと覚悟して取り組まなければならないよ。今までの学校長と副学校長は教務主任の後任のカードがないから国田のわがままを十年以上も許してきて、何もできなかった気持ちがよくわかるよ」と関口は諭すように話した。

「私は、これだけのことでは諦めませんよ。あらゆる人脈を通じて最低五人ぐらいは交渉してみるつもりです」

「そのぐらいの意気込みを持ってやってくれれば良いよ。今日の経験から、いきなり電話では相手が断りやすいので、次からの交渉は最初から面会できるようにセットしてもらう方が良いと思うよ。仲介の労を執ってもらう時には、面会できるようにお願いしておくことだな」

柏原は関口の言葉を聞いて、面会方式が良かったと同感し、この度の件の交渉は後の祭りになってしまったが、面会さえできればこの話が進むかもしれないので、ますます、闘志満々となった。

学校長を併任している関口医師会長は顔の広い男である。教務主任を探していることを知った尾因市役所の某職員から市長秘書課に、市内に元教務主任をしていた人がいるという話があった。そのことが市長に伝わり、市長と関口が高校の同級生ということもあって、元教務主任の件で直ちに市長より関口に連絡があった。関口は、この話を柏原に伝えた。

「市長から元教務主任がいるという連絡があったよ。二人目の候補は市内の方なので、最初から面会方式にしたよ。私も行くので二人で面会しよう。彼女は現在無職なので、木曜日の午後を面会日にしたのでよろしくね」

関口の話し方は自信が少しあるように柏原には聞こえた。

「本当ですか。今度はうまくいくかもしれませんね。紹介者が市長ですからね」

「そのようにうまくいくかどうかはねー。聞くところによると教務主任退職と同時に、二年前に元市役所の部長さんの後妻として結婚されたそうだよ。前勤務先は広島市内だったらしい」

数日後に関口から柏原に電話があった。

「元教務主任のとの面会日が決まったよ。来週の木曜日の午後二時に市役所の秘書室になったよ。市長はこの日には所用があるので秘書課の職員が応対してくれるらしい。二人で行くことにするのが良いね」

「勿論、行きます。何歳ぐらいの方ですか」

「六十歳ぐらいらしい。本人は初婚でね。人生はいつ何が起こるかわからないね」

「彼女に期待しましょう。市役所では、看護専門学校の詳しい経緯は除いて国田の悪行も言わないようにします。教務主任が退職しますのでとだけ言いましょう」

関口もすぐに同意した。

次の木曜日がきた。午後は快晴であった。関口と柏原の二人ともこの面談で吉が出ることを期待して、午後一時五十分頃に市役所の玄関で落ち合った。最上階の六階で秘書課の受付嬢が関口の顔を見るなり、「先生お客様がお待ちです」と言って、廊下の長椅子に手招きしてくれて、二人は座った。

秘書室から女性の声で「ハッハ、ハッハ、キャッキャッ」と笑い声が漏れ聞こえてきた。誰と話しているのだろうかと気になったが、笑っている人が元教務主任かもしれないと思って、関口が小声で「あの笑い声が今日の相手かもしれないな」と柏原にそっと耳打ちをしたところ、受付嬢が「どうぞ」と言ってくれたので、二人は入室した。

秘書課長と思われる中年の男性が笑顔で、

「実は、今日の方は私の元同僚と結婚されたので、ご主人の話をしていたところです。若返って元気にされているそうです」

と関口に言ったところで、二人の顔を見ながら元教務主任の婦人の前の椅子を勧めた。間もなく受付嬢が三人分のお茶を持って来てくれたところで、その職員は引き下がり、三人だけになった。立ったままテーブルを挟み、関口と柏原が自己紹介をして名刺を差し出したら、婦人は「大口《おおぐち》です」と言って、三人が同時に座った。

関口は、

「この度の件、大まかなことはご存じと思いますが、是非とも当校の教務主任になっていただきたく参上した次第ですので、よろしくお願いします」

と言って、関口が頭を下げると柏原も頭を下げた。

「あぁー、そうですか。この度のお話があって主人も勤務しても良いと言ってくれたのですが、私は二年前に学校を退職した時にその時の教科書やその他の関係書類を全部処分しましたのよ。もう、看護専門学校には勤めないことにしようと思って」

柏原が、

「本や資料のことなど、お気にされなくて結構です。学校にはほとんど揃っていると思いますし、不足分は直ちに購入しますので、良いかと思いますが……。せっかく、尾因市にお住みになられたのですから、尾因市でお仕事をされるのも良いかと存じますので、お願いします」

と言うと、すぐに関口が、

「ご主人が良いとおっしゃるのだから、もう一度お考え直していただけませんか」

と言って、再び二人は頭を下げた。

「先生方からそう言われましても、今の私は約二年前に広島から尾因市の向島《むかいしま》に来て生活環境も変わりました。主人の農業を手伝っておりまして、柑橘畑で働くことが好きになっていますのよ。蜜柑や八朔を摘み取るのが楽しいのです」

大口は後妻に来たことは一言も言わなかったが、二年前に尾因市に来て、今の仕事が楽しいと言って、教務主任の就職話をそれとなく断ろうとする姿勢が見え透いてきたのである。柏原は大口には脈はなしと推測した。今日の話は市長からの依頼で、主人がかつて市長の部下だったこともあり、市長の顔を立てて面会だけはして、断るつもりでここに来たことが理解できた。

「蜜柑畑が海に面したところだと、暖かい海風を受けて甘く美味しい蜜柑ができると聞いていますが、大口さんのお住まいは市内の向島ですよね。私どもの看護専門学校は尾因大橋を渡ってすぐのところですので、教務主任として来て下さればと思っています。また、気持ちが少しでも変わられましたら、ご一報下されば幸いです。いつでもお迎えしますので、よろしくお願いします」

「そうですね、今のところは私の考えは変わりませんので、申し訳ございません。ところで、柏原先生は整形外科の先生ですよね。実はここ三週間蜜柑の収穫期でして、毎日、鋏で摘む仕事をしておりまして、右の手のひらから指にかけて痛いのですよ。また、指を曲げるとコクン、コクンと引っかかるのですよ。先生、ちょっと診てもらえませんか？」

大口は右手掌を柏原に差し出した。しかたなく、柏原は大口の手掌を触診した。

「これは手の使い過ぎによって起こる腱鞘炎で、いわゆるばね指ですね。仕事を止めれば治癒することもありますが、症状が持続すれば治療の選択肢はいろいろとありますよ」

柏原は女の図々しさに呆れつつ、「これ以上症状が進行すれば、どこかの整形外科を受診して下さい」と言って次の言葉を濁した。

関口も同感と思ったのか、

「それでは、本日はご足労をお掛けして申し訳ございませんでした。また、何かございましたら、よろしくお願いします」と言って一縷の望みを託した。

関口も柏原も彼女に失望して、秘書課の職員に礼を言って辞去した。市役所玄関で二人は顔を見合わせて、柏原は口を一文字にして「諦めてたまるか」の意思表示を心に刻んだ。関口も柏原と同じ思いであった。これぞ以心伝心というやつだ。二人は徒労感に襲われ悄然として市役所を立ち去った。

十二月上旬になると今年は寒い日が続いて、北風が強い日が時々あり、寒さが一層身に染みるようになった。十三日の第二木曜日の午後は粉雪が舞っていた。関口と柏原は教務主任募集の話を尾因市内の尾因総合病院長にお願いすることになった。

尾因総合病院は尾因市では一番規模の大きい四百五十床の総合病院で、病院内に全日制の三年課程看護専門学校を併設している。

関口と柏原は尾因総合病院長を訪ねて、自校への教務主任の招聘を依頼した。国田教務主任が突然退職を申し出て、困惑していることを説明して、尾因総合病院に併設されている看護専門学校の専任教員の中から推薦して欲しい旨を伝えたところ、「専任教員を十年以上している人がいる。現在、副教務主任をしている彼女に話してみましょう。尾因市在住で年齢は四十歳くらいでしょう」と言うことだった。

関口が、

「先生にお任せしますので、よろしくお願いします。平素は当校の看護学生の主たる臨地実習をお引き受け下さっておられ、いつもお世話になっている上に、ご無理なお願いをして申し訳ございません」

と言って二人とも深く頭を下げた。この時点で、国田教務主任が退職するということが、臨地実習病院でも公になった。

その後、三人は医療についての世間話をして、面会は約十五分で終わった。

院長室を出た二人は顔を見合わせて、柏原が、

「この病院の看護学校から、国田の後任に本当に来てくれるだろうか？　出世欲のある人がいれば良いのだが」

と言うと、

「私もそう思っているところだよ。駄目元で良いと思って、探すしかないと思うよ」

「そうですね。あまり期待はできないようですね」

「数日後には本人の意向を我々に伝えると言っていたので、一縷の望みを託そう」

柏原は何となく、吉報を期待する気になれなかった。

数日後に病院長から関口に電話連絡があり、やはり柏原の予想通りのお断りの返事であった。関口から「これで三連敗だな」と言われて、国田の強気の顔を思い出して、

国田は自分の予想通りの展開を見透かしているのかなと思った。近隣の現職の専任教員は国田に気兼ねして、教務主任になろうとしないのが当然かもしれない。そのような考え方が妥当ならば、県外の国田を知らない人が良いのではないかと柏原の脳裏に閃いた。「そうだ、尾因市立市民病院の本川伸《もとかわしん》病院長は岡山県出身の方で、岡山から赴任されて二年目で尾因市医師会員との協調姿勢を前面に出している」と呟いた。

柏原は関口に電話を入れて、「教務主任の件で、明日でも良いので、私一人で尾因市立市民病院長の本川先生のところに行かせて下さい」とお願いしたところ、「柏原に任すから、頼むよ」との返事を頂戴した。

早速、本川病院長に電話を入れたところ、病院長秘書から「病院長は海外出張で昨日出発し、一週間後に帰国予定ですが、病院勤務は九日先の月曜日になります」と言われた。ということは、十二月下旬頃に病院長との面会が可能ということである。柏原は十日後の病院長への教務主任招聘依頼に期待した。十日間が待ち遠しく感じる柏原は日増しに期待度が高くなった。

柏原は関口に本川病院長との面会は十日先になると後日電話連絡したところ、次のような意外なことを知らされた。

「国田が辞めるのを止めたいと言ってきた。その理由は自分の辞意表明により、学校に混乱を招いたことらしい。憶測だが近隣の看護教員の知るところとなり、国田は追いつめられて白旗を揚げたのだと思うので、是非とも腹を割って会ってやってくれないか」

関口の電話での話し方は淡々としているようだが、柏原は「腹を割って話し合ってくれ」という文言は「聴くだけで良い」の意味ではなく、柏原主導の医師会と国田との戦争を終結してほしいという苦渋の色が滲んでいると察した。しかし、柏原はここで妥協したら負けに等しいので、国田の話を聴くだけにして会う決心をした。

柏原は翌日の昼に国田と話合うことになり、学校に出向いた。会談の部屋は一階の学校長室を用意してくれていた。柏原が学校長室のソファーに腰を掛けていたところ、小さなノックの音がしたので、どうぞと言うと、国田が入室してドアをゆっくり閉めた。

「関口先生からお話は聞いているかと思いますが、よろしくお願いします」

国田は柏原と対峙するかのようにソファーに座った。

国田の顔の表情は日頃の普通の顔付きで、微笑みもなく、怒った時のような鋭い目付でもなく、平静を装っていた。

「私が貴女に訊きたいことは二つあります。その一つは貴女は何故私に辞めると言ったのか、次は何故、今それを撤回することになったのかです」

「私は根高病院の件で頭がいっぱいになったので、つい興奮して辞めますと言ったようです」

「ただ、それだけのことですか」

「……」

「貴女は今まで、歴代の学校長や久船副学校長に対して、辞めるというカードを何度もちらつかせてきたことを私は知っているよ。私は単純な男だから貴女の発言を信用して、対処することにして、関口先生の許可を得て行動することになった時、貴女が関口先生に『副学校長はおっかない人のようです』と言ったことも知っているよ。根高病院の勤務医が二人の学生を寿司屋に連れて行っていることを先生に注意しても止めなかったという些細なことで私たちに辞意を告げて、学校を混乱させた貴女の本心は何ですか。私には貴女の恫喝や欺瞞《ぎまん》は通じないよ」

柏原は教務主任探しで三連敗しており、徒労に終っている。自分も十二月になって追いつめられている実感はあるが、相手が白旗を揚げて相談に来ても「はい、そうしましょう」とは男の面子もあり、口が裂けても言えない。

国田の本心は辞めると言って柏原の行動を試そうとしたのかもしれない。柏原は教務主任の後任がいないので、すぐに降伏すると思っていたが、精力的に人探しを継続しており、「国田先生は辞めるのですね」と臨地実習病院の実習指導教員から国田の耳に入ってくることもあった。その返事で「いいえ、辞めるつもりはありません」と答えるわけにはいかず、無言の抵抗しかできなかった。国田は周囲には沈黙していた。

「このままでは学校内に混乱を招き、いずれ学生たちも不安になってきますので、辞めることを撤回する気になりましたので、よろしくお願いします」

「混乱の種をまいたのは貴女でしょう」

「……」

冷静さを装っているつもりでいるが、国田の目はやや鋭くなっており、視線は窓際や窓の外に向けられたりして、なんとなくそわそわしている。何が何でも今日の話で柏原から同意を得たいと思っている。同意を得なければ、ますます自分は医師会側から追い詰められていき、いつ、辞表を提出して下さいと言われかねない。当校の内紛を知ってから、新しい教務主任が赴任するはずがないと言う信念が心の中で揺らいできたのも事実である。

「混乱を招いてしまったことは、本当に申し訳ございませんでした」と国田は淡々と言った。

国田がもし「私の責任ですので、後任を紹介します」と言えば、国田は我々にとって立つ鳥跡を濁さない教務主任となるだろうが、そのようなことは絶対に言わないだろう。

柏原と国田の敵対関係はすでに二カ月以上続いていた。柏原はここで国田の案に同意することは、引き分けのようであるが結果的には負けに等しい。国田の翻意の理由は、国田個人の意見ではなく、国田と一緒に辞めるという専任教員が国田に懇願したことぐらいは国田が説明しなくても察しがつく。

「国田先生、今日のような重要な話は今のところ後任が決まっていないので、私個人で『はい、そうしましょう』と同意するわけにはいきません。関口先生にも報告しておきますが、また、理事会の議題にするか否かも関口先生に相談します。何も役に立てずにすみませんね」

「………」

無言の国田は柏原の意思の固いことを認めざるを得ない状況になった。国田は話し合いが決裂したことを悟った。柏原に会釈をして無言で学校長室を辞去した。柏原は国田との話し合いの内容を直ちに関口に電話で報告した。

「国田が白旗を揚げたのだから、近日中に二人で県庁の看護係長に面会してこの件について相談してみよう。県庁アポを取ってくれないか」と柏原に告げた関口は今後の国田の処遇に迷走しているかのようであった。

柏原の県庁医務課大西看護係長との面会は今回で二回目である。一回目は十一月第三木曜日であったが、この時は関口が所用のため、柏原が一人で看護係長に面会して自校の事情を詳細に説明して理解してもらったと思っている。二回目の面会は十二月二十日の第三木曜日であった。柏原は二回目の面会なので緊張感は特になかった。しかも、この度は関口学校長との同行であったので、むしろ、関口の方がやや緊張気味であった。

一カ月間、二人は知る限りの人脈で教務主任を探したが、三人の候補から断られており、外部からの適任者はいないので国田の退職撤回の申し出を受け入れるべきか相談のため来庁したのであった。看護係長は柏原と一カ月前に会っていたので、微笑みを浮かべながら二人を迎えてくれた。柏原は、

「年末になってから、寒くもなり、忙しくもなり、その上、当校の件でご迷惑をお掛けして申し訳ございません。本日は学校長の関口も一緒に参りました」

と手短に挨拶をした。

「関口でございます」と関口は名刺を大西看護係長に手渡して名刺交換をした。

「お電話では、新しい教務主任になって下さる方がいないとのことですけど、まだ三月まで時間もございますので、引き続き努力されては如何ですか」

大西はすぐに核心に触れてきた。

「それが、広島看護リハビリテーション大学長、尾因市長、尾因総合病院長からの紹介がありましたが、三人とも良い返事が得られず、困惑しておりましたところ、国田

の方から辞意を撤回したいと申し出があり、どうしたら良いものかご相談に来た次第です」

と柏原が伝えると、大西は、

「この前、来られた時に国田教務主任のことについて詳しい話をお聞きしましたことを考えますと、この際、きっぱりと縁をお切りになった方が得策かと思います。と申しますのは、このような進退の話があったにもかかわらず、国田さんが再び教務主任を続けることになったならば、彼女は医師会側に対して、今後はもっと強い態度に出てくると思います。先生方がここで手を引けば、彼女を辞めさせることは永久に不可能になると思います。お話を伺っていますと、国田さんは大変、強かな方と思います。学校長の方針に逆らうということは教務主任としては不適格です」と言ったところ、柏原は、

「教務主任は部下の専任教員も引き連れて辞めると私たちを恫喝していますし、『私が辞めると学校は潰れるよ』と口外しているようですし……」と国田の強気の姿勢を伝えた。

関口も柏原も二人とも眉間に深い縦皺を寄せているのを見ながら、大西は、

「学校の上司に向かって、そのように恫喝する人に教務主任の資格はないと思います。そういう人柄なので、あれこれと学校を混乱させておいて、今頃になって辞意を撤回

して、残留できたら、さらに強くなろうとしているのです。今までもそのようなことを言ってきて、成功してきたのでしょうから……。私の方も皆さんと協力して適任者を探してみますので、先生方も二月までは新しい教務主任を探す努力をしてみて下さいませんか？」と言った。

関口は「前轍を踏むな」と理解して口を開いた。

「そのようにまで言われるのであれば、柏原と二人で努力してみたいと思いますが、もし、専任教員も退職することになれば、臨地実習の指導看護師を専任教員として病院から出向してもらって専任教員にすることは可能でしょうか」

「多分、その指導をされている看護師は県庁の行っている看護教員養成講習会を受講している方だと思いますので、専任教員になれると思います」

「それならば、私たちは早く教務主任を決めなければいけませんね」

柏原は先日の国田との面会でのことを思い出して、国田の作戦に嵌《は》められなくて良かったと安堵の胸をなで下ろした。

「とにかく、二月までは先生方は諦めずに頑張って下さい。私も適任者を探す努力をしてみますから……」

二人は「はい、わかりました。今後ともよろしくお願いします」と大西に深々と一礼して辞去した。

県庁の玄関を出てみると、外は風はなく、冬の日差しがあり、二人とも緊張して重要な相談をした直後で寒さを感じなかった。二人が顔を見合わせたところ、

「看護係長が真剣な顔で話してくれたのは、我々を応援してくれている証拠だなぁー、良いことだね」

「そうですよ、この前、看護係長には『国田に横領の疑いがあるが、こちらは公にできない事情がある』と言っていたので、この際、国田を辞めさせておかなければならないと考えたのでしょう」

「国田の横領の件は医師会員には口外できないことだし、隠蔽するしかないね。柏原もそう思うだろう」

「そうですが、医師会の法人としての税務調査が十年か二十年に一回ぐらいあるかもしれないということですが、税務署員から、雑収入があるはずと指摘を受けたら、それは使途不明金になりますからねー」

「税務署は会計上で収入除外が一番悪質だと言うので、発覚すると大変だ。税務署はいつ調査に来るかわからないので、何とも言えないが、とにかく、柏原よ、新しい教務主任の件頼むよ」

二人が広島城の方向に歩いて数分が過ぎた。お城が近くに見えてきた。堀の近くの芝生にベンチがあったが、柏原が座りましょうかと言うと、「広島駅まで歩こう。歩

けば寒さは忘れるから早足で十分ちょっとだから」と、二人は少し早足で歩いて駅まで行くことになった。冬の太陽から降り注ぐ光が木漏れ日を作っている街路樹の下を歩きながら、

「柏原よ、二月末まで頑張って教務主任を探してくれと言う看護係長は、国田を退職させて新しい体制にしてくれということだ。ということは県庁も応援をしてくれることになる。尾因市立市民病院長が帰国したら、早急に相談に行ってくれよ」

「はい、そのつもりです」

「もう一つ、すべてがダメになったら、廃校も視野に入れておけよ」

「えっ、廃校！　初代学校長の村山先生に怒鳴られますよ」

「今日の看護係長の話では、最後まで頑張れということはその後の面倒を見るということだ。今の学校の旧弊を打ち破るということに挑戦するからには、廃校も最後の選択肢に入れておいた方が良いと思うよ」

関口学校長の決断は早い。国田は十三年間の在任中に専任教員を完全に掌握しワンマン体制を築いたが、横領の事実や背任行為を知った関口と柏原は看過することはできないと決心したのである。たとえ廃校になっても、正義感でしたことで看護専門学校の諸問題は一気に解決し、赤字のお荷物から解放されることになり、医師会員から「正義の勝利」と言って感謝されるだろうと思った。

「私は学校長の方針に賛成です。次の理事会は来年になりますが、廃校を視野に入れることを話しても良いですか」

「いや、ダメだ。教務主任の人事は常に流動的だから、ひょっとすると白馬の騎士のような素晴らしい教務主任が来てくれるかもしれないので、廃校の話は二人だけの話にしてくれ」

「はい、わかりました。このような人事の話は新幹線の中では話せませんね。近くに看護専門学校に関係する人がいたりしては大変なことになりますしね」

「人事の話はそうだよ。来年一月までに新しい教務主任の内定を目標にして、また、二月上旬には専任教員募集の求人広告を新聞の折込にしよう。求人原稿をいつでも提出できるように、極秘に作成しておいてほしい」

「はい、わかりました」と言いながら、柏原は自分以上に関口の決意は固く熾烈を極めていると思った。

広島駅の南口近くに来たら、クリスマスソングが流れていた。この曲の旋律のように、街は喧騒となり、二人は平成十三年の師走がきたと実感した。

次の日曜日（十二月二十三日）は医師会の忘年ゴルフコンペがあり、関口と柏原は勿論参加するが、村山元学校長、速沢前学校長も参加することになっている。組合せ表では、関口、柏原は同一の組でプレーすることになっている。村山と速沢は二人とも七十歳前後の同年代になるため別の組である。

医師会の忘年ゴルフコンペが尾因市内のゴルフ場で開催された。午前のプレーを終え、昼食はゴルフ場内の食堂で各組ごとに食事をする。プレー終了後の帰路で車を運転する人はアルコールを控えているが、運転しない人は生ビールや日本酒を飲むプレーヤーもいる。運転手付きの関口はアルコール好きであったため、生ビールと日本酒を注文した。柏原は自家用車で来ていたため飲酒を控えた。次の組の村山、速沢たちが隣のテーブルに着いた時、村山元学校長は柏原に近づいて、「柏原、お前は国田と喧嘩したそうだな。国田は辞めると言っているが、あれが辞めたら他の教員も辞めて、わしのつくった学校を潰そうとするのか！　よく考えろ！」と怒鳴るような大声で言った。

「今の国田の体制では医師会立の学校とは言えないし、まともな学校ではない状況です。村山先生はご存じないと思いますが、国田が医師会にとって悪いことをしていても、今まで誰も注意しないので、このようなことになっているのです」

沈黙する柏原に代わって、関口は村山にそう告げた。

村山は国田の悪行を知っているのだろうか、否、国田の横領も背任も耳に入らず、知らないのだろう。

村山は表情を変えずに、「このままだったら、学校は潰れるぞ」と言って、創立三年目に国田が赴任してきてから、次々と専任教員が退職して極端な教員不足になり、学校が潰れかけた時のことを連想し、この時は原上が懇願して国田の辞意を撤回させて乗り切ったことを思い出したのであろう。

「柏原のやっていることは正義でしているのです。私の懐刀だから、責めるのは止めて、もう少し時間を下さい」

「関口、お前も同じ穴の狢か！」

関口は、強気の村山に視線を向けて、

「村山先生、国田の悪行を全部ご存知ですか」

「それは何のことか」

「ここでは言えませんが、いずれ、全容が明らかになります。先生それまで待っていて下さい」

村山は大阪の某病院へ卒業生を斡旋していることや横領、背任もやはり存じていないことが証明された。

村山は不機嫌な顔になり、日頃は温厚な顔が硬くなり、口をもぐもぐとして沈黙した。柏原は村山に一言も喋らずにはいられなくなり、「先生、学校を悪いようにはしませんから、もう少し待って下さい」というのが精一杯の返答であった。

国田は辞意を撤回したが柏原に相手にされず、自分が追い詰められていくのではないかと不安を募らすようになり、村山に泣きついたのである。村山は国田が赴任して学校業務を任せてから、学校が安定してきたとの思い込みがあり、現在の学校長、副学校長に辞意をちらつかせて恫喝していることを知らない。国田の言い分を一方的に聞いて、村山は関口、柏原を怒鳴っている。諸々の背景を知らずに周囲にいた理事たちは、二人が村山の逆鱗に触れたと思っている。

天候は午後からは曇りとなり、北風が強くなり、コンペ参加者の多くは寒さのためスコアが伸びなかった。成績発表会と忘年会は尾因市内の日本料理屋で午後五時から開催されたが、村山元学校長はドタキャンして姿を見せなかった。昼食時の関口、柏原との話で、余程不機嫌になって血圧も上がったのであろうか。

新教務主任候補者三人とも、就任を断られ、適任者が近隣の勤務圏にいたとしても、内紛のあった学校に赴任するような教務主任は医師会立看護専門学校の建学理念・精神と医師会の運営に理解を示してくれる人でなければならない。このような人材は非常に少ないということを見越して、国田は辞意をちらつかせて、尾因市医師会を恫喝してきて国田のワンマン体制が確立された。しかも国田は、医師会のドンと言われる村山元学校長からの絶大なる信頼を得ており、現在まで誰一人として村山に刃向かうような医師会員はいなかった。

国田の反医師会的行動に気付いている医師会員は少なからずいるものの、国田の横領や背任について初めて気付いた学校長は原上であった。しかし、国田の牙城は専任教員を掌握しており、人的にも堅牢で、国田が辞意をちらつかすと、原上は手も足も出すことができずに、臭い物に蓋をする術しかなかった。

次の学校長になった速沢は国田と戦うことができるのは、医師会員の若くて行動力のある者に託すしかないと考えて勇退したのである。この心情を理解してくれるであろう柏原を副学校長にするように、関口に助言したので速沢の予想通りに柏原は国田の恫喝に呼応して、新教務主任獲得の行動に出たので陰ながらエールを送っている。

以上のような背景のもとで、十二月二十四日（月曜日）に柏原は尾因市立市民病院長の本川に面会することになった。

年末ともなれば、車の交通量が増加し、尾因市内の人々は忙しく行動しており、国田との戦いで疲労が著しく蓄積している柏原はストレスが増加し、街中の喧騒から離れたい気分であった。国田の辞意表明後、柏原は思考力が停止したり蘇ったりして混乱している上に、交通事故を起こして恐怖に慄いている夢を見たことがあった。今後は当分の間、診療所の事務長に運転してもらうかタクシーで移動することにした。

今日は事務長に外車の自家用車を運転してもらって尾因市立市民病院に着いた。病院長室は二階であった。一般的な病院は病院長室は最上階にあることが多いが、尾因市立市民病院は標高約八十メートルの高台にあり、二階の病院長室からは瀬戸内海の島々を見渡せて、風光明媚な部屋である。柏原は入室してからしばらく立ったままで、外の景色を眺めながら「素晴らしい景色ですね」と言ってからソファーに座った。

「本川先生、年末のご多忙中にもかかわらず、お会いできて感謝しております。世間では景気が悪い悪いと言っていますが、師走ともなれば、市内の交通量も増えて、あちこちで渋滞しているようですね」

「そうらしいですね。私は病院官舎から徒歩で出勤していますので、渋滞とは縁遠いのですが。当院の患者さんがどんどん増えることは良いのですが……。ワッハッハ」

「平素は私たち開業医は尾因市の中核病院であります尾因市立市民病院に患者さんを紹介してお世話になっており、ありがとうございます」

柏原は時候の挨拶を短くして、早く本題に入りたいところであったが、用件を事前に秘書に連絡していなかったため、本川も今日は何の相談に来られたのか早く知りたかった。本川は最近は院内で医療訴訟があり、多分、患者さんのトラブルを予想していた。

「ところで、今日のご相談は医師会の看護専門学校の教務主任から辞意を突き付けられて、私たちは恫喝されて、困惑しており、諸々の事情があり更迭することにしております」

学校内の諸々の事情についても詳細に説明してから、短時間で本川の賛同を得た。

「そうですか、適任者は二人ぐらいいますよ」

「えっ、二人もですか」

「そうです。一人は岡山県の公立看護専門学校の副学校長を今年三月に退職した方でしてね。今は東広島市に住んでおらます。もう一人も私立看護専門学校を昨年三月に定年退職されています。二人とも多分、現在は無職と思います」

「先生この話は願ってもないお話ですので、医師会立看護専門学校に理解のありそうな方から、まず、お話をしていただきたいのですが、如何でしょうか」

「後程、電話でこの件について打診してみますが、年末で女性の方は多忙ですので、年明けに相談する方が良いと思いますのでねー。柏原先生も年末はご多忙でしょうねー」

「いいえ、ご相手の方が年末でも結構と言われれば、万難を排してそのお話を進めたいと思っております」

「それでもよろしいですが、やはり女性の方は年末はご本人もご家族もお忙しいでしょうから、年明けの十日頃にしましょう」

「はい、そうですね。先生にすべてお任せしますので、よろしくお願いします」

柏原は病院の玄関を出て、病院の駐車場に待たせていた自家用車の中から、早速、本川との話を関口に報告した。関口は今度は二人も候補者がいるので脈がありそうだねと喜んだ。柏原も関口の声を聞いて、自分も楽観的な気分となり、お互いに良い正月を迎えることができると思った。一月十日までは大変待ち遠しいが、教務主任として招聘に脈があるとなれば期待する期間は長くても良い気持ちになるのものだ。

柏原は本川病院長から希望を持てるような話を聞いたからには、年末年始の神頼みしかないと考えた。尾因市には由緒ある古刹が多数あり、毎年、正月三が日は初詣客で賑わっているが、柏原は尾因市北東の備後府中市にある「某地蔵菩薩」に願い事があるごとに参拝してきた。子供の大学入試、結婚、出産など事あるごとに出向いたものである。まず、年末の三十一日に今年の一年間のお礼を込めて参拝することにした。

柏原は地蔵菩薩の頭の部分を撫でて願い事、すなわち、「良い教務主任が来て下さるように」と祈った。

柏原は整形外科の有床診療所を経営しており、正月も入院患者がいるため、国内または海外旅行をするとなると、近隣の勤務医を留守番役として雇用しなければならない。正月料金は旅行に限らず、留守番医師の日当も平日の二～三倍となる。僅か数人の入院患者のために医師の確保が必要であり多額の出費にもかかわらず、時々家族旅行をしていた。しかし、この正月は国田の辞意により、柏原の日常生活まで攪乱されており、教務主任の後任人事も進展していないため、柏原は旅行を断念して、自宅にいることになった。

入院患者の容態は安定している。術後のリハビリ患者には、自宅に帰っても家族に手間がかかるので、一日程外泊してから再び入院したいという患者もいる。歩行障害の患者は病室では各自のリハビリに専念しており、自宅にいても、緊急の仕事はなく、何か異変があった時のために医師が待機している状態である。日・宿直の看護師は患者の病室まわりや点滴・注射が僅かにあること、時々電話の応対があるぐらいで、大変暇な時間を過ごしているのである。このような状態なので、職員は正月のテレビを見ている状態が多いのである。

正月三が日の柏原は、教務主任のことが頭から抜けることがなく、イライラ感が増幅しており、長い神経戦のため憂鬱な顔になっていた。尾因市立市民病院の本川病院長からの吉報が待ち遠しくて、時間が飛んで行ってくれて、早く一月十日になってくれれば良いと思う程であった。

やっとのことで平成十四年一月十日（木曜日）がきた。柏原は本川病院長に電話を入れた。

「明けましておめでとうございます。今年もよろしくお願いいたします。以前にお願いしておりました教務主任の件ですが」

　と言った時に本川病院長は、

「明けあけましておめでとうございます。今年もよろしくお願いいたします」

　と言って、すぐに、

「あっ、それ、それの件ですが、現在、東広島市にいる元教務主任が、一度話を聞いてみたいとのことでね」

「そうですか、東広島は新尾因駅からは新幹線で約二十分ぐらいの距離ですので、通勤可能ですね。是非ともお願いします。私が東広島まで行ってお会いしたいのですがよろしいでしょうか」

「柏原先生が一人で会うのはどうかと思いますので、私と一緒に東広島に行きましょう」

「えっ、本当ですか。できれば木曜日午後は休診にしておりますので、是非お願いします」

　柏原は本川が同行してくれることに恐縮し、体に熱いものが込み上げてきた。

「相手の方は毎日が日曜日と同じですので、いつでも良いと思いますので、十七日の木曜日に予定してみましょう。一緒に新幹線で東広島に行きましょう」

「先生のご都合の良い時間帯に合わせますので、私は午後一時以降は空けておきますので、よろしくお願いします」

このようにして、柏原は教務主任候補と会うことになり、関口学校長に本川病院長の話を電話で伝えた。関口は本来ならば医師会長兼学校長として、二人で面会しなければならないが、大切な所用があるので柏原に一任した。

年末から年始にかけて国田は自分の後任の話が医師会側からないため、平常通り学校業務をこなしていた。自分の予想では後任がいなければ関口と柏原は国田に対して「このまま、教務主任を続けて下さい」と懇願してくるだろうと思っている。そう簡単に、教務主任の器の人はいるものではない。昨年の十二月に辞意撤回の件で柏原と話した時に、教務主任は探しているものの適任者はいないという話であったので、国田はこの勝負は自分が勝ったと思って安心しているのである。

部下の専任教員には、

「私の辞意の一言で、皆さんにご迷惑をかけたけれど、心配しなくて良いのよ」

と平成十三年の年末に公言していた。

このことは日頃の行動にも表れており、いつも学校内では肩で風を切って歩き、尾因駅より学校への徒歩で約十五分の距離を颯爽と歩き、通学中の学生には笑顔で話しかけ、また、四年生には看護師国家試験の勉強をしているかと訊いて励ましている。ということで国田はこの度の騒動で自分は勝ち組となってしてやったりと思っている。

一方の柏原は本川病院長からこの度紹介してもらう方には看護専門学校の内紛について事細やかに説明して、教務主任候補者本人との面会の同意を得ている。

このことは国田の教務主任残留という思惑とは乖離しつつあることを示している。柏原は本川病院長に大きな期待をしている。丁度、教務主任候補者の井坂聡子《いさかさとこ》が三原市に用事があって次の木曜日午前中に三原市に来るという。面会場所は東広島ではなく、本川は平成十四年一月十七日（木曜日）午後二時に三原浮城《うきしろ》ホテルで柏原と一緒に面会をすることにした。

柏原は自家用車で本川病院長を尾因市立市民病院まで迎えに行って三原に向かった。国道二号線の道路の渋滞はなく、約二十分でホテルに着いた。約束の時間の二十分前である。ホテルのフロントマンがホテルに隣接した駐車場に案内してくれて、玄関に近い場所に車を駐車することができた。時間に余裕があったためロビーで井坂聡子を待つことにしたところ、数分後に彼女がホテルの玄関から入ってきた。本川はすぐに立ち上がって、

「やあー、井坂さん、この前の件のことで私と二人で来ました、こちらは尾因市医師会立看護専門学校副学校長の柏原先生です。学校長は所用で今日は来られないのですみません」

「ただいま、ご紹介していただきました柏原です」と言って井坂に名刺を差し出した。

「私は井坂と申します。本川先生から学校のお話は詳しく伺っております」

「ここでは話しにくいので、喫茶ルームに行きましょう」と本川が言って、左手の螺旋階段を指さしながら少しずつ歩き出し、柏原と井坂は後に続いた。「銀嶺《ぎんれい》」という洋風の喫茶ルームで入口から北欧の写真が数枚展示されており、気品のある店である。四人掛けのテーブルに三人が座った。

井坂に向かって本川と柏原が座るとすぐに欧風の服装をしたウェイトレスが来たので、本川がホットコーヒーにしましょうと言うと、柏原と井坂は快く同意し三人分のホットコーヒーを注文したが、本川が気を利かせて三人分のプチ・フールも注文した。

「井坂さんは三原市や尾因市にはよく来られますか」と柏原は尋ねたが、すぐに後悔した。実は東広島市の人口は十八万人で三原市や尾因市よりも遥かに多いことを失念していた。

「いいえ、大きな買い物は広島市に行くことが多いのですよ。広島に行けば何でもありますから。百万都市ですからね」

「そうですか、皆さんは大都市での高級ブランドの買い物が多いようですね」

「そんなに高級ブランドばかりは買っておりませんけど……。ウッフッフ」

柏原は初対面の井坂に話しかけて、話題の主導権を握らなければならないので話題を看護専門学校の話に変えようと思っていた。

「本川先生のお話では医師会理事の方々が大変お困りになっていらっしゃるとお聞きしております。何処の看護専門学校も学生が地元に多く就職してくれるのが当然のことなのに、去年の三月の卒業生は、四十四人中四人しか尾因市内に就職せず、大阪へ八人とは誠に不自然な状態ですよね」

井坂の言葉に、柏原が、

「おっしゃる通りです。医師会側は今の教務主任に口出しできず、口出ししようものなら辞意をちらつかせて十年以上もこのような状態が続いており、私は教務主任の恫喝と思える辞意を受けて立ったのです。今まで誰もこのようなことをしておりません。今日、本川先生のご紹介で井坂先生に巡り合えて誠に光栄に存じます」

柏原は井坂に会えたことで破顔した。

「私は、実は昭和十二年生まれですが、女性が自分の年齢を申し上げることは普通はしないのですが、オッホッホ、この年齢で勤めさせてもらってもよろしいのでしょうか」

「はい、よろしいですよ。昭和十二年生まれは私の母と同年齢ですので、お年は想像できますので」

「あら、柏原先生のお母様は私と同級なのですか」

井坂は柏原の顔を優しい目で見ながら急に親しみを感じてきた。

「そうです。私は長男で母が二十一歳の時に誕生しましたので、私の年もおわかりでしょうね。ワッハッハ」

同席している本川は二人の親しげな会話からして、内心この話は何となく進展するのではないかと思うようになった。柏原も井坂さんなら医師会立看護専門学校を理解して下さると思っている。

「ちょっと、柏原先生にお訊きしたいことがあるのですが。今の教務主任が辞められたら専任教員で一緒に辞める方もいるらしいと、本川先生からお聞きしているのですが、全員ではないでしょうね」

「現在の情報では四人の専任教員のうち一人しか残りません。そのことを県庁の看護係長に相談したところ、近隣の複数の大病院から看護教員養成講習会受講者を数名出向してもらうように医師会で交渉して下さいということでした。現在の専任教員のうち一人は一月から産休明けになり、今後も勤めさせて下さいと言っているので最低一人は確実に残ります」

「お一人ですか。一人でもその方が良いかもしれませんね。前の教務主任に後々までコントロールされるような人は居ない方が良いと思いますよ」

今までの話から、井坂は医師会立看護専門学校に理解のある教務主任として最適な先生と柏原は思った。今後、給料についても回答しなければならないので、三原に来る車中で柏原は本川に相談したところ、年金受給者だから月給が三十万ぐらいかなと告げられた。しかし、このように医師会側に理解のある卓越したポリシーを持った教務主任は国田のような奴と比較すれば雲泥の差であり、まさに月とすっぽんである。

「井坂先生、今日お時間があれば、尾因市においで下されば良いのですが、如何でしょうか。学校まで車で二十分ほどですが……」

井坂が来てくれることを期待して柏原が言った。

「お時間があればそうしたいのですが、今日は午後五時までには帰宅することになっておりますので、ごめんなさい」

井坂は腕時計を見ながら頭を下げた。

「そうですか、次の日曜日にでも看護専門学校をご見学されては如何でしょうか。日曜日なら学生も職員もおりませんので良いかと思いますが……」

柏原は井坂の顔を見ながら真剣な眼差しで語りかけた。井坂は学校見学ということの進展に少し戸惑いながらも、「はい、良いことですね」と言った。

「次にお会いする時には関口学校長も同席するようにしますのでよろしくお願いいたします」

本川も柏原も、今日の井坂の話で、新教務主任へのレールが敷かれたと直感した。時計を見ると丁度午後三時を示していた。三原浮城ホテルは三原駅前に位置していたので、三人は徒歩で三原駅に向かった。新幹線こだまは三十分ごとに発車しており、東広島には十分に間に合う時間である。三原駅に入ると柏原は急ぎ足でチケット自動販売機前に行き、三原⇧⇩東広島間のチケットを一枚購入して井坂に手渡した。

「今日は、大変ありがとうございました。次の日曜日は新尾因駅で午後何時にしましょうか」と柏原は井坂の良い返事を期待した。

「先生、チケットまでいただいて、私は困りますわ」

「このぐらいは、いいですよ。気になさらなくて」

「すみませんね。二十日の日曜日も新尾因駅で今日と同じように午後二時にお会いしましょう。学校長によろしく」

「はい、それでは午後二時にしましょう、関口学校長もお会いしたら、きっとお喜びになるでしょう」

本川は「今日は短い時間でしたが、よろしくお願いします」と言って、二人は改札口で井坂と別れた。

柏原は本川と井坂との接点はいつから、どのような関係であったのか、興味があった。これから新教務主任になっていただくためにも、知っておく方が無難と考えている。このことを帰りの車中で訊くことにした。

「本川先生は井坂さんとは、いつからのお知り合いなのでしょうか」

「話せば長くなりますよ。ハッハッハ。実は私が若い頃に岡山の大学病院にいる時に、井坂さんは大学附属看護専門学校の専任教員をしておりました。その頃からの知り合いですが、私がアメリカに留学して再び大学に帰ってから間もなく、某大手製薬会社の開発部に勤めるようになって一時疎遠になりました。しかし五年前に大学の紹介で東広島市民病院の病院長になった時に、その病院に全日制の看護専門学校を併設することが決定していました。病院に隣接する小学校が統廃合されて廃校になったため、当時の市長の意向でその校舎の一部を改修して、そこをお借りして一年後に看護専門学校を開設することになり、その準備期間に入った時に岡山の大学附属看護専門学校の教務主任を定年退職した井坂さんを副校長兼教務主任として雇うことになったのです」

「あー、そうですか、長い付き合いですね」

「それに私は井坂さんのご長男が結婚する時に媒酌の労を取りました」

「そうですか、ツーカーの仲ですね。ところで先生は給料は三十万円と言われましたが、貴重な人材を先生から紹介されましたので、私は年金受給とは関係なく、一般的給与を支給したいと思っております。関口学校長と相談して、次の日曜日までに決定したいと思っております」

「そうして下されば井坂さんも喜ぶでしょうが、学校は赤字と聞いておりますが、大丈夫ですか」

「今の教務主任の無駄遣いを止めれば大丈夫ですよ。尾因市からの補助金の話も進行しており、私に任せて下さい」

柏原が笑顔で本川と話している時に、三原から尾因市に向かう国道二号線の海岸よりり右手に因島大橋が見えてきた。快晴であったので、瀬戸内海のやや濃紺の海にくっきりと吊り橋が浮かび青い空へと繋がっている。二人は瀬戸内海の素晴らしい景色を堪能した。

本川病院長から紹介された井坂聡子が柏原の母親と同年齢ということもあって、結果的にお互いに好印象であった。次の日曜日が二回目の面会となり、柏原は絶対に井坂を招聘するために次の面談時に給料を提示する必要があり、翌日に関口と会計担当理事の三人で給与について協議した。

「本川病院長は井坂は年金受給者なので、三十万円で良いと言っておられますが、給料は上乗せしてあげて、一般の相場より高く設定したいのですが、如何しましょうか」と柏原が言ったところ関口が
「私もそう思っている。定年前、即ち五十五歳時の給与表にしたらどうかなぁー」

「ここに事務長から借りた給与表があります」

三人は給与表を注視し、柏原は右の人差し指で五十五歳の欄を横に滑らせながら基

本給四十三万五千円の数字のところで指を止めた。

「給与も厚遇して、是非とも次の教務主任になっていただこう。ボーナスは夏・冬共に二カ月分だが年俸は十六カ月分となるね」

「柏原よ、これからが正念場だ。次の日曜日は私も先約をキャンセルしたので、二人で会いに行こう。尾因市まで来られるのだから、学校を見せてあげようよ」

「そうですね、次の面談は本川病院長は来られないとのことで、胸襟を開いて話し合いましょう。そうすれば井坂先生も理解して下さり、良い返事をして下さるかと思います。午後二時からの面会となっていますが、夕食はどうしましょうか」

「何時に帰りたいという希望もあるだろうし、時間的には夕方までに帰宅したいと言えばそれまでだね。一応、ご夕食を一緒にどうですかと勧めてみよう」

柏原も同意し、当日の成り行きに任せることにして帰路の新幹線チケットを事前に購入しておくことにした。勿論、以上のことを会計担当理事も同意した。

次の日曜日が来た。この日の午後も快晴で微風がある程度で、一月の平年並みより暖かく、気温は約十二度であった。関口と柏原は新尾因駅改札口で井坂を出迎えた。

「どうも、どうも、尾因市までおいで下さりありがとうございます。こちらは尾因市医師会長で学校長を兼務しております関口です」

関口は深く一礼して、名刺を井坂に渡しながら、

「ただいま、紹介していただだいた関口です。井坂先生、本日は尾因市までお越し下さいまして誠にありがとうございます。柏原から先生のお話は伺っております。今後ともよろしくお願いいたします」

関口は希望に満ちた笑顔で挨拶した。

「こちらこそ、よろしくお願いいたします。今日は快晴で風もなく三月のように暖かくて良いですね」

井坂も笑顔で会釈した。

柏原はこの挨拶を聞いて、今日の天気のように自分たちの将来が明るくなってきたように思った。井坂は人のよさそうな関口の顔を見て、何となく安心したのであろうか、笑顔を見せて、「今日は学校を外からでも良いので見学させていただきたいのですが。私の用事はそれだけです」と二人の顔を見ながら微笑を浮かべて話しかけた。

「いえ、いえ、この前にお会いした時に話さねばならないこともありまして、いきなり学校へ行くのもどうかと思いまして、駅前でお茶でもどうぞ」

「私はかまいませんが……」

柏原は井坂の同意を得たので、すぐ近くの喫茶店に案内した。観光客が少ない季節であったので、喫茶店に客は少なかった。一番奥の席に三人は外套《がいとう》を脱いで座った。

「ポカポカ天気で良いですね。東広島は広島県の中央で西条《さいじょう》盆地なので少し寒いでしょう？」

と柏原が言うと、井坂は横に立っているウェイトレスの顔を見ながら、

「そうですよ、尾因市は瀬戸内海に面していて、温暖なところで良いですね。勤務地になれば良いですね。オッホッホ。あっ、私はホットコーヒーを」と言ったので、関口が破顔しながら、三人分のホットコーヒーを注文した。

「井坂先生、尾因市に来て下さいよ。お願いします。柏原はいい人でね。私の懐刀ですよ。何でも信用してやって下さい」

「私もそう思っていますのよ。この前お会いした時には柏原先生から学校の内情について詳しく説明していただいたので、私なりに理解しておりますのよ。それに、柏原先生の母上と私は同年齢ですのよ。皆さんと急に親しくなったみたいでね」

まだ、肝心の給与の話を詰めていないのに、このように親しげに話す様子を見ながら、まだ、井坂はお世辞の段階かもしれないと関口は井坂に対して、気を引き締めた。

お互いにコーヒーを口にしながら、さらに井坂は小声で、

「変なお方がいると学校も大変ですねー」

と言って、微笑んだ。柏原は井坂の言動はもうお世辞ではない。本気でそう思っているのだと直感した。早く学校に案内して、学校長室で給与表を提示して、学校内を案内しようと気が急いだが、尾因市についても宣伝をしたい気分にもなっていた。

「井坂先生、尾因市には来られたことがありますか」

「はい、二、三度あります。いつも観光ですよ。古刹が多くあって古い街並みで、人情があって住みやすい街と思っております」

「尾因市は人口十五万人ですが、高齢化率が高くて。東広島市には大学が沢山あり、若者が多くいる学園都市で人口も十八万人以上いますので、尾因市より発展している街ですね？」

「そうですわ。若者が多いと活気がありますし、私のような年寄りも少し若返ってくるような気がします。オッホッホ」

話が弾んだところで関口は柏原の顔を見ながら阿吽の呼吸で「井坂先生、そろそろ学校に行きましょうか」と言い、柏原は同時に右手掌を上げて立ち上がりましょうと合図した。喫茶店で三十分の間に井坂との話は和やかに進んだので、柏原は嬉しかった。三人は喫茶店を出て、新尾因駅前でタクシーに乗車した。学校まで僅か十分であったが、タクシーの中では尾因市の観光地の話に終始した。

学校は日曜日であったので、学生も専任教員も誰一人としていなかった。医師会館の学校長室で井坂の給与について、関口は事前の打合せ通りの給与表を提示し、通勤費も新幹線を利用して全額負担しますと説明した。

「あら、そんなにお給料をいただけるのですか」と井坂は半信半疑で訊いた。

井坂は本川病院長から三十万円程はもらえると聞いていたらしいので、驚いたのかもしれないと柏原は思った。

関口が「学校関係の職員はいないので、早速、学校内を見学しましょう」と促し、関口と柏原の二人で学校を案内することになった。一〜四年生までの教室、各実習室、職員室、講師控室、図書室、学生相談室、講堂などを井坂に見学してもらった。学校は施設基準を満たしていることから、柏原は学校設備について何も不安はなかった。井坂はもし勤務するならば事前に職場を見学しておきたいという気持ちであったに違いないと柏原は推測し、これでほぼ井坂に内定したのも同然だと感じた。まだ、時刻は午後四時前であったので、井坂に尾因市で食事をしましょうと誘ったところ、早く帰宅したいとのことで、三人での会食はしないことになった。

新尾因駅までタクシーで行き、事前に購入していた東広島までの新幹線のチケットを手渡して、二人は井坂と別れた。

関口と柏原は新尾因駅前の喫茶店に再び入り、今後の話合いをした。

「柏原よ、井坂さんはどう思っているのかなぁ？」

「帰る直前まで、私が教務主任をしますとは言わなかったし、まだ、履歴書を提出していないので、それを後日提出してよろしくお願いしますと言うことになるでしょう。数日中に郵送して下さるのではないかと思います」

「そうならば良いがね」

「今日で気が変わらなければ、ＯＫと思って良いでしょう」

「柏原、お前は楽天的だなぁー、人生もそのようにいつも良ければ良いのだけどね。看護専門学校に国田が赴任して以来、医師会員はワンマン教務主任に振り回され、辞意をちらつかされて翻弄され、辛酸をなめさせられたことを私は全部知っている。今までの学校長、副学校長は誰一人として国田に立ち向かう者はいなかった。もし、井坂さんが来てくれたら、今までの医師会の積年の劣勢を跳ね返し、野球で言えば九回裏ツー・アウトからの逆転満塁サヨナラホームランになるよ」

「井坂先生の話し方からして、ＯＫと思います。これは私と井坂さんの以心伝心ですよ」

関口は井坂の赴任は半信半疑で確率は五十％、柏原はほぼ百％と思っている。この違いは井坂と一回会った関口と二回会った柏原との差にほかならないし、柏原が真剣な顔で井坂に懇願したことと本川病院長の尽力のお陰もあることから、井坂は尾因市に来て下さるということになっていると判断している。

二日後に柏原の自宅に井坂からの封書の郵便物が届いた。柏原は井坂からの手紙を開封する時に、教務主任を承諾するならば履歴書が入っているだろうし、拒否ならば手紙のみだろうと思い、吉と出るか凶と出るかの多少の不安はあるものの、封筒が少し厚く感じられたので、吉報の知らせと直感し、書面を一寸でも裁断しないように封筒を上下に数回机に落下しながら、注意して切手を貼付している上縁に鋏を入れた。

開封すると市販されている既製品の履歴書はなく、数枚の便箋のみであった。便箋のみということはお断りの手紙と考えられ、柏原の鼓動は速くなり、不安が増幅された。四つ折りの便箋を開くと一番上の一枚目は簡単な礼状の文章で、次からの二枚目と三枚目の便箋は井坂の履歴書であった。楷書で書かれた履歴書の後半には『平成八年三月三十一日　岡山の大学医学部附属看護専門学校教務主任退職、平成八年四月一日　東広島市民病院附属看護専門学校準備室長、平成九年三月一日　同上副学校長兼教務主任、平成十三年三月三十一日　同上退職、以上』と記載されていた。四枚目の便箋は「この前の日曜日に帰宅した晩に履歴書を書きました。今後は貴校に勤務し、微力ながら尽力したい」旨の内容の文面であった。また、残った専任教員と二月中に面接したいとの希望も添えられていた。

柏原の鼓動は平常になり、安堵の胸をなで下ろした。直ちに受話器を取り、嬉々とした表情で関口に以上の内容を伝えたところ、

「えっ、本当か、本当に本当か。井坂さんが来てくれるのか。本当か？」

関口が受話器の彼方で興奮している様子が目に見えるようであった。

「そうですよ、国田との勝負は九回裏ツー・アウトからの逆転満塁ホームランでサヨ

ナラ勝ちになりましたよ。二月の第一木曜日の理事会で報告します。今日の件を国田にいつ伝えますか」

「井坂さんと連絡を密にして、今後の準備をしてもらって下さい。国田には二月までには辞表を提出してもらうように私が言うから……」

関口は興奮状態が続いているようで、次の言葉を失っていた。

「この手紙と履歴書をコピーして、事務長に届けるようにして良いですか。また、井坂さんへのお礼の手紙は私が書きますが、それで良いでしょうか」

「うん、良いだろう」

「履歴書のコピーは二部します。先生に一部届けますから」

「柏原よ、本当にありがとう、ありがとう。近いうちに二人で祝勝会をしよう」

こうして、関口と柏原は爽快な気分となり、二人の絆はさらに深くなり、これから看護専門学校の再建のために井坂を加えた三人で尽力することになるのである。廃校を覚悟していた柏原は「捨てる神あれば、拾う神あり」の言葉を思い出し、井坂が拾う神のように思えた。

関口は教務主任の後任が内定したことを、国田に知らせるにあたり、直接会って話をすれば、国田の感情の高揚を見たり、泣きつかれては困るので、熟慮の末に電話で連絡することにした。一月下旬のある日、午後五時頃に関口は数回深呼吸をして、自らの気分を落ち着かせて、受話器を取った。

「国田先生、実は後任の教務主任が内定したので、三月末で辞任される方を含めて辞表を提出してほしいのですが。二月上旬までにね」

　国田は沈黙し、血の気が引いたように顔面蒼白となり、心臓の鼓動は速くなり頭にもドクドクと響いてきた。虚ろな目になり、視線は天井から窓へと動くものの焦点が定まらず彷徨っていた。視界はやや不良となり、自分の行方は五里霧中となった。約十秒程の沈黙の後に国田はか細い声で、

「あのー、ほ、本当に決まったのですか」

　と口にした。国田の予想に反して、教務主任となってくれる人がいるなんて信じられないという気持ちであった。

「そうですよ、東広島市に在住しているベテランの教務主任ですがね。貴女の面識はない方です」

　国田はさらに、か細い声で「そうですか」と言い、信じられない、信じられないと頭の中で呟いた。強いショックを受けており、知らぬ間に受話器を置いていた。関口は電話が切れたことを知り、国田は相当なショックを受けた模様を感じ取った。学校では午後五時は下校の時刻である。学生のうち、学校に事務的用事のある者と四年生の看護師国家試験の勉強中の学生を除いて、ほとんどの学生は帰路に就いている。周

囲にいた学校事務員の大本節子は国田の青ざめた顔を見て、何か事件があったことを察した。居合わせた四人の専任教員も、国田の表情から異様な雰囲気を感じ取っていた。国田は依然と沈黙しており、目は天井、窓へと彷徨った。この先どうして良いか見当がつかないため、先程の電話の内容を話す気にはなれなかった。

「大本さん、お茶あるの？」

「はい、ただ、ただいま用意します」

と大本の声も震えていた。

大本はお茶を急須から湯飲みに入れて、国田の机に持って行くと「お疲れ様」と言って、国田は平静を装っていた。大本は国田の顔色が冴えないことに気付いたが、無言で立ち去ろうとしたところ、「今日は私は気分が悪いので、すぐに帰るからね」と帰り支度をして、「タクシーを呼んで」と言って、結局、お茶を口にすることはなかった。事務員にお茶を持ってこさせながら、それを飲むことすらできなかった。明らかに国田は気が動転して茫然自失の体《てい》となっていた。

倉敷の自宅に帰る途中、いろいろなことが国田の脳裏に浮かんできた。新しい教務主任が四月には赴任してくるが、どんな人だろうか。今、自分の味方になってくれている三人の専任教員にはどう説明したら良いのか。自分を含めて四人は失職するが、三人の専任教員のうち二人は仕事を継続したいと言っているが、看護教員の職はこの時期にそう簡単にあるものではない。ＪＲの在来線は午後五時以後は乗客が増えてきたにもかかわらず、人の声で騒がしい車内の雰囲気も上の空で、国田の目は虚ろであった。勝ち誇った柏原の顔が浮かんでは消え、消えては浮かんできた。国田の予想では、新教務主任になる人は誰一人としていなく、三月には自分が教務主任として居残り、柏原がトラブルの責任を取って副学校長を辞めて、いずれ自分を副学校長にしてくれと村山元学校長にお願いして、そのポストまで勝ち取る予定だった。柏原との勝負には絶対に勝つと信じていた国田にとっては真逆の結果となり、頭の中が真っ白になって、思考回路も停止して、悲嘆の涙を抑えることができず悄然と項垂れた。

国田は夜に床についても、不眠状態が続いた。今日のことを知らない夫は国田の横で鼾《いびき》をかいて爆睡していた。いずれ夫にもこのことを告白せねばならないが、夫に相談したとしても、もうすでに三月の退職が決定したことで、何の妙案もない。

それよりも、専任教員の就職先を可及的速やかに探してやらなければならない。彼女たちの就職先や給料の希望を聴いてあげて、でき得る限りのことをしてあげなければならない。また、大本事務員も国田が辞めるとなると多分「私も辞めます」と言うであろう。兎にも角にも、明日は平静を装って出勤し、国田と反りが合わない重竹専任教員を除いた三人の専任教員と相談することにした。

新教務主任が来るということは国田と心中すると言った三人の専任教員も辞表を提

出しなければならないことは確実である。専任教員にならせてもらったという恩のある三人の教員のうち二人は再就職希望であることから、国田は自分よりも二人の再就職を優先して斡旋しなければならない。結局三人の専任教員は失職して、国田と一蓮托生の運命となった。あと一人のG教員は昨年四月に採用され、家庭の事情で専任教員になるための講習を受講しておらず、転職希望もない。以前からこの教員の退職の申し出があったが国田が慰留していた。この慰留は国田の策略で、自分と一緒に辞める教員がいるというカードとして温存していたのである。

しかし、家庭の事情で昨年末にG教員は退職していた。国田は関口から新教務主任が決まったという電話があった翌日は、平常通り午前九時に出勤した。国田は子分のような三人の専任教員を図書室に召集した。国田は平静を装っていた。専任教員の三人は職員会議かと思い、国田と反りが合わない重竹教員を呼ぼうと「重竹さんを呼んできますので」と言って、ドアノブに手をかけたところ、「三人だけでよろしい」と国田が大声で怒鳴った。国田は自分が冷静さを失っていることに気付いたので、次からは平常通りの声で言うように心掛けるようにした。国田は小声で、

「実は、皆さんにお話があります。関口学校長から昨日、新しい教務主任が決まったと電話がありました」

三人の教員は一瞬、我が耳を疑った。国田は三人に昨日まではいつも「この勝負は

絶対に勝つから安心していなさい」と言っていたからである。数分間の沈黙が続いた。国田は自分の責任で、仕事を継続したい二人の教員の職を奪ってしまったということになり、後悔先に立たずである。国田の顔に光るものが流れ落ちていた。この情景は敗北宣言を表していた。しかし、

「皆さん、今後のことは私に任せて下さい。就職について希望があれば遠慮なく申し出て下さいね」と優しく言った。

三人は無言のままであった。四人全員が硬い石のような表情になっていた。

柏原は県庁の看護係長の大西洋子に電話を入れ、新教務主任が決まったことを報告した。氏名、生年月日、履歴を要約して喋っていると、

「その方を私は良く存じております。と言うのは、東広島市民病院に併設されたレギュラーコースの看護専門学校を新設する時に、県庁に来られたことがありまして。もし、適任者がいなければ、私も、お声をおかけしようと思っていたところでしてね。良かったですね。立派な方が来られることになりまして……」

「ところで、現在四人いる専任教員のうち、三人は国田と共に退職するとのことです。私どもを困らせようとする作戦で、悪辣な手段を選ぶような教務主任です。『立つ鳥跡を濁さず』の如く去ってくれるのが良いのですがねー。これで彼女は本性を表したことになります」

「そうですよね」

国田が辞意を撤回したいと申し出た時に、柏原は関口と共に県庁に出向いて大西看護係長に会った。「もし、撤回を受け入れて国田氏の雇用を続けると、彼女は今よりもっと強い女になるので、この際、是非とも退職してもらいなさい」と大西に指導されたことを思い出した。

「専任教員の件ですが、私どもは市内の二、三の総合病院から専任教員の有資格者に出向していただいて、急場をしのぎたいと思っています」

「それは良いお考えですので、そのようにして下さい。今後は自校で専任教員を募集し続けて、採用して県庁の行う看護教員養成講習会を受講させて下さい」

「はい、そのようにします。今日の話については、私どもがそちらにお伺いして説明をしなくてはならないことでしたが、お電話での報告ということでお許し下さい。履歴書のコピーは後日郵送しますので、それでよろしいでしょうか」

「はい、そうして下されば助かります」

柏原は最後に県庁の大西看護係長に迷惑をかけたことを詫びて受話器を置いた。続いて関口学校長に電話を入れて、県庁の看護係長に電話で報告した内容を要約して報告した。

廃校を視野に入れていた関口は万感胸に迫る思いで、

「柏原よ、何から何までいろいろと世話になったなぁー」

と言って、言葉を詰まらせて、感慨無量となった。

「専任教員が三人も退職するので、これから市内の三つの総合病院長に会って、専任教員の出向をお願いに行きたいのですが、よろしいでしょうか」

「うん、そうしてくれればありがたい。給与のことがあるので、先方様の意向を百％尊重して、要求通りにして、取り敢えず期間は一年間ということにして、あとで結果を報告してくれればよいからね」

「はい、わかりました」とは言ったものの、柏原はもし出向を断られたらという不安もあった。現在は看護師不足が顕著であるが、それでも専任教員として一人を出向させて、その後は当校の新卒者を二、三人確保できるかもしれないので、各病院長も将来のことを考えて協力してくれるのではないかと楽観的に考えることにした。

柏原が数日かけて、尾因市内の三つの総合病院長との面会のアポを取り付けたことを関口に電話で報告したところ、

「先日は、副学校長の君に一人で面会するように言ったけれど、私も同行するので各病院の面会日時について、教えてくれないか」

「はい、三病院とも次の木曜日の午後一時半から尾因市立市民病院、三時から尾因総合病院、四時半から尾因北総合病院です。アポ時間には、移動時間を含めており、少

し余裕を持っております」

「次の木曜日ならば、先約をキャンセルして二人で行こう。出向依頼は最重要案件だからね」

「そうですね。医師会長兼学校長と一緒ならば、どの病院長も職員の出向を断りにくいと思います」

「君はいつも楽観的だね。病院は看護師不足という状況には変わりはないからね」

「希望を持って望みましょう」

柏原は関口医師会長と二人で行けば、各病院長はすぐに「うちの病院はダメです」とは言いにくいと思った。

各病院長との面会前日の昼休憩に柏原が医師会事務長と会って出向教員の給与について相談したところ、先方の要求として、給与の他に社会保険料、労災保険料、年金積立金などの事業主負担の金を用意しなければならないと告げられた。もし、教員としての看護師の出向が決まれば、自分が出向者の給与とその他の事業主の負担分をその病院の事務長と詰めて、必要書類を整えますと事務長は柏原に約束してくれた。これで柏原は相手先の病院長が出向を許可してくれれば、後日、事務的折衝はお互いの事務長同士に一任されることになり、何も心配する必要はなくなった。

面会日の二月の第一木曜日がきた。天候は薄曇りで、冬の冷たい風が頬を撫でて、身が引き締まる思いである。井坂新教務主任が内定してからは、柏原の疲労は何処かへ飛び散り、はつらつとした気分になった。心労による車の運転の心配も消えたので、柏原はBMWで関口の自宅に迎えに行き、二人で病院を訪問することにした。

関口と柏原が各病院長に看護専門学校の窮状を説明したところ、各病院長は簡単に出向の受け入れに同意してくれた。各病院長と二人の間で意見が合わないこともあるかと予想していたが杞憂に過ぎなかった。また、二人はこの度の内紛で国田以下の全員の専任教員のうち一人を除いて退職するという噂はすでに各病院の中枢部に拡散されていたとの雰囲気を嗅ぎ取った。このままでは医師会立看護専門学校は潰れるという噂が自然に蔓延したのであろうか。病院長になるような人は親分肌の人が多く、よし、医師会に一肌脱いでやろうかということになったのであろうか。いずれにしても、関口と柏原にとっては、明るい兆しが見えてきたので、帰路の車の中で、飲み屋で打ち上げをしようと二人は笑顔で若者のようにハイタッチをした。当日の夕刻、柏原が新教務主任の井坂に専任教員として市内の総合病院から三人の出向が決定したことを電話で報告したところ、

「それは、よろしゅうございました。今後の学校の方針の打ち合わせをしたいので、退職しなかった一人の専任教員の方とお会いしたいのですが、如何でしょうか。急ぎはしませんが、三月上旬頃まででよろしいのですが」と言って、今後のことを考えて

いるようだ。

「はい、わかりました。二月中に東広島まで本人を連れて参りましょう」

「いや、東広島ではなく、三原にしましょう。先生と最初にお会いしましたところは三原ですよね。そこがいいわ。駅前にはデパートがありますので、今度はそこの喫茶店にしましょう」

「はい、そうしましょう。日時は後日ご連絡します」

井坂が三原で会いましょうというのは何か理由《わけ》でもあるのだろうか。柏原には皆目わからない。尾因市に赴任したら、訊いてみようと思った。また、医師会事務長にも三つの病院とも出向教員を派遣してくれることを電話で告げた。事務長はこのことに驚き、「えっ、三人もですか」と半信半疑であった。

国田が「二月の第二木曜日の昼に辞表を提出したい」と電話を寄越してきたので、医師会館に来るように柏原は関口から、告げられた。その時、今までの国田と敵対心を持って対峙していた経緯からして柏原は同席しない方が良いと言われたので、当日は医師会館の事務室で待機することになった。国田が自分の辞表と三人の専任教員の辞表とを関口に提出した。関口が「このような結果になったのは残念ですが、ここは学校ですので、年度末までの予定されている行事と教務主任としての事務的仕事を完遂して下さい」と言うと「はい、勿論です」と国田は素直に答えた。

三月末で国田は教務主任を解任されることとなり、柏原個人を含めて医師会という組織に怨念を抱くようになった。原上と速沢の元医師会長は国田の辞意の恫喝に脅えて、学校のすべての主導権を国田に奪われてしまい、女帝のように独裁者として君臨し、学校を私物化して、横領・背任を繰り返してきたことを罰することができなかった。しかし、関口と柏原は二人三脚で周囲の医師会員の協力を得た。エネルギッシュな努力により、看護専門学校の健全化がいよいよ実行されようとしている。

市内の三つの総合病院から三人の出向が確実となり、今後一年間の教員確保はできたものの、二年目以降の約束はされていない。柏原は以前に用意されていた看護専門学校教員募集の下書き原稿を取り出して修正を加え、河田事務長に求人広告会社のチラシに掲載依頼するための業者との折衝のお願いに出向いた。事務長は広告のレイアウトにも手を加えて、見栄えの良い広告に仕上げてくれた。

「柏原先生、国田の指示らしいですが、最近、毎日、大本節子学校事務員が焼却炉で書類らしきものを焼いているのですが、知っていますか」

「いいえ、私は何も知りません。国田が退職することが決定したので、不要になったものを焼却しているのでしょうねー」

「それなら良いのですが……」

「まさか、学籍簿や成績表のような重要書類は保存の義務があるので、焼却はしないでしょう。学生の試験答案は原則として本人に返却しているらしいのですが、入学試験関係書類とかその成績などは五年間の保存期間があるので、それらは焼却はしていないでしょうね」

「そうだとしておきましょう。学校事務員も退職するらしいです」

国田が大本事務員に「私と一緒に退職しましょう」と言ったのだろう。

大本が毎日書類を焼却しているのを見て、河田事務長が幾許《いくばく》かの不安げな顔をしているように柏原には思えた。学校事務員が退職するということは重竹教員一人を除いて全員退職ということになり、事務の引き継ぎもままならないことになるかもしれない。事務長として学校の事務の詳しいことを知らなければ、医師会員に対しては説明責任が果たせないかもしれない。柏原はまだ大本事務員の辞意については知らなかったので、事務長に至急確認して、辞表を提出してもらうようにお願いをした。

学校事務員の大本節子まで引き連れて辞めるのは、国田が最後の悪あがきをしていると柏原は憤りを覚えた。何しろ、国田の雑収入の横領を手伝っていた事務員だから当然のことと言える。いつも「尾因商業高校を首席で卒業した」と国田が吹聴してくれるので、大本にとってはありがたいことであったであろう。

柏原は事務員の募集までしなければならなくなった。三月は多忙になるぞと身を引き締めて、今日の事務長の話の内容を関口に電話で連絡したところ関口も驚いた。

柏原が翌日の昼に、一人だけ学校に残ってくれる重竹専任教員に電話で「大本事務員が退職するのは本当ですか」と訊いたら、「そうです」と答えた。

「そうならば、事務員として適格者がいれば紹介してくれると良いのですが……。高校の新卒者はすでに内定していて不可能ですので、事務経験者で良い人をね。いなければ募集広告を出すことにするから」

「そうですね、事務経験者がよいでしょうね。一応、考えておきますけど……」

「先日ね、三つの総合病院から各一人の看護教員養成講習会受講者を、一年間本校に出向させるということになったよ」

「えっ、本当ですか」

重竹は驚愕し、三人の出向が信じられないような顔付きになった。

「これで当座の看護教員確保はできたことになるが、次々に看護教員を募集して、看護教員養成講習会を受講させるようにするので、協力して下さいよ」

「はい、勿論です。三人の出向が決まって良かったです」

重竹教員が、自分のことのように喜んでくれたので、近日中に重竹と一緒に新教務主任の井坂聡子に会うことを伝えたら、重竹は快く引き受けてくれた。その後、大本事務員から辞表の提出があり、予定通り医師会で受理された。また、小児科の某医師会員から、県外の総合病院で看護師として就労している人が専任教員希望であるとの情報が関口と柏原にあった。早速面接をして四月一日付の採用が決定し、二年以内に県庁の行う看護教員養成講習会に行く予定にした。

国田が退職する平成十四年三月が近づいてきた。四月一日に赴任予定の井坂新教務主任への引き継ぎ予定について、国田からの申し出は一切ないため、井坂との学校に関する打ち合わせは柏原がすることになった。井坂と重竹教員は一度面会しており面識があることから、教務関係の引き継ぎはこの二人に一任することになった。

重竹の話によると、国田の焼却書類については卒業生の学籍簿、成績表など保存義務のある書類は残されているが、中途退学者で五年以上経ている者の学籍簿と成績表などの書類は焼却されたという。国田は次に赴任する教務主任の業務を妨害するために、中途退学者の保存すべき書類を恣意的に焼却したのであろうか。例えば十年前に三年生まで学生として在籍していた者が、その期間の単位取得証明書を学校に請求してきた場合、学校にはその資料がないために証明書を発行することができないことになる。ということは国田は重要な公文書を焼却したことになり、恣意的に重大な過失を犯したことになる。専任教員として今後も勤務することになっている重竹は、中途退学者が単位取得証明書の交付を請求してきた場合は対応することができないという危惧の念を抱いている。国田が卒業生の学籍簿や成績表の保存しか考えておらず思慮に欠けていたことは否めない。柏原は重竹からこの報告を受けたが、書類が焼却されているため、関口にこの件を報告してみるものの、為す術がなく、もし、中途退学者からそのような書類の請求があった場合には真摯に対処することにした。

四月一日に井坂が出勤してきた。井坂は重竹専任教員、尾因市内の三病院から出向してきた専任教員三人と、某小児科医の紹介で看護師として八年の経験を持つ女性が加わり、井坂を含めて六人の教員で新しくスタートすることになった。

午前中は自己紹介を兼ねた初顔合わせとなった。井坂は専任教員に向かって、「今日から新生尾因市医師会立看護専門学校がスタートしますが、皆さん力を合わせて頑張りましょう。これからわからないことが多々あるかと思いますが、何でも私に相談して下さい。これから茶話会形式で皆さんと相談会をしますのでよろしくね」と言って、事務員にシュークリームと缶コーヒーを用意させた。

重竹教員の報告では新入生の制服を依頼していた業者に、四月の第一水曜日に学生への制服の受け渡しがある件を確認したところ、業者から「間に合いません」と言われたので、その理由を質したところ、「国田先生から今年の入学式は第二木曜日と聞いていています」とのことであった。井坂は顔をしかめて「あら、そうですか。入学式に制服が間に合わないように前任者が故意にしたのですか。去ってゆく人が入学式まで妨害するとは信じられませんね。『立つ鳥跡を濁さず』と言う諺を知らないのでしょうかね。このことを関口先生と柏原先生に伝えなければいけませんよ。次の水曜日のリハーサルの時に新入生には制服が間に合わなかったので、入学式には私服か高校の制服で来て下さいと重竹先生が伝えて下さいよ」と言うと、重竹は「はい、そうします。国田先生は私のように嫌いな人にはいつも意地悪なことを言ったり、したりする人ですから……」と返した。

「そうですか、話によれば医師会の先生方がみんな手を焼いていたことがよくわかります。入学式を妨害する国田さんの神経がおかしいですね。まあ、このことは忘れて早く私たちの任務を遂行しましょう」

後日、重竹から以上のことを聞いた柏原は、国田の悪あがきがまた一つ増えたと思った。制服を着ずに新入生が私服で入学式の記念撮影をする時に保護者は何と感ずるであろうか、それが心配であった。新入生は先輩からの情報を聞き、学校で内紛があったことをいずれ知るであろう。国田は悪人であり、敗者だから、何も気にすることはないと柏原は呟いた。ただ一つ、国田には問い質さなければならないことがある。それは五年以上前の中途退学者の学籍簿と成績表は何処にあるのかだ。本当に焼却したのか確認するために、柏原は四月一日の午後七時頃に国田の自宅に電話を入れた。

「もしもし柏原と申しますが、国田先生いらっしゃいますか」

夫と思われる男の声が返った「はい、おります、少しお待ち下さい」

「はい、わかりました」と言って柏原は数分間待った。

「すみませんが、今居ると思ったのですが、どうもいないようです」

「あぁ、そうですか。また、お電話します。どうもすみませんでした」

受話器を置いて、柏原は国田はどうも居留守を使ったらしいと思った。この件の他に制服の受け渡し妨害のこともあり、数日後にもう一度電話したところ「お客様がかけた電話は都合により使用できないことになっております」と女性の録音された音声が流れてきた。柏原は国田が学校から逃避することを選んだと察した。学校が横領・背任についての告訴を見送っていることを知らない国田は、今も恐怖に慄いているのであろうか。また、関口や柏原とは何も話したくないので、国田は二人と断絶することを決心したのであろうか。

エピローグ

国田は教務主任としての職を失ってしまった。昭和六十三年四月から尾因市医師会立看護専門学校に赴任していた十四年間において、事あるごとに「私が辞めれば学校は潰れる」という辞意を医師会にちらつかせて、恫喝してきた。歴代の医師会長兼学校長は度重なる恫喝と国田の仕掛けた陥穽《かんせい》にはまり、国田はますます学校運営における権力を得て、傍若無人に振る舞い、平成十四年三月まで十四年間看護専門学校の女帝として隠然たる勢力を持って君臨してきた。しかし、四代目学校長の関口は肝胆相照らす仲の柏原副学校長と協力して、国田を解任することに成功した。国田は医師会員の誰一人として退任の挨拶をすることなく学校を去っていった。国田の不正のすべてを知悉《ちしつ》した柏原は、国田に同情することなく憫笑《びんしょう》を漏らした。

平成十四年四月一日に井坂聡子が教務主任として赴任してくれたことは、関口、柏原にとっては思いがけない僥倖《ぎょうこう》と言って良い。二人は井坂の職歴を考慮して、職名は副学校長兼教務主任とした。副学校長は医師会側の担当理事の柏原と合わせて二人となった。これに伴い、看護専門学校の定款の一部を変更した。

開学時の建学理念・精神は井坂の斬新で卓越した教育方針によって、国田体制の旧弊を断ち切り、新しい看護専門学校として蘇生された。国田の国家試験合格率百％の目標を基盤とした教育方針は継続され、学生の留年の独裁的権限を持った国田の退陣によって、国田の恐怖体制から脱却した学生には自然に笑顔と明るさが表れるようになった。学校としての要件の一つである校歌が開校以来なかったため、井坂は関口、柏原と相談し、校歌をつくることとなり、音楽に造詣が深い内科医の板野卓三氏に作詞を依頼した。瀬戸内海の景色を背景とした学舎、病む人の看護の理念を文言に入れた歌詞が完成し、作曲は尾因市民合唱団の指揮者Ｋ氏に依頼し、素晴らしい校歌が完成した。

また、学校の入学式、戴帽式、卒業式の三大行事において、「君が代」斉唱の時に学生の声が小さく、口が開いていないと言う指摘が医師会員の間から聞かれたため、校歌の合唱指導と同時に「君が代」の合唱指導を板野先生にしてもらうことになった。以来「君が代」と校歌の合唱は三大行事においては全学生の大きな声でもって素晴らしい合唱となった。

学校事務員には、専任教員の重竹の紹介で備州銀行の子会社の備州銀行キャッシュ・クレジットサービスに勤めていた女性が採用された。会計業務に精通した新事務員により、学校の雑収入会計は完璧なものとなったため、今年度の雑収入は約八十五万円を計上した。これで国田の一年間の横領額が推定できた。また、学校の倉庫からマジック七百二十本、A4コピー用紙一箱二千五百枚入りが二百箱発見された。数年分の使用量に相当する文房具が一括購入されていたことや、業者からゴルフ接待を受けていたことなどがあるので背任罪に相当するかもしれない。しかし、関口と柏原は横領・背任をした国田を告訴するか否か慎重に検討をした。もし、告訴すれば学校のスキャンダルとなりイメージダウンになること、警察の捜査が学生に及び事情聴取を受けること、元教務主任が取調べを受けることはそれまで国田を信頼していた学生に大きなショックを与えることなどを考慮して告訴を見送ることにした。このことは関口と柏原との二人の極秘のうちに決定され、武士の情けと言える。しかし逆説的には医師会という組織の保身と受け取られても致しかたないことである。

国田の失脚以後の学生の就職状況は尾因市内への定着率は徐々に向上し、卒業生の約三十％以上が尾因市内に就職することは医師会にとって喜ばしいことであった。また、尾因市内の総合病院から出向していた三人の専任教員の補充は四年を要して五人の新しい専任教員を確保することができた。

数年後、学校を混乱させた国田たちの風の便りが届いた。国田は尾因市から去って間もなく、岡山県内の私立の某看護専門学校の専任教員として採用された。三カ月を経てから自分を教務主任にして欲しいと願い出たところ、拒否されたので、直ちに退職し、落魄《らくはく》の身になったという。それ以後の長い間、消息不明であったが、二十年後に乳がんを患い、まもなく病巣は全身に転移して鬼籍に入ったという。このようにして国田という黒い看護教員は消え去った。

　また、国田と共に退職した専任教員のうち二人は生活がかかっておりそれなりの収入が必要なこともあって、国田の紹介により二人とも岡山県の民間の精神科病院に就職したが、長時間の通勤時間と慣れない仕事の疲労により数年後に退職した。その後は二人とも消息不明である。再就職を希望しなかった教員は家庭の主婦となった。学校事務員の大本の消息は知る由もなかった。

　柏原は書斎で過去を振り返り瞑目した。国田と集団退職した四人とは昵懇《じっこん》の間柄で刎頸の友のようであったのであろうか？　それとも四人は発作的に付和雷同しただけなのであろうか？　と柏原は女の世界の複雑な深層心理を理解することができなかった。

「国田のような悪人の末路は神様がお決めになるのだよ」と天からの囁《ささや》きが微かに聞こえた。「天網恢々疎《てんもうかいかいそ》にして漏《も》らさず」の言葉も。

完

解説

幻冬舎ルネッサンス新社　鈴木瑞季

「国田克美には、人間の血が通っている」

なぜ自分がこの作品にこんなにも惹きつけられるのかと考えた時、こんな言葉が頭から離れなくなった。

ある看護専門学校に教務主任として赴任した国田克美という一人の女性が、学校の中で実権を握るまでと、その後、関口一郎たちの活躍によってその任を解かれるまでを描いた本作の『主人公』は、間違いなく国田克美だ。

本作の中で描かれているのは『国田克美と健全な学校運営を望む人たちとの対立』という簡単な対立構造の図式ではなく、『国田克美と現代社会との対立』であったように思う。それは、『働く女性と男性社会の対立』と言い換えても良いのかもしれない。

昭和後期から平成初期の日本では、まだまだ世の中を動かしているのは『男性』だった。しかし、看護専門学校、看護の仕事の現場においては、すでに『女性』が確固たる地位を確立し、スタンダードとして活躍していた。だからこそ国田克美の中には、『女性』としての誇りがあったのだろう。

もちろん、彼女が看護学校を私物化し、横領したことは許されるべきではない。しかし彼女は、自分と同じ女性である女子学生たちに対しては、真摯に向き合っていたように思う。

例えば、実習に出ていた看護学生の一人が現場の看護師と医師との会話を耳にして、「先生、次は私に抱いてちょうだいね」と話すのを聞いたと、国田にレポートで報告する場面がある。

その後、レポートを見た国田は怒り、実習先の病院に真偽の調査をするように副校長に求めるが、彼は大笑いし、「何かの間違いでしょう。学生をここに呼んで確認をしてみてください」と返す。

私はこの場面が、物語の中のある種のターニングポイントであったと感じている。学生を主体とし、学生を守るためにこそ行動が必要だと考える『女性』の国田と、医師を主体とし、組織や立場を優先して、事を荒立てないようにした『男性』の副校長。

この出来事は、国田から副校長への信頼を、ひいては男性に対しての信頼を損なわせるには十分な出来事であったのではないだろうか。

実際には「大転（だいてん）ちょうだいね」の聞き間違いであったのだろうと処理されてこのエピソードは終わるのだが、国田の男性への不信感は払拭されない。それは、最初に国田と学生の言葉を一笑に付した副校長に責任がある。

国田が副校長ではなく『男性』を敵として見なすように飛躍したのは、この時代を生きる中で国田が不満を抱え続けてきたからだろう。

社会のマジョリティーに対してマイノリティーが声を上げる。それが当時はどれほど困難なことであったのか、令和の時代を生きる若者には想像し難いかもしれない。現代の社会でも多くのマイノリティーが存在しているが、インターネットの普及、SNSを使った個人間でのコミュニケーションが強まった現代では、マイノリティーであることの孤独感を感じる人は少なくなっているように思う。

インターネットも、当然SNSもない当時の男性主体の日本の社会で生きる中、国田が抱えていた孤独は計り知れない。

もちろん先にも記したように、国田の犯した間違いは数多い。ただその背景には、孤独感や経験をきっかけにふくれあがった国田の『男性社会への復讐心』があり、また同時に、『男性的な権力への憧れ』があるようにも思う。

「男ならきっとこんなことをするだろう」

「男ならこんな理不尽なことを要求してくるだろう」

そんな気持ちが国田の中にあったのではないかと考えずにはいられない。自分自身が嫌悪する存在に対して憧れ、彼らと同じようなことをやり返すことで自分の心を満たす、歪んだ喜びを持ってしまった国田。

そして、そんな国田の歪みを、私はとても『人間らしい』と感じ惹きつけられるのだ。

国田克美はこの『女帝看護教員』の物語の主人公であり、同時に悪である。それは間違いないだろう。しかし彼女が作品の中で犯した行為は、それまでの世の中では男性が女性に対して当たり前にしてきたことだったのかもしれない。王様のように振る舞い、利権をむさぼり、相手が女性というだけで横柄になり、女性の主張する権利や正しさを踏みにじってきた社会。そういった男性社会に関わってきた過去が、国田克美という人間を形作ったと言えるだろう。

そして、物語のラストには以下のように記されている。

「柏原は書斎で過去を振り返り瞑目した。『国田のような悪人の末路は神様がお決めになるのだよ』と天からの囁きが微かに聞こえた。『天網恢々疎にして漏らさず』の言葉も。」

なるほど。

では、彼の言う神様は、今世の中に蔓延る悪人たちにどのような末路を示すのか。

また、人間らしく生きる中で、大なり小なりの『悪行』を重ねてきた私たちは、その神様に見逃してもらえるだろうか。

この物語は、国田克美という一人の人間を通して、私たちは『誰も正しくは生きられないこと』を伝えてくれているのかもしれない。

本作品はフィクションであり、実在する個人、団体とは一切関係ありません。

本作は二〇二〇年一月に小社より刊行された単行本に若干の加筆訂正を加えて文庫化したものです。

〈著者紹介〉

上野 武久（うえのたけひさ）

1944年広島県出身。1969年長崎大学医学部卒。医学博士、日本整形外科学会専門医、日本リウマチ学会専門医。

日本赤十字社長崎原爆病院、御調国保病院（現：公立みつぎ総合病院）勤務後、1980年広島県尾道市において上野整形外科医院を開業、1989年医療法人社団上野会に改組。2014年厚生労働大臣表彰を受賞。

著書に「関節リウマチの薬を選ぶ方法」、「咲治郎の生涯」など多数。

文庫改訂版《ぶんこかいていばん》　女帝看護教員《じょていかんごきょういん》

2021年11月26日　第1刷発行

著　者　　上野武久
発行人　　久保田貴幸

発行元　　株式会社 幻冬舎メディアコンサルティング
〒151-0051　東京都渋谷区千駄ヶ谷4-9-7
電話　03-5411-6440（編集）

発売元　　株式会社 幻冬舎
〒151-0051　東京都渋谷区千駄ヶ谷4-9-7
電話　03-5411-6222（営業）

印刷・製本　シナジーコミュニケーションズ株式会社
装　丁　　杉本桜子

検印廃止

Printed in Japan
ISBN 978-4-344-93610-2 C0093
幻冬舎メディアコンサルティングHP
http://www.gentosha-mc.com/